나오키 산주고 단편소설선집

나오키 산주고 지음
박현석 옮김

玄人

나오키 산주고 단편소설선집

나오키 산주고(直木三十五)

* 일러두기

1. 본문 속 일본어 표기의 경우 'か와 た' 계열의 글이 어두에 올 때도 원래의 발음을 살려 'ㅋ', 'ㅌ' 등으로 표기하였다.

예) 교토→쿄토 / 도쿄→토쿄 / 지바→치바

2. 일본어의 '大'가 '오'로 발음되는 경우, 장음을 살려서 '오오'로 표기하였다.

예) 오사카→오오사카

3. 내용 가운데 명백한 오류라 생각되는 부분은 그것을 바로잡아 번역했으나 논란의 여지가 있는 부분은 각주를 달아 표시했다.

4. 「1980년의 살인사건」은 『대중문학집』 제3집(1930. 신초샤)을 저본으로 삼았으며, 「오오오카 에치젠의 독립」은 『걸작 체포담 월드』 제6권(2002. 리브리오 출판)을, 「칸에이 무도감」은 『나오키 산주고 작품집』(1989. 분게이슌주)을, 그 외의 작품은 『나오키 산주고 전집』(1933~1935. 카이조샤)을 저본으로 삼았다.

목 차

* 작품 속 단위의 환산

1푼 – 0.3㎝
1치 – 3.03㎝
1자 – 30.3㎝
1간 – 1.818m
1정 – 109m
1리 – 393m
1센 – 1엔의 100분의 1
1각 – 약 15분
1마일 – 1.6㎞
1온즈 – 28.35g
1다스 – 12개
1평 – 3.3㎡

토코시무라 상해사건

1

나(이렇게 시작했다고 해서 이건 1인칭 소설을 쓰려는 게 아니다. 이것은 진짜 있었던 일이기에 그 순서에 따라서 이 말로 시작하려는 것이다.) ―나는 요즘 상당한 양을 쓰고 있기에 친한 친구 이외의 사람들로부터 곧잘,

"많이 벌었지?"

라는 말을 듣곤 하나, 나는 조그만 서재, 한 20평쯤으로 그게 서재이기도 하고 침실이기도 하고 객실이기도 한, 그런 것을 드라이컨스트럭션식으로 지어보고 싶어서 잡지―『주택』이네 『이너 데코레이션』이네 『스튜디오』의 연감 등―를 사서……, 그래, 벌써 2년 넘게 생각했지만 아무래도 사오천 엔이라는 돈이 모이지 않았다.

그런데 『오오사카마이니치(大阪每日)』와 『니치니치(日日)』라는 신문에 현대소설을 쓰기로 했기에 이 원고료만은

잘 모아서……. 하지만 이건 늘 하는 결심으로 그 결심대로 된 적은 한 번도 없었으나 이번만은, 하고…….

"저의 고료, 다음 사람에게 건네주셨으면 합니다."

라고 그 고료를 저당으로 하여 친구에게 돈을 빌렸다.

"이봐, 5천 엔 정도도 없단 말이야?"

"응, 누구나 그렇게 말하지만, 본인한테 물어보면 없는 모양이야."

"자네의 낭비벽도 어떻게 하지 않으면 안 될 거야."

"응, 본인한테 잘 말해서 말을 듣도록 해볼게."

"증서 같은 건 필요 없지만 3천 엔하고 2천 엔, 두 번에 건네주면 안 될까? 어차피 한 번에는 필요 없잖아."

친구가 이렇게 말하자 부인이,

"돈을 내줘서는 안 돼요, 이 사람은."

"네, 댁의 낭군과 마찬가지입니다, 사모님."

"맞아요. 당신도 지금은 인기작가일지 몰라도 잘해야 2, 3년이에요. 바로 몰락할 테니 지금 모아두지 않으면……."

"그렇게 말씀하시는 당신의 용색과 마찬가집니다."

"어머."

"몰락한 소설가와 주름이 잡힌 여자는 어디 써먹을 데가 없어."

나는 이렇게 말하고,

"에헴, 그렇죠?"

"장난꾸러기, 노인네, 대머리."

부인이 이를 드러내며,

"이이이이녀석."

"이거 놀라운 재주인걸. 다시 한 번 해보세요."

"이이이이녀석."

"대단해, 대단해. 다시 한 번."

"바보."

부인이 테이블 밑에서 슬리퍼 신은 발로 나를 찼다.

"대중작가, 꺼져버려."

"꺼져버릴 테니 수표를 써줘."

"그래, 그래. 증서를 거둬들이고 돈을 건네줘야지……."

친구가 일어나 책상 쪽으로 가자,

"연리 2할이에요. 낼 수 있어요?"

"여기서 돈이 더 많으면 뭘 하게?"

"아참, 나 잊고 있었네. 저기, 여보."

부인이 친구의 뒤편에서,

"토키(時)의 이야기, 소설이 되겠지요?"

"응."

부인은,

"좋은 재료예요. 고료의 절반, 주실 수 있나요?"

"정말 욕심꾸러기군."

"프롤레타리아 소설이에요."

"문외한에, 부르주아 부인께서 소설이 될 재료인지, 안 될 재료인지 아시겠습니까?"

"산주고(三十五) 자식, 말 한번 잘했다. 만약 얘기해서 소설이 되면 어쩔 건데? 같잖아서."

"절반을 주도록 하지."

"정말?"

"정말."

부인이 벨을 울렸다.

"자, 3천 엔."

친구가 수표를 내 앞에 놓고,

"소설이야."

이렇게 말했을 때 방문이 열리더니 하녀가 들어왔다.

"토키 좀 잠깐 오라고 해줘."

하녀가 나갔다.

2

토키라는 하녀는 토호쿠 지방[1]의 아름다운 여자였다. 뺨이 통통하고 속눈썹이 길고 피부가 매끄러운…….

"예쁜 아이죠?"

부인은 이렇게 말하며 남편을 곁눈질하고,

---

1) 東北地方. 일본 혼슈의 동북지방. 예로부터 미인이 많기로 유명했다.

"이 사람 말이죠."

라며 윙크했다.

"내 참."

친구가 웃으며,

"앉아."

라고 토키에게 말한 뒤,

"이쪽은 소설을 쓰시는 분."

"네, 그러세요?"

지독한 아키타 지방의 사투리로, 나는 그 사투리가 섞인 말로 이야기하는 연애를 하나하나 자세히 기억할 수는 없었다.

"이 아이는……, 열여덟이었지?"

"네."

"애인이 있었어요."

"네."

하녀가 새빨개진 얼굴로 대답했다.

"너한테 얘기하는 게 아니야."

"네."

나는 이 하녀의 대답에,

'좀 모자란 건가?'

라고 생각했으나, 그건 굉장히 긴장했기 때문이라는 사실을 알 수 있었다. 생각지도 못했던 후의를 받기도 하고, 전혀 다른 세계의 생활 속으로 갑자기 들어오기도 했기에 어떻게 해야 좋을지 몰라서 그저 무슨 일에나 순종적으로, 그야말로 목숨이고 뭐고 전부 바치겠다는 마음에서 나온 대답인 듯했다. 그랬기에 나는 이 하녀가 완전히 좋아졌다.

"사쿠타로(作太郎)라는 이름의 애인, 이런 이름 소설이 될 만한가요?"

"독자 입장에서는 어떻게 생각하시나요?"

"순박해서 좋아요. 소설가가 붙이는 이름 같은 건 전부 더러워져 있어요."

"앞으로는 당신께 여쭈러 오겠습니다."

"옳지, 옳지. 그래서 말이죠, 토키는 이렇게 아름답잖아요. 온 동네가 떠들썩했어요."

토키는 얼굴이 빨개져 고개를 숙이고 말았다.

"그런데 불경기잖아요. 신문에 실리는 얘기, 사실이에요. 딸을 판다고 해요. 토키도 그런 아가씨 가운데 한 명으로, 팔릴 뻔했어요."

토키는 고개를 끄덕였다.

"하지만 영리한 아이예요. 다른 하녀, 하쓰(初)라고 알고 있나요?"

"너무 잘 안다 싶을 정도로."

"그 아이한테 편지를 보내서 상의를 해왔어요. 그런데 200엔이라는 커다란 금액이었기에 하쓰는 저한테 말을 하지 않고 입을 다물고 있었어요."

"말을 하지 않는다는 건, 입을 다물고 있다는 거야. 표현법, 낙제."

"전 소설가가 아니에요."

"사교도, 낙제."

"그래서 소설가 같은 사람이나 상대하고 있는 거예요."

"네, 네."

친구는 웃으며 멜론을 먹고 있었다.

"그래서 토키는 사쿠타로와 상의했어요."

"네."

"이 아이의 집안은 부모님에 형제가 4명, 이 아이가 제일 위, 그렇지?"

"네."

"말이랑 같이 잔대요. 그 얘기를 듣고 전 거짓말인 줄 알았는데 그 부근에서는 모두가 그렇게 한대요, 널빤지 한 장을 사이에 두고."

토키가,

"말은 먹이는 사람이 있지만, 사람은 먹여주는 사람이 없습니다."

조그만 목소리였으나 그 말을 듣자 토호쿠 지방의 비참함이 나의 가슴을 어둡고 경직되게 만들었다.

"흠."

"그런데 사쿠타로도 역시 비슷한 상태였어요. 그래서 둘이상의하기도 하고 울기도 하고 위로하기도 하고, 뒷동산에서 달이 밝은 밤에."

"잘한다, 잘해."

"또!"

부인이 노려보고,

"정말 달이 밝았지?"

"네."

"달을 보면 눈물이 흐르고 또 흘러서 견딜 수가 없었대요."

"대부분의 여자는 혼자서 달을 보면 우는 법이야."

"저희, 부르주아의 센티멘털하고는 달라요."

"기특하군, 기특해. 자신을 돌아보는 자는 구원을 얻을 거야."

"그런데 그때, 그 부근으로 게공선[2]의 어부가 왔대요."

"응? 뒷동산에서 파내려고?"

"맞아요. 무슨무슨 어업회사, 홋카이 어업이나 일본제해나, 여러 회사에서 어부를 모집하러 온대요. 사쿠타로가 그 얘기를 듣고 이 아이의 부모님을 적극적으로 설득했어요. 내가 어부가 되어 한밑천 마련해올 테니, 이 아이를 팔지 말아달라고. 당장 필요한 돈은 금족료를 받아서 줄 테니. 금족료가 뭔지 알아요?"

"소설가 따위가 뭘 알겠습니까?"

2) 蟹工船. 게를 잡아 그 자리에서 가공할 수 있는 설비를 갖춘 배.

"그럼 가르쳐드릴게요."

"가르쳐줘도 안 외울 거야."

"금족료란, 호경기 시절에 다른 데로 가지 못하도록 건네줬던 착수금, 계약금을 말하는 거예요."

"그런 건 고리짝부터 알고 있었어."

"얼만지 아나요?"

"100엔이야."

"아니에요."

"거기에는 여러 가지가 있지. 싼 경우는 10엔에서부터……."

토키가,

"20엔입니다."

내가 웃으며,

"20엔, 20엔. 분명히 20엔."

멜론을 다 먹은 친구가 손가락과 입술을 닦으며,

"그만 나가봐도 돼."

라고 토키에게 말했다.

"네, 사모님."

토키는 두 사람에게 인사를 하고,

"손님."

하며 내게도 인사를 하고 나갔다.

3

“토호쿠의 산간지방이기에 문화수준도 낮은데, 그것 때문에 한바탕 웃은 적이 있어. 저 아이의 마을 주변에서는 변소에 침을 뱉지 않는대. 왜 뱉지 않는 거냐고 물었더니, 변소에는 신이 있기 때문이래. 그 신은 손이 2개여서 오른손으로 소변을 받고, 왼손으로 대변을 받는데 침을 뱉으면 받을 곳이 없어서 화를 내는 거라고 하더군.”

“그거 참 그럴 듯한 얘기군.”

“이러한 무지도 농촌빈곤의 원인 가운데 하나야.”

“에치고(越後)에 하치카이잔(八海山)이라는 명산이 있어. 그 기슭에 사는 사람들에게도 역시 미신이 하나 있는데, 그 경사면에는 보리를 심지 않는대. 왜냐하면 그 하치카이잔의 신이 보릿짚을 밟아 미끄러져서 얼굴이 찢어진 적이 있었기 때문이래. 한 3, 4년 전까지만 해도 보리를 심지 않았어. 요즘에는 심고 있지만.”

“시시한 신들뿐이로군.”

“맞아, 산의 신들은 전부 시시해.”

“패줄까보다.”

부인이 팔 걷어붙이는 시늉을 했다. 그리고,

“저 아이의 마을은 안 그래도 비참한 생활을 하고 있는데 풍작과 흉작이—, 풍작기근 · 흉작기근이라는 신기한 현상이 계속된 데다가 은행문제가 일어났잖아요. 단번에 궁지에 몰리고 말았어요."

"하지만 딸을 파는 풍속은 옛날부터 있었던 듯하던데."

"있기는 있었지만, 어쨌든 공사 모두 어려움에 처한 모양이야. 내 친구의 친구가 토호쿠에서 교사를 하고 있는데 토쿄(東京)에 남겨두고 온 아이가 병에 걸려서 토쿄로 오려 했지만 동사무소에서 그 기찻삯을 주지 않았대. 월급은 4개월인가 5개월 밀린 상태고."

"그래?"

"어쨌든 그 어업회사의 금족료가 사쿠타로의 유일한 목적이었어요. 그런데 앞 다투어 서로 지원했기에 그 어부지원자가 모집 인원의 몇 배가 됐어요. 처음에는 동장이 고르고……."

친구가,

"원래는 회사 쪽에서 징과 북을 두드리며 어부를 찾아 돌아다녔었지. 금족료라는 것도 그래서 붙은 이름일 테지만. 그런데 작년쯤부터 지원자가 많아졌기에 회사 쪽에서는 동장에게 일임해버리고 사무원조차 보내지 않았어. 일이 이렇게 되자 동장 쪽에서는 사람을 어떻게 뽑아야 할지……."

"동장님, 살해당할 뻔했었대요."

"마을 사람들이 채용에 목숨을 걸고 살기를 띠기 시작했기에 동장도 깜짝 놀라서, 이거 괜히 잘못 뽑았다가는 무슨 일이 일어날지 모르겠다 싶어 회사로 가서 우는소리를 했대. 그래서 회사에서 사무원이 나와 사람을 뽑았는데 그게 또 한바탕 문제가 됐어."

"대체 일당이 얼만데?"

"1엔 20센이었던가?"

"30센이에요."

"아니, 20센이야."

"30센."

"10센 정도는 크게 상관없는데……."

"10센이면 달걀이 10개예요."

"여자란 나이를 먹으면 점점 욕심쟁이가 되어간다니까."

"경제사상이 발달해서요. 죄송하게 됐네요."

친구가 담배를 피우며,

"동장 입장에서는 어려움에 처한 사람을 돕고 싶으니 자연스럽게 노인이나 힘이 없는 사람이라도 채용을 하게 되지만……."

"사쿠타로라는 사람, 그렇게 기운이 좋은 편은 아니었나봐요."

"그래서 비극이 일어난 건가?"

"그건 아니에요. 채용되기는 했어요. 머리가 나쁜 소설가는 이해할 수 없겠지만."

"다 아는 척하면 얘기하는 보람이 없지 않겠습니까? 이것도 사교술 가운데 하나. 아무튼 채용되어서?"

"채용은 되었는데, 예의 금족료가 말이지."

"흠, 불경기라 못 주겠다고 했는가?"

"줬어, 그건."

부인이,

"만세!"

라며 두 손을 들었다.

"이것도 사교술 가운데 하나야."

라고 나는 말하고,

"나왔는데?"

"회사에서는 한꺼번에 모아서 동장에게 갖다줬어."

"흠."

"그 다음, 어떻게 됐다고 생각하세요?"

"어떻게 됐냐고? 글쎄, 어떻게 됐을까?"

"라고 생각하는 것도 사교술 가운데 하나?"

"여자는 원숭이에 가깝기 때문에 바로 사람 흉내를 낸다니까."

4

"동장 입장에서는 말이지, 체납 세금이나 그런 것들을 빼지 않으면 안 되니 20엔을, 20엔 그대로 넘겨줄 수는 없었어."

"흠."

"하지만 마을 사람들 모두가 학수고대하고 있는 돈이기에 어떻게든 구실을 만들어서 한 푼이라도 더 많이 건네주고 싶었어. 그래서 마을의 주요한 사람들을 불러 여러 가지로 사정을 들은 뒤, 이 집은 얼마, 이 집은 얼마, 하고 정해나갔는데, 드디어 사쿠타로의 차례.”

“어떻게 됐는지 아시겠어요?”

“사쿠타로는 제한 금액이 많았겠지.”

“아이, 분해라.”

“소설가는 뭐든 다 알고 있다고.”

친구가 웃으며,

“세금도 많이 밀렸고, 따로 일을 할 사람도 있고, 아무튼 여러 가지 상황을 고려했기에 손에 들어온 금액이라고는 겨우 8엔 남짓이었어.”

“그렇군.”

“사쿠타로는 토키의 애인인 만큼 나이도 어리기에 20엔 그대로 받을 줄로만 알고 있었는데, 8엔 남짓밖에 되지 않았기에 크게 실망하기도 하고 분개하기도 해서 마침내는 동장을 찾아가 따졌어. 그런데 화가 난 상태였기에 동장이 뭔가 부정을 저지르기라도 한 것처럼 소란을 피우고 말았어.”

“흠.”

나는 고개를 끄덕이고,

‘이건 소설이 될 거야.’

라고 생각했다.

“그러자 동장이 오히려 더 화를 냈어. 거짓말인 거 같으면 누구누구한테 물어봐라, 하며. 여러 가지 말들이 오갔지만, 어쨌든 사쿠타로는 20엔이라는 돈을 손에 쥐지 못하면 토키를 볼 면목이 서지 않기에 어업회사로 통사정을 하러 가기 위해 동장에게서 받은 수령증을 가지고 그대로 회사로 가버렸어."

"지금부터가 비극이에요. 잘 들어두세요. 당신의 소설보다 훨씬 더 재미있으니까."

"알겠습니다."

"그런데 사쿠타로의 집에서 말이지."

"흠, 사쿠타로의 집에서?"

"그 집도 가난하기에 사쿠타로가 돌아오기를 기다렸지만 완전히 종적을 감추고 말았어. 백방으로 알아보았지만 어디로 갔는지 아예 짐작조차 할 수 없었어. 그랬기에 '이놈 돈을 가지고 달아나버렸어.'라며 집안사람들은 열화와 같이 화를 냈고, 토키의 집에서도 그 말을 듣고는 '역시 사람은 돈이 손에 들어오면 마음이 변하는 법이야.'라며 토키까지 마음이 어지러워지고 말았어."

"그럴 만도 하죠."

부인이 눈썹과 눈으로 커다란 동정을 표하며 내게 말했다.

"여자는 늘 얼굴로만 동정한다니까."

"무슨 소리예요."

부인은 살짝 화가 난 듯했으나 내가,

"이거, 실례."

하고 웃으며 군인처럼 손을 들자,

"철딱서니 없기는."

하고 말하며 함께 웃었다.

"그걸로 끝인가?"

"지금부터가 일대 사건이야."

"흠."

나는 가볍게 고개를 끄덕이며,

'아직도 이야기가 계속된다면 이건 훌륭한 장편이 될 수도 있어.'

라고 생각했다.

"이 다음부터는 회사에서 있었던 일이야."

"제가 얘기할게요."

부인이 남편에게서 이야기를 넘겨받아,

"사쿠타로는 회사 사람을 만났어요."

"뭐라고 했나요?"

"제게 20엔이라는 돈이 없으면 두 사람의 목숨이 위태로워진다고……."

"라고 말했습니다."

"입 다물고 있어요. 하지만 회사 쪽에서는 받아주지 않았어요. 오히려 냉소하고 거의 끌어내다시피 해서 내쫓았어요. 사쿠타로의 몸이 제아무리 강하다 해도 배는 고프지, 버스도 타야 하지……."

친구가,

"정말, 요즘에는 시골에 버스가 많아졌어."

"농촌 궁핍의 한 원인은 도회문명과 원시적 전원의 숙명적 충돌에 있어. 도회문명이, 과학문명이 반세기 사이에 도회인의 생활을 30배 약진시킨 데 반해서 전원은 3배밖에 발달시키지 못했기에 모든 것이 자급자족이었던 생활이 도회의 현금생활, 금융자본생활에 패배하고 말았어. 애초부터 유신[3] 당시의 이른바 원훈[4]들이 서구의 과학문명과 도시문명만을 수입하고 전원을 내버려둔 것도 원인 가운데 하나이고, 토쿠가와에게 착취당하던 농민들이 해방되어 농사 이외의 일을 하려 조바심을 친 것도 원인이고, 논밭이 금융의 대상물이 된다고 가르친 것도 논밭을 포기하게 한 원인 가운데 하나였어. 연원을 따지자면 참으로 깊은 곳까지 들어가야 해. 게다가 도회에서는 1구간에 5센으로 탈 수 있는 버스와 시골 버스의 1구간을 비교해보면 시골 쪽이 더 비싸고, 같은 5센을 투자해도 그 활동에서 발생하는 이익은 도회 쪽이 더 많기에 전원 쪽에서 보자면 도회문명의 전원 침입은 이중의 부담이야."

"그래도 인간인 걸요."

"맞아, 맞아. 토끼라면 국회의원을 협박하거나 하지는 못하

3) 토쿠가와 막부의 붕괴와 메이지 정부에 의한 중앙집권적 통일국가 성립으로 자본주의화의 출발점이 된 메이지 유신을 말한다.

4) 메이지 유신에 공을 세운 인물들.

지."

"얘기로 돌아가세."

"자, 자, 조용히."

"그래서 말이죠, 그 8엔 남짓한 돈이 점점 줄어들었어요."

"사쿠타로가 돈카쓰라도 사먹은 모양이군."

"몰라요, 그런 건. 어쨌든 돈이 점점 줄어든 모양이에요."

"어째서 그렇게 점점 줄어든 건지, 사모님의 경제관념은 루즈하지만, 소설은 그 부분이 중심이 돼야 합니다."

"에잇, 성가시게."

부인이 쿵 발을 굴렀다.

5

"그럼, 다음부터는 내가……."

하고 친구가 말하자,

"그래서 사쿠타로 씨는 생각했어요."

부인은 웃으며 소파에 등을 기댔다.

"5엔 정도밖에 남지 않았잖아요. 경제관념이 전혀 없기에 소설이 되기 어려울 듯해서 참으로 죄송합니다만."

"천만의 말씀을. 사모님께서는 5엔짜리 지폐 1장만 남으면 에잇 귀찮아라, 그냥 써버리자, 라고 생각하시겠지요?"

"아니요."

부인은 머리를 흔들었다.

"제가 에잇 귀찮아라, 라고 생각하는 건 이 남편하고 소설가 뿐이에요."

친구가,

"나도 가끔 에잇 귀찮아라, 라고 생각하는 게 있어."

"밤인가요, 낮인가요?"

라고 내가 말하자 부인이,

"사쿠타로 씨는 귀찮아하지 않아요. 묵어버리고 말았어요. 5엔이……."

부인은 두 손을 펼쳐 밑으로 늘어뜨리고 흔들며,

"눈을 뜨고 나면 후회하겠지요? 남성이 늘 경험하는, 여성은 한 번도 맛본 적이 없는 후회를요."

"맞아요, 남성에게는 양심이 있기 때문에 자주 후회하죠."

"단지 여자가 있는 곳에 묵을 때만 잊는 거겠죠?"

"맞아, 맞아. 여자란 늘 그런 하찮은 일만 잘 기억한다니까."

"하지만 우리의 사쿠타로는 술을 마셔도, 여자와 있는 동안에도 토키만은 잊지 않았대요. 당신은 문지방을 나서자마자 부인에 대해서는 바로 잊어먹고 말잖아요."

"그렇지."

내가 친구에게,

"자네, 부부싸움을 하면 늘 지지?"

"흠, 중국인이 일본인보다 외교와 언변에는 뛰어난 것처럼 저런 입심에는 당해낼 수가 없어."

"그래서 종종 밀리터리즘을 발휘하는 거예요."

"거기까지. 더 이상 얘기하면 그건 염사를 떠벌리는 셈이 될 거야. 그래서?"

"그래서 후회를 하고는 술을 마시고, 술을 마시고는 후회하고……."

"돈이 떨어졌는데 어떻게 그렇게 술을 마실 수 있었지?"

"여자가 반했던 거겠지요."

"아하, 그렇군. 내게도 그런 적이 있었지."

나는 고개를 끄덕였다.

"당신은 마시기만 할 뿐, 후회하지 않기에 틀렸어요."

"나나 공자 같은 사람은 후회할 만한 나쁜 짓을 하지 않아."

"어머, 공자 씨도 여자를 샀나요?"

"네, 자주 샀어요. 친구가 멀리서 찾아오면 또한 즐겁지 아니한가, 라고 했잖아요. 그 친구가 사실은 여자를 말하는 거예요. 공자의 하숙집으로 자주 찾아왔어요."

"정말 당신한테는 기가 막혀서 말도 안 나온다니까요. 그래서 사쿠타로는 집으로 돌아갔어요. 돌아갈 수밖에 달리 방법이 없었고, 역시 토키가 보고 싶었던 거겠지요. 그런데 집안사람들은 새벽까지 사쿠타로가 돌아오기를 기다리며 혹시 살해당한 건 아닐까 크게 근심하기도 하고, 그와 동시에 크게 화를 내기도 하고."

"흠."

"그런 와중에 불쑥 돌아왔기에 가장 먼저, 사쿠타로 돈은 어쨌어, 라고 호통을 쳤지만 말없이 안으로 들어가려 했어요."

"자세히도 아는군, 자세히도."

"돈을 내놔, 돈을 내놓으라고, 하며 집안사람 모두가 다그쳤어요, 가엾게도 말이죠. 그야 물론 사쿠타로도 자신이 한 짓이 좋지 않다는 건 충분히 알고 있었어요. 하지만 사람이란 그런 처지에 놓이면 순순히 사과하지 못하는 법이에요."

"특히 여자는……."

"자신도 잘못했지만, 자신에게 나쁜 짓을 시킨 사람이 어딘가에 있는 듯한 기분이 들고……."

"그것을 깨닫는 게 프롤레타리아 문학의 시작이지."

"그 정도는 알고 있어요. 그런데 사쿠타로에게 나쁜 짓을 하게 만든 사회는 탓하지 않고 사쿠타로만 탓했기에 사쿠타로도 울화가 치밀어서 그대로 집을 뛰쳐나왔어요."

"히스테릭한 여자가 자주 하는 행동이지. 경험이 있으시죠?"

"있어요."

부인은 진지하게 얘기하고 있는데 수시로 놀려대는 내가 귀찮다는 듯, 이렇게 짧게 대답했다.

6

"그리고 토키의 집으로 갔대요. 술에 취해서."

친구가,

"역시 토호쿠 사람들은 술을 많이 마셔."

"잘들 마셔. 지난번의 그 미쓰이(三井)의 휼미(恤米) 말일세. 쌀과 교환할 수 있는 딱지를 나눠주자 그 딱지가 말이지, 1장 3센씩에 팔렸어. 산 녀석들은 그것을 쌀로 바꿔서 돈을 벌 수 있었기에 그것을 전문으로 하는 브로커까지 생겼어. 판 사람들은 그 3센으로 무엇을 샀는가 하면, 술이야. 궁민 가운데 몇 퍼센트가 자기 스스로 술 때문에 생활을 깨뜨렸는지 생각할 필요가 있어. 언제나 궁민이네, 실업자네, 룸펜이네 그런 명사로 불러서는 안 되며, 능동의지를 완전히 잃어버린 패잔계급이라는 것이 그 가운데는 상당히 포함되어 있다고 생각해. 이처럼 일할 의지가 없는 사람은 아무리 구제하려고 해봐야 소용없는 일이야."

"오로지 술만을 위해서 딸을 파는 아버지도 상당히 있으니까."

"맞아. 오로지 사회제도만을 탓할 수도 없는 일이야. 농회(農会)에서 윤작강습을 하러 나가면 그런 건 귀찮다며 나오지 않는 농민도 있고, 노동을 하러 나갔다가 바로 해고당하는 청년도 있는데, 그런 사람들은 전혀 일을 하지 않는다고 하더군. 여러 가지로 좋지 않은 사람들도 있어."

"러시아에 갔다가 돌아온 사람의 말에 의하면, 모스크바의 최고급 여관에 묵었다고 하는데 목욕탕에 들어가려 했더니 오후 9시부터가 아니면, 이라고 하고, 벨을 눌러도 통하지 않고,

커튼은 찢어진 채로 그냥 있고, 데스크 위에 잉크도 펜도 놓여 있지 않았다고 하더군. 왜냐하면 손님에게 서비스를 제공하든 제공하지 않든 월급을 84루블씩 주기에 일을 하면 손해라는 마음이 들기 때문이라고 해. 5개년계획의 통계보고 등에는 트랙터의 숫자가 분명히 실려 있고 틀림없이 그 숫자만큼의 트랙터는 있대. 그런데 사용하기 시작하면 바로 고장이 나버려. 정부의 압박으로 숫자만은 채워놓지만, 기계는 엉망이야."

"자네 같은 부르주아는 그런 말만 듣고 기뻐하는군."

"자네도 파쇼에 찬성이지 않는가?"

"일본의 프롤레타리아들이 신앙하고 있는 것 같은 방법으로 신앙하고 있지는 않지만……. 그래서 사모님, 사쿠타로 군은?"

"네, 사쿠타로는 토키를 만나러 갔어요. 그런데 좁은 동네잖아요. 벌써 사쿠타로가 한 일이 전부 알려져서 토키에게 만나지 못하게 했대요. 만나지 못하게 했을 뿐만 아니라 당장 나가라고 고함을 쳤고, 거기에 토키에게까지 화를 내는 소리가 들려왔대요. —토키에게 물어보자, 토키는 사쿠타로의 성격은 물론 여러 가지를 알고 있었기에 불쌍하다는 생각이 들어서 만나고 싶다고 말했던 거겠지요. 그래서 울고 있었는데 그 울음소리가 사쿠타로의 귀에도 들렸기에, 토키를 내놓으라며, 술에 취한 김에 난동을 부렸나봐요. 뭔가를 손에 들고 있었고, 그러자 토키도 무서워져서 헛간 안으로 들어가서 떨고 있었대요. 그렇게 되자 큰 소동이 벌어져서, 거기에 있던 토키 아버지의 머리를 때린 건지 어떻게 한 건지 상처를 입혔고, 그런 다음 나무문인지 장지문인지를 때려부수고……. 그렇게 난동을 피우는 걸 마을 사람들이 붙들어다 내쫓아버렸어요."

"그렇군."

"소설이 되지 않을까요?"

"돼."

"되죠? 토키가 살짝 내다보니 아버지의 상처보다도 사쿠타로의 상처가 더 많을 정도……. 이렇게."

부인은 손으로 얼굴 위를 문지르며,

"피투성이."

라고 말하고 눈썹을 찌푸렸다.

"그래도 법률은 사쿠타로를 용서하지 않았어요. 기소당하고 말았어요. 하지만 어떤 일이 행복이 될지 알 수 없는 법이에요. 토키는, 처음에 말했던 것처럼 팔려갈 운명에 있던 아가씨였잖아요. 그런데 사쿠타로가 기소당해서 몇 번이고 증인으로 불려가는 사이에 토키가 다시 이곳으로 편지를 보냈어요. 이번에는 사쿠타로를 위해서 변호사를 붙여야겠다, 하녀나 유녀가 되어도 상관없으니 어떻게 해서든 사쿠타로를 돕고 싶다고, 그야말로 서툴기 짝이 없는 글씨로……. 그 편지 아직 어딘가에 있지 않나?"

친구가,

"토키가 찢어버렸어."

"안타깝네요."

내가,

"그러니까 일반사람들은 물건을 함부로 다뤄서는 안 돼."

"맞아요, 맞아. 당신 손을 거치면 종이가 지폐가 되니까요."

"편지 한 통에서 어떤 걸작이 태어날지 알 수 없는 일이야."

이렇게 말한 순간 토키가 들어와서,

"전화입니다."

라고 친구에게 말했다. 친구는 자리에서 일어났다.

7

토키가 방에서 나가려 하자,

"지금 이분께 네 얘기를 했어."

"네."

토키는 고개를 숙인 채 얼굴을 붉혔다.

"하지만 이렇게 조그만 사람의 일념이라도, 일념이란 무시무시한 거예요."

"옛날부터 여자의 원한은……."

"증인으로 불려다니는 동안 제가 보낸 돈이 도착했어요. 그리고 검사국에서 조사를 해보니 사정이 사정이잖아요. 집행유예로 풀려나게 됐어요."

토키가,

"감사합니다."

라며 부인에게 머리를 숙였다.

"사쿠타로 군, 지금은 어떻게 지내지?"

내가 토키에게 물었더니,

"만주에……."

"만주?"

부인이,

"떠날 때 여기에 왔었어요. 순박하고 좋은 청년이었어요. 제가, 만주 같은 데는 좋지 않다, 토쿄에서 어떻게든 일자리를 찾아보도록 해라, 한동안은 우리 집에서 지내도 좋다고 말했지만……."

토키가 점점 더 고개를 숙였기에 나는 우는 게 아닐까 하는 생각이 들었다. 그런 생각이 들자 이렇게 고운 아가씨가 얼마 되지도 않는 돈 때문에 유녀가 되면 어떤 생활을 하게 되는 걸까 싶었고, 그녀를 바로 구해준 부인에게 뭔가 한마디 칭찬의 말을 건네고 싶어졌다. 그러나 늘 악담만 퍼붓던 나였기에 그렇게 말할 수도 없어서,

"신문에 광고라도 내서, 사람을 더 거두도록 해요."

라고 말했더니,

"네, 10명 정도 더 거둘 거예요. 하지만 용모가 단정하지 않으면……, 저도 곤란해요."

"남편에게 충실하시니까."

"저희 양반은 당신만큼 여자를 좋아하지는 않아요."

"사모님만 모르시는군."

"그래서 원만한 거예요."

"품위 있게, 멍하니 계시니까요."

부인이,

"그때 이후로 소식이 있었니?"

라고 묻자,

"아니요."

"딱하게도……. 성공하지 못하면 평생 돌아오지 않겠다고 했어요. 토키에게, 너도 여기서 평생 일하도록 해, 두 사람의 생명의 은인이시니, 라고 말했고……."

부인의 목소리가 촉촉하게 젖고 눈썹이 깜빡이기 시작하더니,

"정말이에요."

라며 눈물 젖은 눈으로 나를 바라보고 미소 짓다가,

"연극이에요."

토키도 울고 있었다. 나 역시, 넘쳐날 것 같은 마음을 어눌하기 짝이 없는 말로 이야기하는 사쿠타로를 상상하자 가슴 속에서도, 눈 안에서도, 콧속 깊은 곳에서도 언제부턴가 슬픔이 배어나오고 있는 듯했다.

"실례."

친구가 들어왔다. 그와 동시에 바람도 들어왔다. 그리고 테이블 위에 있던 수표를 팔락이게 했다. 나는 어떤 이유에서인지

그것을 서둘러 누름과 동시에,

'집 같은 거 세워서는 안 돼.'

라고 생각했다.

"또 울고 있었군. 한심하기는."

친구가 웃으며,

"이 두 사람은 만나기만 하면 운다니까. 벌써 열흘이나……."

토키가,

"죄송합니다."

라고 말하며 머리를 숙였다.

"여자는 연극을 볼 때도, 연극을 할 때도 울 줄밖에 모른다니까."

"다정하기 때문이에요."

"예전에는 우는 것도 솜씨가 좋았었지. 울 때의 기교를 아주 잘 알고 있었는데, 요즘에는……."

"당신도 예전에는 위로의 말을 하곤 했었는데, 요즘에는 외면할 뿐이잖아요."

"난 그만 가볼게. 내가 간 다음에 하도록 해."

"가시게요?"

나는 자리에서 일어서며,

"돈도 생겼고, 쓸거리도 생겼고……."

라고 말했는데, 옆에 서 있는 토키를 보자 그 말이 토키에게 어떻게 들렸을지 몰랐기에,

"사쿠타로는 돌아올 거야."
라고 토키에게 말했다.
"네."
"만주는 아직 사쿠타로가 갈 만한 곳이 아니야."
친구가,
"그 점에 대해서는 나도 잘 말해뒀어. 본인도 알아들은 모양이고."
"그런가."
나는 그것으로 마음이 밝아진 듯한 기분이 들었다.
"돌아온다면 나는 축하를 해줄 거야."
토키가 고개를 끄덕였다. 나는,
'뭔가를 꼭 사주겠어.'
라고 생각하며,
"그럼."
두 사람에게 인사를 하고 밖으로 나오자 토키가 배웅하러 나와서,
"아무것도 모르니, 모쪼록……."
그 눈에도, 그 말 속에도 두 주인을 어떻게 모셔야 할지, 만약 여기서도 실패를 하면 어떻게 해야 좋을지 모르겠다고 말하는 듯한, 애원하는 듯한 의미가 담겨 있었다.
"응."
이라고 말한 뒤 밖으로 나온 나는 눈이 젖기 시작했다.

부인 횡행

1

남편 나카쓰보 산주로(中坪三十郎)는 변호사다. 변호사라는 직업은 바쁘게 일을 하자면 얼마든지 바쁘게 일을 할 수 있지만, 짬을 내려면 역시 언제라도 얼마간의 짬은 낼 수 있기에,

"이보게, 잠깐 시간을 낼 수 없겠는가?"

라고 묻자,

"있어. 여행을 해도 좋을 정도야."

이 녀석은 역시 산주로(三十郎)다웠다. 조금은 지나칠 정도로 산주로다웠다. 나의 산주고(三十五)보다 몇 수나 더 위여서, 저러면서도 변호사라는 직업을 잘도 해나간다는 생각이 들었다.

내가 그에게 짬을 내달라고 한 것은 그와 그의 부인의 접촉 시간, 또는 그에 대한 나의 충고의 시간을 마련하기 위한 것이었는데, 그에게 그런 것은 아예 안중에도 없는 문제인 듯 '여행'

이라는 말을 꺼냈기에 그의 대부분의 친구들처럼,

"산주로 자식, 마누라한테 꽉 잡혔어."

라고 받아들이는 것 외에는 달리 해석할 길이 없었다. 여행이라는 말을 꺼냈다고 해서 그게 바로 '마누라한테 꽉 잡힌 자식.'과 연결되는 것은 아닐지 모르겠으나,

"그게 말이지, 범죄의 유무 같은 건 제6감으로 알 수 있어."

라고 말하는 사람이기도 하고, 가끔 친구들로부터,

"시간이 있으면 자네 부인에 관한 일로 잠깐."

이라는 말을 들어왔으니 내가,

"시간을 낼 수 없겠는가?"

라고 말하면,

"글쎄."

라고 대답하는 것이 당연한 일일 텐데, '여행을 해도 좋을 정도.' 라고 조금의 거짓도 없다는 듯, '가자.'라고 말하면 '당장 가방을 싸들고 나오게.'라고 명령을 할 듯한 말투였기에 참으로 어찌해볼 수가 없었다. 이거 충고를 해줘봐야 지금까지 해봤던 대부분의 친구들처럼 어느 틈엔가 산주로의 여성편력을 듣게 되어 한심한 꼴을 당하게 될 것이 뻔하다는 생각이 들기는 했으나, 친구로서 아무래도 그냥 두고 볼 수는 없었으며, 나 혼자서만 충고를 하지 않으면 산주로가 '저 녀석 혼자서만 충고를 하지 않다니, 제일 불충실한 놈이다.'라고 생각하지나 않을까 싶을 정도로 그의 친구 99명은 이미 충고를 했다가 포기해버렸기에,

가장 새로운 친구인 내가 지금은 유일하게 남아 있는 사람으로, 그것을 두고 볼 수 없어서 100번째로,

"이봐, 시간이 있으면 잠깐 할 얘기가 있어."

라고 말하게 된 것이었다.

"여행은 아니지만."

"집사람이 여행을 하고 싶다던데, 어떤가? 둘이서 다녀오지 않겠는가?"

속이 뒤집어지는 듯한 느낌이었다. 친구 아내의 좋지 않은 품행은 오로지 그녀만의 잘못이 아니라 산주로가 천연덕스럽게 이런 말을 하기 때문이기도 했다. 약간 어떻게 된 것 같다는 말을 듣는 친구의 말을 가볍게 흘려듣기는 했으나, 약간이 아니라 많이 어떻게 된 듯했다. 부부관계가 어떻게 된 것뿐만 아니라, 친구에 대해서도 어떻게 된 듯했다. 내게 자신의 아내를 데리고 여행하라고 말할 남편이 또 어디에 있겠는가? 나는 화를 내야 하는 건지, 어처구니없어 해야 하는 건지, 이야기를 계속해야 하는 건지, 물러나야 하는 건지 몰라 잠시 담배만 피운 채 말이 없었다. 그러자 산주로가 눈 하나 깜빡이지 않고,

"뭘 그렇게 생각해. 괜찮아."

화를 낼 수는 없었다. 적어도 산주로의 얼굴은 엄숙해서 아무래도 농담 같지는 않았지만, 역시 조금은 어떻게 된 것 같았기에 이 환자에 대해서 화를 낸다는 것은 화를 내는 쪽이 잘못이었다. 여기까지는 판단을 할 수 있었기에 침착하게 담배를

피울 수는 있었으나, 어떻게 대답을 해야 좋을지. 상대방은 워낙 환자에 유명한 이론가였다. 게다가 직업이 변호사였기에 그렇게 쉽게는 당황하지 않았다. 가엾은 산주로를 위해서 한마디 주의를 주어야겠다고 잘난 척 찾아왔다가, 오히려 내 코가 완전히 납작해져버리고 말았다.

2

"저기요, 분을 발라드릴까요?"

라고 두어 잔쯤 마시고 나자 에미코(笑子) 부인이 말했다. 슬슬 시작된 것이었다. 이러한 경우에 남자라는 건 참으로 흐물흐물해지는 법이다. 아니, 그보다 남자를 흐물흐물해지게 만들 정도로 에미코 부인은 아름답고 천진난만했다. 남자가 그녀에 대한 소문을 듣고, 멀쩡한 정신으로 그러한 부인의 행실을 생각해보면, 친구로서 일단 산주고를 위해 정의감이 솟아오르지만, 이와 같은 술자리에서 이와 같은 태도를 접하면,

'또야.'

라며 쾌락과 정의감이 뒤섞인 기분이 느껴져,

"부인. 뭡니까, 그 태도는."

이라고도 말하지 못하게 된다. 그리고 어떤 사람은 이를 부인의 짓궂은 장난이라고 해석하고, 어떤 사람은 무지에서 오는 천진함이라고 해석하여 각자 자신을 설이 가장 옳다고 생각함과 동시에, 타인의 설도 옳을지 모르겠다고 생각할 정도의 자신감

밖에 가지고 있지 않았다.

짙은 눈썹, 그 눈썹 밑이 조금 깎여 있어서, 그 푸르스름한 자국이 선명할 때에는 상당히 요염했다. 핫토리(服部)라는 사내는,

"그 눈썹을 깎아버리면 말이지, 경찰에서 외출을 금지할 거야."

라고 말하며 산주로에게 충고를 하러 간 적이 있었다. 거기에 속눈썹이 짙고 매우 길었다. 그것이 종종 소녀의 눈 같은 느낌을 주었기에 소문으로 그녀의 좋지 못한 품행을 들은 자라 할지라도 그 눈을 보면,

"저런 눈을 가진 부인이? 그건 거짓말이겠지. 눈이라는 건 그렇게 거짓말을 하지는 못하는 법이야."

라고 말하는 경우가 곧잘 있었다. 그러나 개중에는,

"그런데 그 눈이 묘하게 색기를 띠어서 말이지."

라며 소문을 뒷받침하는 자도 있어서, 부인의 정체를 알 수 없는 것과 마찬가지로 그 눈 역시 알 수 없는 것이라 여겨지고 있었다. 그 부인이 지금, 그 눈을 소녀처럼 반짝이며,

"분을 발라드릴까요?"

라고 말한 것이었다. 그리고 그 옆에 있던 내가,

"위험합니다."

라고 말하려던 순간, 부인의 뺨이 내 뺨을 문지르기 시작했다. 그건 매끈매끈한 뺨으로 나는 이름처럼 서른다섯씩이나 된 점

잖은 나이임에도 벌겋게 달아오르고 말았다. 그렇게까지 벌겋게 달아오를 이유는 없었으나, 나는 부인의 '분을 발라드릴까요?'를 보통 게이샤(芸者)들이 하는 것처럼 솔로 남자의 얼굴을 문지르는 정도로만 생각하여 그 정도라면, 하고 단단히 각오를 하고 있었는데 이건! 누가 뭐래도 있을 수 없는 일이었기에, 그렇구나 싶었다. 어째서 그렇구나 싶었는가 하면, 솔직히 말해서 뺨을 비빈 것은 매우 기분 좋은 일이었는데 오늘은 또 왜, 산주로에게 충고 같은 걸 하고 싶어진 것인지, 어쨌든 그때 나는 얼굴이 새빨개져버리고 말았다.

부인의 뺨은 매끈매끈할 뿐만 아니라 탱탱했다. 그랬기에 나의 마르고 거칠거칠한 뺨에 접촉한 순간 분이 거즈로 닦아낸 것처럼 부인의 뺨에서 내게로 들러붙고 말았다.

"이야, 색마."

라며 가장 천박하고 가장 흔해빠진, 적어도 이 부인 앞에서는 경멸해야 할 하등한 말을 외친 자가 있었다. 그러나 이렇게 외친 자도 이 장소 이외에서는 정의파의 제일인자로, 산주로에게 권고를 해야 한다고 발의한 것이 이 사내였으니, 대체로 산주로의 남자친구들은 전부 이 부인에게서 무엇인가를 느끼고 있으면서도 부인이 없는 곳 전부에서는 서로에게 묘한 질투를 느끼며,

"부인은 못 쓰겠어."

라고 말하는 것이었다. 부인은 그러한 사내들의 기분을 아는지

모르는지, 나의 새빨개진 얼굴을 보며,

"보기와는 다른 분이시네요."

나의 겉모습이 어떻게 보이는지는 거울 앞에 선 것만으로는 알 수 없기에 같은지 다른지는 모르겠으나,

"그런가요."

라고 말한 순간 술잔의 테두리에 손가락을 대더니,

"지금부터예요."

라며 내밀었다. 뺨에 분을 묻힌 채, 그러한 술잔을 받으며 설마,

"산주로 자네의 아내는."

이라고 말할 수도 없는 일이었으나, 뒤돌아서 생각해보건대, 혼자가 되어 생각해보건대, 친구들과 모여 이야기해보건대,

"아무래도 못쓰겠어. 그 정도라면 모르겠지만, 아무래도 위험해."

라고 말하면서도, 한 사람 한 사람 모두가 한 번쯤은 그러한 경우를 당한 듯했다. 과연 몹쓸 일이었다.

3

부인이 내게 한 행동은 이것뿐이었다. 따라서 이것뿐이라면 술자리의 흥을 돋우기 위한 행동으로 봐줄 수도 있을 테지만, 핫토리 다이이치(服部代一)가 보고 와서 우리에게 보고한 내용은, 그러한 장난의 대상이 되고 있는 사내들에게는 상당한 질투심을 느끼게 하는 것이었으며, 역시 따라서 정의감을 불러일으

키기에 충분한 것이었다. 그것은…….

다이이치가, 다이이치도 그다지 선량한 남자는 아니어서 친구 및 산주로에게 충고도 하지만, 부인의 정체를 알고 안전하다고 판단되기만 하면 간통도 마다하지 않을 남자인데, 그런 남자가,

"그런 녀석하고 말이지……."

라고 분개하며 보고하러 왔으니 꽤나 커다란 일이었다.

"자네도 카나이(金井)라는 의사의 아들놈을 알고 있지?"

카나이의 아들이란 영화배우가 되기도 하고, 아마추어 사진가가 되기도 하고, —영화배우나 사진가도 결코 나쁘지는 않지만, 그가 부자에 무능하고 또한 인생의 경험이라고는 이 여자 저 여자 건드리고 다닌 것이 전부인 미청년이었기에, 그리고 자신이 아름다운 사내라는 사실과 돈이 있다는 사실 외에는 자신감을 가지고 있지 못한, 아니, 그 두 가지에는 커다란 자신감을 가진 사내였기에, 그 남자만큼 경멸에 합당한 인간도 없었다. 그런 카나이 킨타로(金井金太郎)와 마치아이[1]에 들어갔다는 것이었다.

"있을 수 없는 일이야, 이건."

"정말인가?"

라고 말한 나도 왠지 아름다운 것이 더러워진 듯한 느낌이 들어

---

1) 待合. 회합 등을 위해서 방을 빌려주던 요리점. 게이샤를 불러다 술자리를 갖기도 하고, 남녀가 밀회의 장소로 쓰기도 했다.

가벼운 불쾌감을 느끼며,

"어디의?"

"장소도 기가 막혀. 하쿠산(白山)이야."

"자네의 안방 아닌가?"

"맞아. 안방에서 체면을 구긴 셈이야. 하쿠산에 타카사고(高砂)라는 집이 있는데, 형편이 없어서 누가 뭐래도 2류에 속하는 곳이야. 거기로 카나이를 데리고 태연하게 들어가는 장면을 내가……."

"그 집에서 이쑤시개를 물고 나오다 본 거겠지."

"농담할 때가 아니야. 정말 큰일이야."

"자네에게도 얼마간은 경험이 있지 않은가? 유부녀라면 눈빛이 바뀌는 주제에."

"쓸데없는 소리는 집어치우고, 산주로를 위해서, 그리고 우리 친구들의 명예를 위해서……."

"부인의 명예도 좀 넣어줘."

"그 인간한테 명예가 있기나 해? 어쨌든 들어가서 물어볼 수도 없는 일이었기에 그대로 감시인을 붙여놓았는데, 감시인이 보고하기를 3시간 남짓이나 있었다고 해. 놀랍지 않은가?"

"조금 놀랍군."

"조금이 아니야. 이 말에 놀라지 않는 건 산주로뿐이야."

"산주로도 놀랐겠지."

"그게 태연자약, '그랬나? 집사람한테는 용돈도 없었을 텐데.'라는 식으로만 말하고 모르는 척하더라니까."

"설마."

"아니, 마치아이에도 종종 드나드나봐. 산주로가 저 모양이니. 둘이서 신바시(新橋)네, 카구라자카(神楽坂)네 곧잘 드나들어. 언젠가 요시와라[2]로 쓰미야구[3]를 구경하러 간 적이 있었는데, '저도 유녀를 샀어요. 정말 귀여워요.'라고 말하더군. 어이가 없어서. 그랬더니 산주로가 옆에서, '우스무라사키(薄紫)라는 유녀인데 집사람하고 아주 친해졌어.'라고 말하더군. 이건 뭐, 보통 사람하고는 사람이 달라."

"다른 뽕짝이랑은 뽕짝이 다르단 말인가?"

4

핫토리 다이이치의 보고는 우리를 상당히 놀라게 했다. 그러나 그로부터 이삼일 뒤에 카나이의 악우 가운데 한 사람으로부터,

"산주로 씨의 부인도 참 대단한 사람입니다. 천하의 카나이 군도 쩔쩔맸다고 합니다."

라는 말을 들었기에, 카나이보다 머리가 좋은 부인인 만큼 상대로 삼기에는 부족했던 것이리라 생각하여 모두 안심했으나,

---

2) 吉原. 토쿄에 있던 유곽지.

3) 積み夜具. 유곽에서 단골이 된 손님이 유녀에게 선물한 침구를 가게 앞에 장식하던 것.

그로부터 다시 1개월쯤 지나서 나와 마쓰무라(松村)와 타치바나(立花) 세 사람이 부인을 보았을 때는 더 이상 변명의 여지가 없는 것으로, 세 사람 모두 술기운이 가시고 커다란 우울함을 느꼈다.

상대방은 모르는 사람이었다. 모르는 만큼 더욱 우울했다. 장소는 후지미초(富士見町)였다. 하쿠산도 그렇고 이곳도 그렇고, 부인의 명예를 위해서 크게 개탄해야 할 만한 곳이었다. 이 개탄해야 할 만한 곳으로, 어디의 누구인지도 모를 그 남자와 함께 자동차를 타고 왔다. 그것도 바로 정면에 차를 세웠다.

부인이 남자와 자동차를 정면에 세운 정도는 우리에게도 대수로울 것 없는 일이었으나, 부인의 그때 모습이 개탄의 대상이 되었다. 그녀는 모피를 남자와 자신 두 사람의 목에 감고 있었으며 남자의 어깨에 얼굴을 약간 기대고 있었는데, 무릎에서 아래를 무릎덮개로 감싸고 있었다. 나는 그 무릎덮개 안쪽을 상상할 만큼 교양 없는 사람은 아니었기에 그 일은……, 그보다 그 안쪽을 상상하기 전에 모피 목도리가 모든 것을 이야기해주고 있었다. 이는 더 이상 술자리의 농담이 아니었다. 훌륭한 무엇인가였다. 안의 등불을 끄고 사람들의 눈을 피해서 와야 할, 아직은 거리의 그런 초저녁이라 할 수 있는 오후 10시 무렵에 그 모양이었으니……, 오로지 산주로를 위해서 우리는 기껏 오른 술기운이 가셨으며, 자리에 있던 게이샤에게 난폭한 말로 호통을 친 뒤 그대로 거기서 나와 그 두 사람이 들어간 마치아이로 갔다.

그곳은, 이라기보다 후지미초는 내가 한 집 한 집 다 알고 있는 곳이었기에 그들 두 사람이 2층에 채 앉기도 전에,

"이모."

하며 나는 봉당에 버티고 서 있었다.

"어머, 선생님. 웬일이세요. 자, 올라오세요."

"지금 두 사람이 들어갔지?"

"네, 같이 온 거예요?"

"그런 건 아니지만, 그 일로 잠깐."

나와 안주인은 마루 끝에 있는 방의 화로 앞에 앉았다.

"알고 있는 사람이야? 남자 쪽?"

"이라고 물으시는 걸 보니, 부인 쪽은 알고 계시는 모양이네요."

"알고 있어."

"아름다운 분이시네요. 누구의……."

"친구야. 유명한 불량부인이라서 말이지. 종종 이런 짓을 하는데……."

라고 이야기를 주고받는 사이에 두 사람을 안내해 올라갔던 하녀가,

"어서 오세요. 술하고 담배."

라고 말하며 들어왔다.

"이야, 예뻐졌는데. 잠시 못 본 사이에."

"빈말 아니시죠? 꼬맹이도 가끔은 불러주세요. 당신 같은 바람쟁이도 없을 거예요. 게이샤와 바람을 피우는 거라면 용서해주겠지만. 가끔은 오타마(お玉) 씨의 얼굴도 좀 보러 오셔야 하는 거 아니에요?"

"엎드려 절을 해야 하나?"

라고 말하며 나는 두 손을 모았다.

"천천히 놀다 가세요."

"잠깐, 기다려봐. 지금 손님들 말이야."

"2층의 두 분?"

"응. 아는 사람이야?"

"아니요."

"여기는 처음 본 손님도 받는단 말이야? 지금까지 나만 몰랐었나?"

"영업상의 기밀에 관한 일, 너구나 영부인과 어르신의."

"그만해. 누가 영부인이라는 거야. 샛서방 자식."

"그러니까 더욱 영업상의 기밀이잖아요."

이 집에서는 두 사람을 정말 모르는 모양이었다. 나는 설마 두 사람의 방 안으로 들어갈 수도 없었기에 1시간쯤 앉아 있다가 두 친구가 기다리고 있는 곳으로 돌아왔다.

5

"술은 둘이서 1되쯤 마셨어. 그리고 시키시마[4]를 2갑."

"가장 중요한 일은?"

"그건 아무리 나라도 알 수 있을 리 없지."

"그래도 하녀는 있었다고 말하지 않았는가?"

"아니."

"흠, 하지만 관계를 맺으려고 마음만 먹으면 어떻게든 할 수 있는 법이니까."

"맞아."

세 사람은 게이샤를 남겨둔 채 두 사람의 관계가 있었는지 없었는지에 대해서 논했다. 그리고 자동차 안에서의 교태로 미루어 짐작했을 때, 당연히 부인의 부덕함이 있었을 것이라고 결론지었다.

"어쨌든 세 사람이서 확증을 잡았으니 이 사실을 들어 산주로에게 다시 한 번 충고하기로 하세."

"그렇게 하세. 사회를 위해서, 일국의 풍교(風教)를 위해서 그냥 넘어가서는 안 돼."

"일국의 풍교가 뭐예요?"

라고 술을 따르던 여자 가운데 한 명이 참견했다.

"풍은 풍속, 교는 교화, 교육."

"어려운 말이네요."

세 사람이서 가는 것도 너무 호들갑을 떠는 듯했기에, 내가

---

4) 敷島. 1904년부터 1943년까지 제조 · 발매되었던 담배. 당초에는 최고급 담배였다.

그 대표로 나섰다.

나는 마치아이에서 나와, 그 걸음에 일국의 풍교를 위해 나카쓰보(中坪) 산주로의 집으로 가서,

"잠깐 시간 있는가?"

라고 그 대화를 위해 가장 먼저 이렇게 말을 꺼냈다. 그런 다음,

"아무래도 요즘의 풍조는……."

이라고 슬슬 본론으로 들어가기 위해 말을 꺼내자,

"잠깐 기다리게. 지금 좋은 위스키를 가져올 테니."

라며, 평소 직업상의 민감함을 감안하면, 이 한마디로 당연히,

"아내에 관한 일인가?"

라고 말해야 할 나카쓰보 산주로가,

"한잔 한 뒤, 늘 가던 곳에나 가볼까?"

라고 말하기라도 할 듯한 기색이었다. 그러한 마음을 상하게 하는 것도 친구로서 좋지 않다고 생각하기는 했으나, 일이 워낙 일국풍교와 관련된 것이었기에,

"자네 아내는 집에 있는가?"

라고 다시 다른 방향에서부터 말을 꺼냈다.

"글쎄……. 아마 없을 걸. 자, 킹조지일세."

"킹조지도 좋지만, 퀸 에미코도 난감하게 되지 않았는가?"

라고 한껏 용기를 내서 말했다.

"왜?"

"왜냐고? 이봐……."

"물론 온갖 말로 접근해오는 녀석이 있기는 하지만……."

"그것도 남자의 태도로서는 나도 긍정하지만, 그래도."

"어느 정도까지는 봐줘도 돼. 무엇보다 남자가 추악한 거니까. 집사람이 재미있어하고 있어."

"거기에도 정도가 있지."

"이봐, 이건 비밀인데 말이지. 집사람은 임포텐츠[5]야."

나카쓰보 산주로는, '너도 그런 사람 가운데 한 명이야?'하는 얼굴로 위스키를 기울였다. 나는 추악한 남자 가운데 한 명으로서 단숨에 킹조지를 들이켜고, 부인 앞에서 그랬던 것처럼 다시 한 번 얼굴이 새빨개졌다.

---

5) 발기불능.

그녀의 철학

1

네잎클로버를 양말 속에 넣어둔다. 좋아하는 남자를 만났을 때는 탄생석에 가만히 입맞춤을 해두면 행복이 찾아온다. 동천에 솟은 달을 보았을 때는 인기척이 없는 곳에서 빌면 좋다. 이처럼 외국에서 온 것도 아주 잘 알고 있었으며 일본 전통의 검은 고양이를 보면, 이라거나 족제비가 앞길을 가로지르면, 이라거나, 그러한 것들에 대한 지식도 충분히 가지고 있었다.

지금의 남편과 결혼을 약속한 날 밤, 그녀는 꿈에서 코스모스 밭을 보았다. 그리고,

'코스모스는 금방 진다.'

는 외국의 말이 떠올랐기에 맥이 풀리려 했으나 곧,

'꿈은 반대.'

라는 일본식 해석을 채용해도 좋으리라는 사실을 깨달았다. 그리고 꿈이라는 글자를 3개의 산 모양으로 써서 그 종이를

강물에 흘려보냈다.

그 사실은 누구에게도 말하지 않았다. 학교의 친구도 그것을 믿고 똑같이 클로버를 넣으며,

"미신이야."

라고 말했는데, 그녀도 그렇게 생각하기는 했으나 남들보다 조금 더 마음에 두는 편이었기에 신문의 구성[1]을 보고,

'오늘은 대안일(大安日)'

이라고, 그것은 남편도 종종 입에 담았지만, 그녀는 그것을 그날 하루의 일정을 판단하는 데 사용했으나, 남편은 현관에서 구두를 신으면 벌써 잊어버리고 말았다. 신문의 구성이, 신문에 따라서 반대인 날도 있었다. 그녀는 그것으로 그 신문의 가치를 결정했으며, 맞지 않는 쪽을 끊어버렸다.

"바보 같은 짓 하지 마."

라고 남편이 말했기에 다시 구독하기는 했으나 그 신문의 구성은 결코 보지 않았다. 그리고 그 신문이 경영난에 빠졌다는 말을 듣자 미소 짓고,

"그럴 만도 하지."

라며 고개를 끄덕였다. 남편은,

"뭐가? 어째서?"

"틀림없이 그렇게 될 거예요."

---

1) 九星. 운명을 판단하는 데 이용하던 아홉 개의 별.

"이해할 수 없는 소리를 하는군. 일본은 국가난에 빠졌어."

그럴 때면 그녀는 늘 입을 다문 채,

'미신, 미신이라고 하지만, 그게 맞으면 미신이든 뭐든 상관없잖아.'

라고 자신만은 마음속에서 굳게 믿었다.

2

결혼 13일째 되던 날, 그와 둘이서 엔니치[2]에 갔다. 거기에 두 사람을 닮은 장미꽃이 있었다. 몇 개고 몇 개고 봉오리가 달려 있었으며 꽃이 피어 있는 것이 화분에 심겨 있었는데 50센밖에 하지 않았다.

'이 봉오리가 10개 피어나는 동안 분명히 좋은 일이 있을 거야. 1송이가 5센씩이라고 치면……, 좋은 일이 아무리 작은 것이라고 해도 5센이면 싼 거야. 화분까지 딸려 있는걸.'

그녀는 이렇게 생각했기에 남편이 30센부터 시작해서 50센에 흥정하고 있을 때,

"그럼 제 용돈으로……."

라고 말해서 꽃장수를 기쁘게 하여,

"사모님, 이놈은 튼튼한 꽃으로 보시는 것처럼 얼마든지 새끼에 새끼를 칩니다."

---

2) 縁日. 어떤 신불과 특정한 인연이 있는 날. 이날 참배하면 특히 이익이 있다고 여겨진다.

라고 말하게 했다.

"새끼가 그렇게 많아서는 곤란하지."

남편은 화분을 어깨 위에 짊어지며,

"장미는 뭐야?"

"사랑이에요."

"어떤 식으로……."

"아무렴 어때요. 저, 사랑과 행복을 이 꽃이 반드시 가져다주도록 키울게요."

"50센에 그렇게 몇 개고 손쉽게 찾아와서는 곤란해. 너의 애정이 너무 넘쳐나서 다른 남자에게 나눠주는 거 아니야?"

"어머나."

라고 말하며,

'봐, 이렇게 허물없는 농담까지 하게 되었잖아.'

라고 생각했다. 그리고,

"사랑에는 얕은 사랑과 깊은 사랑이 있는데, 장미는 깊은 사랑의 상징이에요."

"아이고, 꽤나 어렵게 생겨먹었군."

"그리스 이후로 믿어져온 일이에요. 무슨 일인가가 있을 거예요."

"그럴까?"

남편은 아내와 장미를 사람들에게 내보이며 휘파람과 함께 걷고 있었다.

3

그녀가 행복이 올 것이라 믿고 있던 첫 번째 봉오리가 핀 날 아침, 맞춰두었던 옷이 백화점에서 도착했다.

'이것봐. 그래서……, 그래서 난 믿고 있는 거야.'

그녀는 저녁이 오기를 기다렸다가 남편에게 그 사실을 말했다.

"너에게는 좋을지 모르겠지만, 나는 5센 때문에 38엔 50센을 손해봤어."

라고 말했으나, 남편은 그래도 새 옷을 입게 하여 방 안을 걸어 보게 했다.

두 번째 봉오리와 세 번째 봉오리는 같은 날 피었다.

'뭔가가 올 거야.'

그녀는 하루 종일 기다렸으나 기적은 아무것도 나타나지 않았다.

남편에게 할 말이 없었기에,

'어째서 두 송이가 한꺼번에 핀 날은 안 오는 걸까?'

라고 생각하고 있자니 남편이 찐만두와 돼지불고기를 들고 돌아왔다.

'어머, 이거였구나.'

라는 생각이 들어,

"신기하네요."

라며 그 일을 세세하게 들려주었다. 그 다음에는 네 송이가 한꺼번에 피었다. 그리고 그날 아침, 나막신 한쪽이 없어졌다.

'네 송이가 피면 불행한 걸까?'

라고 생각했다가 바로,

'이미 낡았는데 새로운 것으로 바꾸게 되었어. 역시 행복 가운데 하나야.'

라고 해석했다.

정오 전에 물건을 강매하러 보따리상이 왔다. 그녀가 불쾌하다는 듯이 앉아 무뚝뚝하게 상대하고 있자니, 호적조사를 위해서 순사가 왔기에 장사꾼은 정중하게 다른 말을 하고 나가버리고 말았다. 그리고 저녁에 비가 내리기 시작했는데 빨래를 걷은 것과 내리기 시작한 것이 동시였다. 그녀는,

'이것도 하나일까?'

라고 생각했다. 그리고 저녁 준비를 하면서,

'비 때문에 시장에 가긴 귀찮은데…….'

라며 궁리를 하고 있자니 옆집에서 선물받은 것이라며 송이버섯을 주었다. 그리고 역으로 남편을 마중 나갔는데 남편이 개찰구를 나온 것과 동시였다. 그녀는,

'오늘은 5가지 좋은 일이 있었어. 그 가운데 어떤 4가지가 꽃 덕분인 걸까?'

라고 그 선택을 잠자리에서까지 생각하며,

'송이버섯은 물론 거기에 들어가. 나막신을 포함시켜서는 안

돼. 하지만 남편이 바로 사준다고 했으니 이게 두 번째 행복이야. 그리고……'

하루에 행복이 몇 개고 찾아왔는데 한 송이밖에 피지 않은 날도 있었다. 봉오리가 벌어진 날 조그만 불행이 찾아왔으나,

'한두 번쯤은 틀리는 법이야.'

라고 생각했다.

4

복수초를 사다 토코노마[3] 위에 놓았다. 남편이 그것을 보며,

"오늘 회사에 멋쟁이 타이피스트가 들어왔어."

라고 말했다.

"미인? 몇 점 정도?"

"한 8.7점 정도 되려나."

"그럼 나보다 0.7점 많네."

"처음에는 0.7점 정도 높게 보이는 법이야."

"됐어요."

그녀는 이렇게 말하고 마음속으로,

'만약 이 복수초가 시들거나 꽃이 피지 않으면 틀림없이 남편이 타이피스트와 눈이 맞은 거야. 난, 그렇게 정해두겠어. 그렇게 정해둘 거야.'

---

3) 床の間. 일본식 방에 바닥을 한 단 높여 족자, 장식품, 꽃 등으로 장식하는 공간. 이하 장식공간.

라고 생각하며 아직 봉오리뿐인 화초를 가만히 응시했다.

"복수초는 부귀장수를 상징하는 거였지? 아마도."

"네, 하지만 제 것은 조금 달라요."

"외국식 해석인가?"

"어디 식도 아니에요. 제가 정한 꽃말에 의하면, 그 타이피스트에게 당신이 무슨 짓을 하기라도 하면 그 사실이 이 꽃에 전부 나타날 거예요."

"무슨 짓을 하다니, 예를 들자면?"

"젊은 사원과 아름다운 타이피스트라면, 뻔하잖아요."

"믿음이 없는 건가, 나는?"

"믿는다고 해봐야 인생에는 우연이라거나, 기회라거나, 욕심이라거나 여러 가지가 있는 법이에요. 예정이나, 이지를 초월한 것이."

"꽃점 같은?"

"물론하죠."

"그런데 만약 내가 바람이라도 피우면 이 복수초는 어떻게 되는 거지?"

"슬퍼하거나 화를 낼 거예요."

"반대로 나나 쥐라도 상관없이 이 꽃을 다치게 하면 타이피스트가 나에게 반하기라도……."

"그렇게 되지는 않을 거예요. 꽃은 인생을 만들어내지는 않아요. 즐겁게 해줄 뿐이에요. 암시하거나 알려주거나, 당신은 미신이라고 말하지만 여성의 잠재의식 같은 것이 꽃을 영매로 삼아서 여러 가지로 신비하게 작용하는 거예요. 저, 점점 적중률이 높아져가고 있어요."

"잘 맞기는 하지만 때로는 너무 억지스러운 해석도 있어."

"해석이라는 건 원래 남성에게 속한 능력이기에 가끔 틀리기도 하는 거예요. 직감적으로 이렇다고 생각한 것에는 결코 틀림이 없어요."

"그럴까? 어쨌든 회사 전체가 떠들썩해."

"마음껏 떠드세요. 무엇을 하는지 다 알 수 있으니까."

남편은 마음속으로,

'이 사람, 이것만 없으면 좋으련만.'

이라고 느꼈다. 그리고,

'연애의 비밀이라는 건 어쨌든 잘 맞는 법이니까.'

라고도 생각했다.

5

하렘 화장품점에서 연극초대권이 30장, 그의 회사로 왔다. 타이피스트가 입사한 지 8일째. 그와 그녀가 결혼 한 지 1년 반이 조금 지났을 때의 어느 날이었다.

"잠깐 가서 보기로 할까?"

라고 그는 얼굴을 동료에게 향한 채, 얼마간 설레는 가슴은 타이피스트에게로 향한 채,

"한동안 카부키[4]도 보지 못했으니."

동료가,

"그럼 4시쯤 퇴근해서, 서로 너무 들볶이지 않도록 빨리 나오기로 하지."

"우리 집사람은 집에 있어도 전부 알 수 있어."

"뭘?"

"4시부터 카부키를 보러 간다는 사실을."

"천리안인가?"

"그런 비과학적인 게 아니야. 신경에서 방사되는 에테르가 꽃을 매개물로 삼아서……."

"잠꼬대 같은 소리 듣고 있을 시간 없어. 벌써 4시야. 이봐, 급사. 제2과장한테 슬슬 출발하자고 말하고 와."

타이피스트가,

"히라카와(平川) 씨. 좌석, 몇 번이세요?"

라고 물었다.

"나?"

그는 안주머니에서 표와 손수건과 만년필과 먼지까지 꾸깃꾸깃 집어내서는,

"로의 216입니다."

"그럼 옆자리네요."

---

4) 歌舞伎. 일본 전통의 연극.

타이피스트는 지금 막 화장을 고치고 온 얼굴로 그가,

'요즘 이런 여자는 누구나 이래.'

라고 생각하며,

'그렇다면…….'

이라고도 해석할 수 있을 법한 애교섞인 웃음을 정면에서 보냈다.

"7인가요?"

"5예요. 로의 215. 제가 아주 좋아하는 숫자예요."

"왜죠? 215를 좋아하는 겁니까, 로를 좋아하는 겁니까?"

"숫자점을 모르세요?"

"모릅니다."

"이봐, 히라카와. 어서 가자고."

그는 자리에서 일어서며,

"극장의 복도에서라도 들려주십시오."

"네."

타이피스트는 다시 한 번 콤팩트를 꺼냈다. 그는,

'과학이 진보하고 있지만 종교도 번창하고 있는 것처럼, 여자도 진보해왔지만 미신과는 멀어질 수 없는 모양이군.'

이라고 생각했다.

6

그녀는 지금의 생활에 완전히 만족하고 있었다. 화장을 할 때도 거울 속 자신에게서 아무런 불평의 그림자도 느끼지 못했다. ―느껴서 가슴을 뛰게 하거나 생각에 잠기게 하는 것도 없었다.

그도, 그녀도, 시간도, 식사도, 대화도, 행동도, 표정도 모두 그녀에게 있어서는,

'충분히 익숙해졌어. 만족해.'

라고 느껴져 연못 속처럼 고요했다.

똑같은 시간에 일어나 부엌으로 가서 처음에는 짜기도 하고 달기도 했던 국이 별 생각 없이 끓여도 두 사람의 입에 맞게 되었고, 또 가스가 소리를 내며 확 타오르다 꺼질 무렵이면 남편이 방에서 신문 넘기는 소리가, 그것도 처음에는 신경에 거슬리더니 요즘에는 때로 들리지 않게까지 되었고, 화분을 내놓거나 소금을 집는 일도 손발이 저절로 움직여주었다.

'완전히 익숙해졌어.'

그녀는 화장과 부엌일에 얼마나 허둥댔는지 알 수 없었으나, 지금은 손을 잠깐 움직이기만 하면 머리도 화장도 끝났으며, 부엌일과 화장 사이에 충분한 시간이 남았다.

'모든 것이 완전히 손에 익었어.'

그가 돌아와서,

"오늘은 연극을 보러 갔다왔어. 하렘의 초대가 있어서 말이지. 너를 나오라고 할 수도 없어서……."

"저, 카부키 같은 건 보고 싶지 않아요. 그 대신 영화를 보러

가요.”

“응.”

“복수초가 살짝 벌어지려 하고 있죠?”

“필 때쯤이면 보너스가 들어오겠는데.”

“맞아요.”

“얼마 들어올지 알고 있어?”

“반년분?”

“꽃으로 점을 쳐봐.”

“3개월분이라도 상관없어요. 옆집은 열흘분도 나오지 않는대요.”

“열흘분은 또 뭐야?”

“40엔, 고향으로 보낼 돈을 도무지 마련할 길이 없대요.”

“자신의 목숨조차 연명하기 힘든 시대야. 배부른 소리 하지 말라고 해.”

그는 이렇게 말하며 마음속으로,

‘복도와 식당에서 어땠지? 그 의미 있는 듯한 눈짓과 말.’

그는 복수초를 돌아보며,

“잘 풀릴 것 같아, 그렇지?”라고 말했다.

“네, 틀림없이 행복한 정월이 될 거예요.”

“그렇고말고…….”라며 그는 미소 지었다.

7

'여기까지 왔는데 왜 피지 않는 걸까?'

그녀는 복수초를 보며 그 꽃잎에 생기기 시작한 갈색 부분을 손가락으로 만졌다.

'썩기 시작하는 걸까…….'

그녀는 언젠가 이 화초를 사가지고 온 날 그에게,

"이 꽃이 제대로 피지 않으면 당신과 타이피스트가 수상한 거예요."

라고 했던 말을 떠올렸다.

"틀림없이 그거야."

그녀는 중얼거렸다. 그리고,

'회사 앞에 서 있을까? 아니면 전화를 걸어볼까?'

라고 생각했다.

'오늘쯤 보너스가 나올 텐데…….'

이런 생각이 들자 하이칼라한 타이피스트가 남편의 팔에 안겨 쇼윈도 안의 물건을 속삭이고 있는 모습이 그려졌다. 가슴으로 바람이 불어와 숨이 차오르는 것처럼 느껴졌다. 그녀는 자리에서 일어나 장롱 앞으로 갔다. 그러다,

'벌써 6시니 지금 나서봐야…….'

라는 생각이 들었다.

'전화를 걸어봤자 이미 퇴근해버렸다면 쓸데없는 짓이고……. 꽃이 분명히 무엇인가를 얘기해주고 있는 건데…….

혹시 버스의 충돌이라거나…….'

그녀는 꽃 앞에 앉아,

'하지만 이 반점은 어제부터 생기기 시작한 건데……. 그래, 그 사람에게 뭔가 병이 생기기 시작한 거 아닐까? 맞아, 틀림없이 그거야.'

그녀는 봉오리 위를 짚어 그 습도를 살펴보았다. 그리고 싱싱하게 돋아나고 있는 어린잎을 바라보며,

'하지만 두 사람 사이에는 아무런 흔들림도 없어. 전체적으로 보면 기운이 넘쳐나고 있잖아.'

그녀가 남편의 병에 대해서 여러 가지로 생각하고 있는 동안, 시계가 7시를 알렸다. 그녀는,

'역시 타이피스트일까?'

그녀는 거울 앞으로 가서 자신의 얼굴을 바라보기도 하고 화장을 하기도 하고,

'남자란 새로운 여자라면 바로 좋게 보는 법이야. 지지 않을 거야.'

라고 생각하며 분첩을 두드려 발랐다. 7시 30분이 되었다.

8

"여보."

그녀는 얼마간 술 냄새를 풍기는 남편에게 복수초를 가리키며,

"어떻게 된 일인지 복수초가……."

"무슨 일이야? 복수초가?"

"말했었잖아요, 이 복수초가 피지 않으면 타이피스트와 수상한 거라고. 그렇죠? 분명히 아름다운 타이피스트와……."

"한심한 소리 하지 마. 이런 복수초가 그런 일을 어떻게 알겠어. 복수초가 남편의 바람을 느낄 정도라면, 일본 전체가 복수초투성이가 될 거야."

"아니요, 이삼일 전까지만 해도 싱싱하게 피려했던 것이……. 당신, 얼마전의 연극이라는 거 거짓말이었죠? 그 사람하고 어딘가에 갔었던 거죠?"

"한심하기는."

"보너스는?"

"내일이야."

"얼마 전에는 오늘이라고 하셨었잖아요."

"하루 늦어졌어."

"타이피스트한테 선물을 한 거죠? 그래서 복수초의 꽃잎에 얼룩이 생기기 시작한 거예요. 틀림없이 그럴 거예요."

그녀는 이렇게 말하는 사이에 점점 그렇게 된 것이라고 믿기 시작했다. 그는,

'타이피스트의 교태도 좋지만, 집사람의 질투에도 진심이 담겨 있어서 좋군.'

이라고 생각했다.

'이 정도의 일도 없으면 단조로워서 견딜 수 없을 거야. 세상에서 모범적 부부라고 불리는 사이만큼 이상한 사이도 없을 거야, 제길.'

그는,

"타이피스트하고 말 좀 섞었다고 해서 그게 뭐 어쨌다는 거야. 쓸데없는 질투 부리지 마, 자기최면 같은 거야."

"뭐라고요?"

"쓸데없는 생각 같은 거 믿지 말라는 뜻이야."

"아무렴 어때요. 복수초가 틀림없이."

"이런 복수초가 다 뭐란 말이야. 한심하기는."

그는 복수초를 움켜쥐었다.

"여보!"

그녀가 외쳤다. 그리고,

'타이피스트를 사랑하는 거야.'

그녀는 자리에서 일어나더니,

"이 집에서 나가겠어요."

라고 외쳤다.

"마음대로 해. 일일이 꽃 따위에 휘둘려서는 누가 견딜 수 있겠어!"

"당신 마음이 변한 게 꽃에 전부 나타나 있어요."

그녀는 옷장 앞에 서서,

'사랑하는 사람과 가끔 싸움을 하는 것도 괜찮은 일이야.'

라고 생각했다. 그는,

'한 번쯤은 처가로 가버려.'

라고 생각했다. 그러나 자신을 매서운 눈초리로 노려보며 서 있는 모습을 보자,

'타이피스트보다 아름다워.'

라고 느껴졌다.

"말도 안 되는 미신 같은 건 버려. 바보 같이. 가만히 보고 있자니 너무하잖아. 꽃이 알려준다니, 내가 너를 그렇게 사랑하고 있는데도, 왜 이렇게 화를 내는 건지 알고 있기나 해? 한심하기는."

"맞아요, 저 역시……."

"너나 꽃이, 남자나 생활의 복잡함을 알기나 해? 장식공간에 얌전히 앉아서 예쁘게 보이기만 하면 다인 줄 알아? 무슨 인형도 아니고."

"그래요, 어차피 인형이에요."

"혼꾸멍을 내준다."

그녀가 웃기 시작하며,

"당신, 싸움을 잘하시네요. 좋아요, 남자다워서."

"무슨 소릴 하는 거야. 미신 같은 건 버려버려."

"정말 타이피스트하고 아무 일도 없었나요?"

"꽃이 썩는 건 꽃집 탓이야. 우리가 꽃집에 지배받는다는 게 당키나 한 얘기야?"

“정말 아무 일 없다면…….”

그녀가 그 앞으로 한 걸음 다가섰다.

“이리 오세요.”

그는 그녀가 다가오는 모습을 바라보며,

‘조종법 가운데 하나로군.’

이라고 생각했다. 그녀는 다가가며,

‘복수초가 대신 희생을 해준 거야, 분명히.’

라고 생각했다.

거리의 잠항정

1

바 린덴(독자 여러분, 요즘의 소설에는 술집이 너무 자주 나오지 않나요?)의 오후 3시는, 그 지하실 입구의 자청색 등불처럼 고요한, 그러나 조금 침통한 새벽이다.

흑갈색 마룻바닥은 물에 젖어 있었고 보이들은 그 방에 담배와 외설을 가득 채우고 있었다. 옆은 여급들의 방이었다. 일찍 출근하는 조의 여자들이 수다스럽게 그 몽상과 비즈니스에 대해서 제멋대로 떠들어대고 있었다.

계단을 내려선 문가에 자신의 나이와 비슷한 숫자의 금단추가 달린 파란 옷을 입고 나이 어린 보이가 서 있었다. 다른 보이들은 자신들이 필요할 때면 그를 방으로 불렀으며, 방해가 될 때는 내쫓았다. 여급 26명 가운데서 2명을 제외한 다른 여급들은 딱 한 번, 혹은 하루에 한 번, 또는 여러 번,

"아직 동정이야?"

라고 말하기도 하고,

"신형 입맞춤을 가르쳐줄까?"

라고 말하기도 하고—, 그랬기에 그는 언제부턴가,

"가까이 오면, ××거야."

라며 손발을 내젓기도 하고—, 덕분에 다른 보이에게 맞곤 했다.

2개의 문에는 40온즈짜리 유리창이 둥글게 잘려 있었다. 그는 까치발을 해서 그곳으로 음울한 술집 안을 들여다보고 있었다.

선반의 술병이 각자 상표로 거드름을 피우고, 금속이 보이의 머리처럼 반짝이고 있는 스탠드 앞에서 지배인이,

"옷 정도는."

하며 아래로 향한 눈썹과 그 안의 연민을 청하고 있는 눈동자를 가만히 바라보았다. 아가씨는 낡은 모양의 거친 비단옷을 입고, 지배인의 에나멜 구두를 타인이 보고 있는 듯한 느낌으로 바라보고 있었다.

"만약, 살 수 없다면……."

지배인은 미소 지었다.

"무슨 말인지 알지?"

그것은 대답을 재촉하는 것처럼 강한 말투였다. 유미코(弓子)가 얼굴을 들었다. 지배인의 눈동자 속 미소가 무엇을 의미하는지 이해하지 못할 나이도 아니었다.

"내가 사귀도 상관없는데……."

유미코는 싸늘한 것이 몸을 훑고 지나가 뺨과 머리에 약간 발끈하는 빛을 띠었다가, 다시 고개를 숙였다.

2

"너, 이 녀석."

보이는 발소리를 의식하자마자 창에서 얼굴을 떼었으나 이미 오우미야 켄(近江谷謙)의 눈에 붙들려버리고 말았다.

"어서옵쇼."

그는 영화에서 본 보이와 같은 손짓, 인사를 해보였다.

"너, 색을 밝혀서는 안 돼. 뭘 훔쳐보고 있었던 거지?"

보이는 어깨를 움츠리고 손가락을 입에 대며,

"매니저가 색을 밝히고 있어요."

창을 들여다본 켄이,

"신났군."

이라고 중얼거리며 문을 밀었을 때, 유미코는 지배인이 쥐고 있던 팔의 오한에서 본격적으로 몸을 빼낸 참이었다. 지배인은 재빠르게 인사를 하고,

"좋아서 이런 곳에 들어올 사람은 아무도 없을 거야. 뭐 대부분은 살림에 보탬을 주기 위해서 일하러 오는 거겠지. 얼굴도 그렇지만 옷도 자본 가운데 하나야. 아무튼 잘 생각해봐. 이른 시간부터 어쩐 일이십니까?"

“굿 프로필. 여급 지원인가?”

유미코는 오우미야의 신사적인 의상에 압도당함과 동시에 수치심과 발끈함으로 얼굴이 붉어졌다.

“미인이잖아. 받아주도록 해.”

“옷이 없어서요.”

“내가 마련해주기로 하지.”

켄이 호기심과 새로운 발견으로 유쾌한 미소를 지배인에게 던졌을 때,

“어서 오세요.”

저마다 이렇게 외치며 밤의 화장을 한—, 그러나 발끝으로 갈수록 지저분한 여급 셋이, 그 더러워진 싸구려 펠트 조리[1] 소리와 함께 들어왔다.

유미코는 지배인으로부터는 모욕당했다고 느꼈고, 켄으로부터는 농락당했다고 느꼈기에 참을 수 없는 혐오감이 혈관 속을 역류하고 있었다.

‘다른 데로 가자.’

라고 몇 번이고 생각했다. 하지만 어디를 가나 마찬가지라고 생각했으며,

‘악수 정도로 옷을 살 수 있다면 더없이 좋지.’

라고도 생각했다. 그러다 바로,

---

1) 草履. 슬리퍼 모양의 짚이나 가죽으로 만든 신.

'그런 더러운 수단……'

하고 자성해보기도 했으나, 머릿속 멀리서 자신의 생각이 아닌 것처럼 공허하고 힘이 없는 목소리로,

'정조를 희생해서라도 일가를 구하지 않으면 안 돼. 처녀인 채로 굶주려 죽는 게 무슨 가치가 있단 말이지? 어차피 언젠가는 깨질 거잖아. 나이를 먹을수록 점점 가치가 떨어져가는 처녀, 40살이 되어서도 처녀로 있으면 생리적으로 결함이 있는 것이라 여겨지는 처녀, 그런 것에 참된 가치가 있는 걸까? 옷을 위해서 깬다면 경멸받을 테지만, 일가를 지탱하기 위해서 깨는 거라면……'

이런 논리를 다른 사람이 논하고 있는 것과 같은 기분으로 외쳐보았다. 그러나 지배인이 상박을 잡았을 때 오한과 분노로 전신을 떨었던 일을 생각하면, 어떤 게 진짜 자신인지 알 수 없었다.

3

경쾌한 발소리가 들려왔다. 여자들이 돌아보더니 일제히 입에 발린 소리나 농담이나 교태를 멈추고, 선망과 질투로 몸이 굳어버렸다.

"일찍 왔네요."

"네."

마유코(眉子)는 앙상블을 입고 있었는데 여급들의 존재를

무시하듯 한쪽 테이블에 가서 앉았다. 지배인이, 켄이, 여급들이 몸을, 시선을 마유코 쪽으로 가져갔기에 해방된 듯한 기분이 든 유미코가 마유코 쪽을 돌아보자,

"그럼, 다음에 다시 오세요."

라고 지배인이 마지막 인사를 했다. 유미코는 발갛게 되어,

"네."

라고 작게, 슬프게 대답했다. 그리고 고개를 숙인 채 마유코가 앉은 테이블 옆에서 문 쪽으로 가려고 하자,

"이봐, 이봐."

켄이 불러 세우더니,

"옷을 사오도록 해. 내가 살 테니."

켄은 지갑을 꺼내고 있었다. 한 여급이 다른 여급의 눈동자에 의미가 담긴 미소를 던졌다. 마유코는 유미코를 가만히 바라보고 있었는데 유미코가 무엇 때문에 여기에 왔는지, 무엇을 슬퍼하고 있는지, 켄이 무엇을 하려는 건지, 바로 알 수 있었다.

"아니요. 괜찮아요."

유미코가 정중하게 인사를 하며 이렇게 말하고 발걸음을 떼려는 순간,

"저기……."

하고 마유코가 자리에서 일어서며 불렀다. 유미코는 멈춰 섬과 동시에,

'거절당한 이런 가게에 두 번 다시 발을 디딜 줄 알고? 이

아가씨도 대낮부터 뻔뻔하기도 하지. 명문가의 아가씨인지 댄서인지 모를 정도잖아. 누가 이런 사람한테 모욕당할 줄 알고.'

강한 결심이, 투쟁심이 솟아올랐다.

"왜요?"

유미코는 그 다음에 이어 '무슨 볼일이라도 있나요?'라고 덧붙이려 했으나, 마유코의 명랑한 눈동자를 보자 말이 나오지 않았다.

"받아주도록 해요."

생각지도 못했던 말에 유미코는 켄에 대한 의문과 마유코에 대한 의문이 급격하게 번뜩이기도 하고 사라지기도 했다.

'무슨 소리지? 받아주라니. 마치 아랫사람이라도 대하는 듯한…….'

이라고 생각했을 때,

"이런 부자의 돈을 빼앗아서 유효하게 쓰는 건, 이 사람을 위한 일이기도 하고 세상을 위한 일이기도 하고……."

켄이 지폐를 빼내며,

"바보 같은 소리 하지 마."

"무엇보다 이 사람을 돕는 일이니까."

켄이 지폐를 건네주려 유미코 쪽으로 손을 뻗자 마유코가 손을 내밀었다.

"네게 주는 게 아니야."

마유코가 미소 지으며,

"겨우 이거 갖고."

마유코는 핸드백에 그 돈을 넣더니,

"이걸 가지고 가요. 이 사람은 돈이 있어서 타락한 사람이고, 당신은 돈이 없어서 위험해요. 그렇죠?"

유미코는 마유코의 아름다움보다 그 말에 존경심을, 친밀감을 느꼈다. 마유코는 유미코가 뒤로 뺀 손에 가방을 들려주었다.

"하지만 이건……."

"케이스는 지금 새로 산 것이……. 자, 그러니 그건 당신이 가지고 가요. 안에 아무것도 안 들어 있으니……."

4

"어쨌든……."

오우미야 쇼헤이(近江谷庄平)는 뜨거워지기 시작한 광선과 바람 때문에 뚱뚱하게 빛나는 이마에 옅은 땀을 흘려가며,

"관민 모두가 지금을 불경기라는 말로 표현하는 건 무시무시한 유견사상(謬見思想)입니다. 현재가 불경기라는 건 그렇다쳐도, 장래에 경기가 살아날 것이라는 의미인데……, 시마(島)씨는 어떻게 생각하십니까?"

"글쎄요……, 언제 호경기가 찾아올지……."

시마는 그런 논의보다 얼른 자신의 회사를 매수해주었으면 했다. 회사를 오우미야의 동종 회사에 합병시키고 현금으로

25만 엔을 받는 것이 가장 이상적이었는데—, 그것은 시마의 애첩에게 그 돈 가운데 일부로 그녀의 희망인 술집을 열어줄 수 있기 때문이었으나, 오우미야는 20만 엔을 주장하며 물러서지 않았다. 따라서 시마는 오우미야의 논의에 감탄하고, 인내하고, 애원하고, 연민을 구하는 것 외에 달리 좋은 방법이 없었다.

"그 호경기가 올 것이라고 생각하는 것 자체가 잘못입니다. 일본에 있어서는 이것이 일상적인 상태입니다. 단언하건대 중일, 러일, 혹은 그 제1차 세계대전 후와 같은 변태적 호경기는 일본 경제계의 부자연적 현상으로 결코 일상적인 상태가 아닙니다. 오늘날, 지금이 일상적인 상태라는 사실을, 관민 모두는 어째서 이해하지 못하는 건지, 저는 참으로 이상하게 여기고 있습니다만. 어제도 내무부 대신에게 이런 얘기를 했더니 참으로 옳은 말이라고 감탄했으나……. 그 대영, 그레이트브리튼……"

이라고 말한 순간, 급사가 우동을 2개, 퇴색한 니켈 쟁반에 얹어 오우미야 앞으로 가져왔다. 그리고 그것을 테이블 위에 놓더니 주머니에서 명함 3장을 꺼냈다.

"기다리라고 하게."

급사는 인사를 하고 물러났다. 방 구석의 타이피스트는 차 내는 일을 겸하고 있었기에 우동이 오자 두 사람 앞의 싸구려 찻잔을 바꾸기 위해 얌전하게 자리에서 물러났다.

"간단한 간식이로군요."

시마는 담배에 불을 붙였다.

"아니, 이게 점심입니다. 늘, 점심이 두어 시쯤이 되어버립니다."

쇼헤이는 손수건으로 이마를 훔치고,

"양생에는 이게 제일 좋습니다."

이렇게 말하고 상의를 벗었다.

"긴축의 세상이니까요."

"맞습니다. 원래 물자가 부족한 일본이니 궁하게 사는 것이 당연합니다. 그 대영, 그레이트브리튼의 방적업지인 랭커셔의 쇠망을 보십시오. 일본의 방적에 대해서 이러쿵저러쿵 떠들어 봐야, 영국이 그 좋은 예를 보여주지 않았습니까? 면포를 입는 건 이제 과거의 생활입니다. 이 빌딩 안을 찾아봐도 면포는 타이프라이터의 기름을 닦는 천조각 정도일 겁니다, 시마 씨. 시골사람들도 지금은 인견을 입습니다. 그리고 사실상 인견은 모슬린이나 무명보다 쌉니다. 오늘날에는 구분하기도 좀처럼 쉽지가 않습니다. 이 타이피스트는 속치마에까지 인견을 쓰고 있습니다. 아하하하."

빨갛게 물든 얼굴로 의자에 앉은 타이피스트가 바로,

'발정 난 아제.'

라고 타이프라이터를 두드린 뒤 종이를 구겨 쓰레기통에 집어 던졌다.

"따라서 저의 어리석은 의견으로는 불경기가 더욱 심해질 듯합니다. 그러니 가치는 틀림없이 25만 엔, 아니 30만 엔 이상일지 모르겠으나 불경기를 구제할 가망이 없다는 저의 독자적 견지에 입각해서, 즉 20만 엔이 정당한 가격이라고 저는 생각하고 있습니다."

"옳으신 말씀입니다. 하지만 그래서는 직공들의 퇴직금조차 줄 수 없기에……. 워낙 실업문제가 시끄러워서 바로 노동당에서 이상한 녀석들이 몰려오기에 최저 2개월분 정도의 위로금을……."

"약해져서는 안 됩니다, 약해져서는. 사내라면 옳든 그르든 밀어붙여야……."

탁상의 전화가 울렸다. 귀를 대더니,

"잠깐 기다리세요."

라고 말하고 시마는,

"잠깐 실례."

자리에서 일어나 전화실로 갔다. 타이피스트가 그 뒷모습에 미소 지었다. 오우미야는 부드러운 목소리로 끄덕였다.

5

축음기는 유행가를 부르짖고 있었다.

<저는요

긴자(銀座)의 진열창이에요.

비치는, 자만심

교태와, 흘기는 눈

립스틱 배니티케이스

세일러팬츠는

구시대 유물이에요

지금

멋스러운 건

청색 작업복이에요>

"모던보이가 시대에 뒤떨어진 자신을 노래하고 있네."

여급 가운데 한 사람이 유미코에게 속삭였다. 바텐더는 셰이커에서 하얀 거품과 노란 술을 칵테일글라스에 한껏 멋을 부리며 따르더니, 바빠서 날카로워진 신경과 놀려도 반응이 없는 것에 대한 반감 때문에 유미코에게 무뚝뚝하게 내밀었다. 유미코는 범람하려 하는 술을 한 방울도 흘리지 않겠다는 듯 조심조심 쟁반에 얹었다.

마유코는 테이블에 팔꿈치를 괴고 다리를 꼰 채 미스 브런치를 피우고 있었다. 발을 끌며 칵테일을 가져온 유미코에게 미소 짓고,

"앉아봐."

라며 앞의 부스를 가리켰다.

"네."

"나, 부탁할 게 있어서 왔어."

"네."

조그만 미소와 가볍게 끄덕인 고개로 승낙의 뜻을 충분히 내보였다.

"우리 아버지의 회사가 말이지, 가격 때문에—, 어제 왔던 오우미야 켄 알지? 그 도련님의 회사에 팔리지 않고 있어. 아버지께 혹시 내가 팔면 얼마를 주실 거냐고 물었더니 100분의 1쯤이라고 하셨어. 100분의 1이면 2만 5천 엔[2], 정말 팔아도 주시지는 않을 테지만 3천 엔쯤은 주실 거야. 그럼 반씩 나누는 건 어때?"

유미코는 들어본 적도, 상상해본 적도 없는 이야기에,

'이 아가씨, 머리가 좀 어떻게 된 거 아닐까?'

라고 생각했다.

"너처럼 아름다운 사람은 아름다움을 충분히 이용하지 않으면 손해야. 못생긴 여성은 인생도, 남성도, 사회도 절반밖에 알지 못해. 약간의 돈과 여성의 아름다움이 손을 잡으면 남자 따위는 아무것도 아니라고 생각해. 갑작스러워서……, 내가 좀 엉뚱해서 깜짝 놀랐지? 그러니까 내 계획은 오우미야 쇼헤이 씨를 요염함으로, 미인계로 승락하게 만들겠다는 거야. 너, 시마 다이지로(島大次郎)라고, 면사회사 알고 있어?"

"네, 알고 있어요. 저희 오빠가 그 공장에서 일하고 있는 걸요."

---

2) 10분의 1의 잘못이거나, 소설 앞뒤에 나오는 금액 가운데 하나가 잘못된 것인 듯하다.

"어머, 나는 시마 마유코야."

"아가씨? 말씀은 들었어요."

"자, 그럼 이번의 매수 이야기도 알고 있겠지? 내 말대로 내일 하루 쉬더라도, 그래 3시쯤에 토토빌딩의 지하실로 와주지 않을래? 그리고 나랑 둘이서 쇼헤이 노인이 있는 클럽에 가기만 하면 돼. 같이 가줄래?"

"같이 갈게요."

"악수."

마유코는 손을 잡고,

"어머, 우리 회사 사람. 그럼 함께 오우미야를 혼내주도록 하자. 그런 사람의 돈을 빼앗는 건 조금이라도 지옥에서 멀어지게 해주는 거야. 그런 사람은 돈을 벌 때도 틀림없이 누군가를 울게 만들 거고, 쓸 때도 반드시 누군가를 울게 만드는 법이야."

"그럴까요?"

"우리 아버지와 너희 오빠를 울려서 돈을 벌고, 쓸 때는 어린 게이샤를 울리고, 변변찮은 짓만 하는 법이야. 그래서 내가 복수를 하려는 거야. 여자의 강함과 무기를 보여주겠어. 거기에 아울러 돈도 벌 수 있으니 좋잖아?"

유미코는,

"네."

라며 고개를 끄덕일 수밖에 없었다.

6

유미코의 오빠인 아사노 켄조(浅野健三)는 전문학교를 나온 하급 기수였다. 그는 사원과 직공의 중간에 있었기에 양쪽 모두에게서 조금씩 혐오와 의혹의 눈길을 받고 있었다. 게다가 더욱 비참하게도 켄조 자신 역시 자신에 대한 증오와 의심을 품고 있었다.

'현재의 이런 사회에서 좌경화되지 않는 사람이 어디 있겠어?'

그는 신문에 실린 좌경운동의 대부분이 좀 더 활발해졌으면 좋겠다며 지상으로 선동적인 미소를 지어 보이기도 하고, 전차 속에서 흥분하여 옆자리의 사전을 암기하고 있는 학생을 노려보기도 하고, 유미코가,

"사람에게 꽤나 모욕감을 주네. 옷이 없으면 가게에서는 일을 시킬 수 없다잖아."

라고 말했을 때는 얼굴을 시뻘겋게 붉히며,

"그래서 얌전히 있으라고 했잖아."

라고 소리를 질렀다. 그리고 30엔이라는 돈에 대해서도 분노했으나, 혼을 내주러 갈 것이라는 얘기만은 분노 속에서도 하지 않았다. 오히려 유미코가,

"갚을게요."

라고 여자의 결심을 밝히고 고개를 숙이자,

"마유코의 말대로 받아두는 것도 좋은 교육법이야."

라고 말했다. 그리고 자신의 회사에서만큼은 쟁의가 일어나지 않도록—그것은 바로 보너스에 영향을 주기 때문인데— 상사에게는 적당히 아첨을, 동료에게는 표면적으로는 강경론, 뒤에서는 경쟁, 직공에게는 유일한 친구인 양 말하고, 사원에게는 자기가 처한 입장의 고충을 진지하게 말하고, 그것은 마유코가 화장을 할 때처럼 복잡하고 기교적인 것이었다. 동생인 유미코에게조차,

"바 같은 데서 벌어오는 돈……."

이라고 호통을 치면서도 마음속으로는,

'나는 그 대신 술집에 2번 갈 수 있어.'

라고 생각하여 자기혐오에 빠져버렸다. 그러나 요즘의 모든 청년들이 그런 것처럼 켄조도 연애에만큼은 용감했다.

"미쓰코(光子), 무슨 생각을 하고 있는 거야?"

켄조는 출근을 위해 골목을 나서려다 거기에 서 있는 같은 나가야[3]의 미쓰코에게 말을 걸었다.

"이젠 작별이에요."

그녀가 과감하게 얼굴을 정면에서부터 들이밀었다.

"작별?"

연립주택이 같았기에, 그리고 서로 다른 상대가 없었기에, 혹은 같은 회사에 다녔기에 성장한 연애임과 동시에, 그 가운데

---

3) 長屋. 단층 혹은 2층 건물에 칸막이를 하여 여러 가구가 살 수 있도록 만든 일본 전통의 다세대주택. 이하 연립주택.

하나만의 이유로도 싹이 텄을 법한 연애이기도 했다.

"네, 당신 잘못이에요."

미쓰코는 이 말을 하기 위해 켄조가 집에서 나오는 기척이 느껴지자 여기서 기다리고 있었던 것이다.

"어째서?"

"유미코 씨가……. 당신이 술집으로 보낸 거잖아요. 그랬더니 저희 아버지도 당장 게이샤가 되라고……."

켄조의 정의가 분노로 몸을 떨며 일어났다.

"게이샤?"

"하는 말이 아주 그럴 듯해요. 여급은 이미 낡았다며……. 사람을 아주 바보로 알아요."

"승낙했어?"

고개를 끄덕였다.

"어째서 승낙한 거지? 승낙 같은 걸……. 승낙을 해버리면……."

"하지만 여급보단 나아요."

"말도 안 되는 소리. 몸을 팔아 돈을 벌어서……."

"프롤레타리아 아가씨가 부르주아의 것이 되는 거나, 전기[4]의 동인이 킹[5]에 글을 쓰는 거나 다 마찬가지예요."

"말도 안 되는 소리. 그건 말도 안 되는 소리야. 내가 어떻게

---

4) 戰旗(센키). 전일본무산자예술연맹(나프)의 기관지.

5) 대중오락잡지.

든 해볼 테니 그만두도록 해."

"그만둘 수 있었다면 그만뒀을 거예요."

"금액은?"

"3년에 1,200엔……, 이었던가?"

켄조는 절망과 흥분과 분노와 비통함으로 초여름의 하늘에서 어두움을 느끼며 걷기 시작했다.

7

제국담교클럽의 살롱은 환성과 연기로 가득했다. 비즈니스는 입가로 귀를 가져가거나 별실에서 행해졌으며, 살롱은 골프, 바둑, 외교, 경제, 건강법, 가십, 가정, 서화, 그리고 그것의 3배에 달하는 여자얘기.

"타치다(立田)에 대한 이야기 들었나? 때가 때이니만큼 국민지도를 위해서 선전할 만한 가치가 있어."

"그 사람이 뭔가 선행이라도 했다는 말인가?"

"오우미야 군, 자네라면 무릎을 치며 동감할 만한 이야기일세."

"그래? 어차피 별것 아닐 테지만, 그래도 한번 들어보기로 할까?"

"타치다는 첩을 4명이나 데리고 있어. 그 4명 모두에게 교외에 집을 한 채씩 내주었어. 물론 첩의 명의로."

"녀석에게 어울리지 않게, 기특하군."

"첩은 자신의 집이라고 생각하여 정성껏 가꾸는데, 그러는 사이에 적당한 가격의 다른 집이 나오고, 한편으로는 첩의 집을 사겠다는 작자가 나타나."

"흠."

하며 오우미야는 무릎을 쳤다.

"무슨 말인지 알겠나?"

"대충 짐작은 가네만……."

"나는 잘 모르겠는데. 그게 어쨌다는 거지?"

"그럼 타치다는 첩의 집을 바로 팔고 새로 산 집을 첩에게 줘. 그런데 타치다의 계산에 의하면 교외전차가 발달하는 덕분에 5년이 지나면 대략 4채에서 1만 엔은 남는다는 거야. 그것으로 4명의 첩에게 집을 보게 하고 청소를 시키고, 잠자리만은 공짜가 되는 셈이지. 요즘에는 특히 토지와 건물이 움직이지 않아서 가격이 내려갔기에, 그 선생도 싼 값으로 팔고 있어."

"사도(斯道)의 극치로군."

"여자가 생겼다고 해서 돈이 든다는 건 아직 풋내기라는 증거야. 여자라는 건 오늘날까지 경제적 독립을 이루지 못했기에 표면적으로만 자본을 부여하면, 치고 박아도 자본을 소중하게 여겨서 달라붙어 있는 법이야. 애라도 한 마리 낳게 하면 죽어도 떨어지지 않아. 그리고 열심히 노력하는데, 우선 다방이든 요리점이든 5천이나 1만의 돈을 투자하면, 이봐 돈을 좀 빌려줘, 라는 말 한마디로 연 2할쯤의 이자 정도는 돌아오게 돼

있어. 신기하게도 돈을 벌기 시작하면 나 같은 대머리한테도 기꺼이 돈을 내준다니까."

"오우미야, 제정신인가?"

"급사! 가능한 한 뜨거운 홍차를 여기 사람들 숫자만큼 가져오도록 해."

"오늘 밤에는 신바시로 가세. 오오타케(大竹)의 오마스(お増)가 가게를 냈으니……."

"이거야말로 비법을 전수하려는 거야. 한 재산 날리고 나서야 간신히 체득할 수 있는 색도(色道)의 정수를 공짜로 전수해 줄게."

"매사 이런 식이라니까. 그런데 시마의 회사를 매수하는 건은 성립되었나?"

"아직."

급사가,

"손님이 오셨습니다."

라고 오우미야에게 말한 순간, 두 송이 하얀 꽃이 살롱의 입구를 들여다보았다.

"누구지?"

"여성입니다."

"여성?"

"저 사람 아닌가?"

급사가 돌아보더니,

“저 사람입니다.”

“오우미야 군이 만나지 않겠다면 내가 만나기로 하지.”

“누구지……. 전혀 모르는 여잔데……. 이리 오라고 하게.”

오우미야는 머리카락을 옆으로 쓸고 무릎 위의 재를 털어냈다.

8

젊고 아름다운 여성은 그것만으로도 도덕이다. 살롱 안의 사람들은 모두 두 사람에게 자신들의 얼굴을 정면으로 향했다. 유미코는 얼굴이 붉어져 있었으나, 마유코는 태연하게 오우미야에게 가더니,

“바쁘신데 죄송해요.”

“누구신지?”

“마유코, 시마 다이지로의…….”

“아아…….”

“이쪽은 제 친구.”

“그런데 무슨 일로?”

마유코는 오우미야 앞에 선 채 총명함과 정열과 이지로 흑요석처럼 깊게 반짝이는 눈동자에 애교 섞인 웃음을 지으며,

“공장을 사주셨으면 해서 왔어요.”

“하하하하하, 그거 참 대단하군. 하지만…….”

“가치가 맞지 않는 거죠?”

“맞아요.”

마유코는 옆의 소파에서 호색적인 눈을 반짝이고 있는 신사에게,

“시마의 공장을 125만 엔[6]에 매매하는 게 비싼가요? 전 싸다고 생각하는데, 어떠세요?”

신사는 입술을 조이면서도 점점 웃음기를 머금었다. 쾌활한, 이지적인, 그리고 아름다운 여성의 출현에 대해서 이 사람들의 친구는 종종 요정에서,

“안주인, 이제 게이샤는 안 돼.”

라고 진심으로 호통을 치곤 했다. 그는 매혹적인 마유코의 미소에 응해서,

‘이런 여자는 게이샤보다 더 정조를 가볍게 여긴다던데, 얼마 정도 쥐어주면 하룻밤 놀 수 있을까?’

라고 생각하며,

“싸, 너무 싸.”

라고 고개를 끄덕였다.

“헛소리 하지 마.”

“싸죠?”

“적어도 비싸지는 않아.”

“그럼 아버지랑 교섭을 해보세요.”

---

6) 앞의 내용과 금액이 또 달라졌다.

마유코가 조금 크고 시원시원한 목소리로,

"사주시면 저와 유미코는 무슨 일이든 할 생각이에요. 어떤 요구도 들어드릴게요. 저, 결심을 하고 온 거예요."

마유코는 흐려지기 시작했다.

"누구, 시마의 공장을 100만 엔으로 평가하고, 해산수당과 생활비를 25만 엔으로 계산해서 사주실 분 안 계신가요?"

살롱은 마유코의 목소리에 침묵했다. 기괴한, 용감한, 엉뚱한 여성에게 판단력을 빼앗겨 침묵했다.

한 사람이 멀리서,

"오우미야 군, 사주도록 하게."

"공장이 없어도 나라면 사겠어."

"125만 엔이면 살 만하지."

사람들은 좋은 기회다 싶었는지 오우미야에 대한 반감과 경멸을 야유로 드러냈다. 두어 사람은 마음속으로 시마의 공장에 대해서, 그 경영에 대해서 신속하게 계산하기 시작했다.

'125만 엔에 매수하면, 5부의 이율이 되는 셈이야.'

마유코와 유미코를 바라보고,

'이율은 5부지만 여자의 가치는 무한해.'

라며 가만히 아름다운 옆얼굴을 바라보았다. 한 소장 실업가는 1개월 전에 아내를 들인 것을 후회하며,

'시마의 상태가 좋지 않다고 들었는데, 저런 아름다운 여자는 경제상태가 좋으면 가치가 더욱 올라가지만, 좋지 않으면

오히려 여자를 비참하게 만들어. 사회는 아름다운 여자에게 바로 의자를 내주지만 그 대신 의자 이상의 것을 늘 요구해. 남자란 놈들은 허기와 생식기만 잠잠하게 해주면 되니까.'

그는 이렇게 생각하고 오우미야를 보더니,

"어쨌든 그 얘기는……."

하며 손을 내저었다. 청년은 자리에서 일어나더니 자신의 심장을 누르며,

"그럼 제가 한번 오오카미(大神) 상사에 말을 해보겠습니다."

그건 야유가 아니라 진지한 것이었다. 5부의 이율을 계산하고 있던 사람이,

"내가 사도 괜찮을 거 같은데."

오우미야는 상도덕을 침해받은 듯한 느낌이 들었기에 가볍게 화를 내며,

"옆에서 껴드는 건 곤란해."

"그럼 당신하고 얘기하도록 하죠. 유미코, 이분들을 다른 데로 모시고 가줘."

유미코는,

"네, 모두 아주 기뻐하실 거예요."

라고 마유코와 미리 입을 맞춰둔 대로 말했다.

"오우미야, 사주도록 해. 교외에 집 2채를 사면 되잖아. 아니면 한 사람에게는 다방을, 한 사람에게는 마작클럽을 열게 해.

그럼 연 3할씩 돌아올 거야."

"어쨌든 마유코 씨, 저쪽에서 얘기합시다."

오우미야는 자리에서 일어났다. 살롱 안이 크게, 작게 웃었다.

9

켄조는 은행의 창구에서 작은 목소리로,

"용도는……."

무담보금융의 담당자가 고개 숙이고 있는 켄조에게 미소를 지으며,

"시마 방적은 실적이 그렇게 좋은 것 같지는 않습니다만."

"네."

"어디에 쓰시려는 겁니까? 자세히……."

"여자문제입니다. 여자를 도와줄 생각입니다."

"네에, 가족이신가요, 아니면."

"가족은……, 가족은 아닙니다. 가족은 아버지와 여동생밖에 없습니다."

"애인인가요?"

켄조 옆으로 그림자가 드리우더니,

"금융을 해주셨으면 하는데, 뭔가 신청용지 같은 거라도 있나요?"

라는 목소리가 들려왔다.

"이걸 읽어보십시오. 그리고……."

"그 여자는 저희 옆옆 집에서 사는데 오늘 게이샤로 팔렸습니다. 그게 저의 책임으로……, 왜냐하면 워낙 가난해서 여동생이 바에 나가게 되었는데……."

"어쨌든 오늘 중으로는 불가능합니다. 그리고 여자문제인 경우에는 어떠한 이유에서라도."

"하지만……."

"게다가 시마 방적은, 매우 실례되는 말씀입니다만, 위험하기 때문에……."

켄조는 창구의 대 위에 두 팔꿈치를 댄 채 고개를 숙이고 말이 없었다.

"네, 제가 발명을 했는데 특허국에 보여줄 모형을 만들 자본이 필요합니다. 이건 국익에 부합하는 물건으로 고안을 도둑맞으면 곤란하니 커다란 소리로는 말할 수 없으나 장치는 간단하며 크게도 만들 수 있고 작게도 만들 수 있습니다. 또 그 작업으로 말할 것 같으면 더없이 간단하고 편리한 것인데, 이 대발명품에 밧줄을 연결해서 바다 속에 넣고 끌기만 하면 굉장한 어획고를 올릴 수 있습니다. 실로 천하에 비할 것이 없는 전매특허로 국익이 연 6억 정도에 달할 겁니다. 이자가 아무리 비싸도."

"어떤 발명품입니까?"

"커다란 소리로는 말할 수 없으나 커다란 판자에 구멍을 뚫고, 그러니까 위쪽에 원형으로 2개, 아래쪽에 직사각형으로 1

개. 위쪽의 원형에는 유리구슬을 끼우고, 아래에는 이빨 대신 유리를 심습니다. 그런 다음 이걸 밧줄에 묶어 바다 속을 끌고 다니면 물고기가 괴물이라고 생각하여 깜짝 놀랍니다. 기절합니다. 건져올립니다. 커다란 것은 저인망선, 군함으로 끌어올리고, 작은 것은 아이들이라도 절반은 놀이삼아 끌어올릴 수 있습니다. 우리나라는 사면이 바다로…….”

켄조가 쉴 새 없이 떠들어대는 사람의 얼굴을 보니, 숨을 헐떡이고 있었다. 은행원은 얇은 장부 위의 손을 멈추고 이쪽을 바라보며 웃고 있었다.

10

모토하나야(本花家)의 안주인은,

‘작은 연회석이면 10엔, 큰 곳은 15엔, 한 달에 절반쯤이면 대충 200엔. 옷은 3개월에 한 벌씩이라고 하면 50엔, 속옷은 낡은 것을 고치기로 하고, 속치마가 30엔. 같은 손님에게 늘 같은 속치마만 보여서는 마음이 동하지 않으니…….’

하고 미쓰코를 보며 다시 한 번 계산을 해보았다. 그리고 방 안의 감실 아래서 담배 국화(国華)의 재를 털며,

“세상이 변함에 따라서 요즘에는 게이샤도 발전을 해서 말이죠. 제가 젊었을 때는 한중수련이라고 해서, 한겨울에도 빨래 건조대 위에서 수련을 하곤 했어요. 그런데 요즘에는 말이죠, ‘엄마, 가스스토브를 켜줘요.’, ‘아이고, 선풍기가 없으면 잘 수

가 없겠어.'라고, 10년 사이에 세상이 완전히 바뀌어버렸어요. 그러니."

"우리 고향에서도 20년 전에는 솜을 넣은 무명옷 한 벌만 걸치고 시내로 나갔었는데, 요즘에는 망토네, 장화네, 뭐네 하며……."

"정말 시골도 바뀌었어요. 그런데 변하지 않은 건 게이샤가 꽃가마를 타는 일로, 제 눈에 안경이라고 그게 참 묘해서, 예쁜 아이가 귀족이나 부잣집에 들어가는 건 이해할 수 있지만, 재주도 없고 평도 별로 좋지 않은 아이가 역시 좋은 집으로 들어가곤 해요. 솜씨가 좋다고 해야 하는 건지, 궁합이 맞는 거라고 해야 하는 건지, 대체 어디가 좋다는 건지. 여자가 마음 굳게 먹고 일단 결심을 하면 이 일처럼 재미있는 것도 또 없을 거예요. 부르주아든 프롤레타리아든 여자가 화장을 하고 치맛단을 걷어올리고 있으면 삼배고 구배고 한다니까요. 권총보다 더 요란한 소리로."

"옳으신 말씀……."

"미쓰코는 어떨지 모르겠지만, 요즘 네 또래 아가씨들은 자유연애네……, 그 뭐냐, 요즘 신문에 자주 실리는 무슨무슨 결혼이네, 모던걸이네, 다시 말해서 자기 하고 싶은 대로 살겠다는 말이겠지만, 그건 옛날부터 바람을 피우는 것이나 한순간의 충동으로 공공연히 행해지던 일이어서 게이샤라면 배우에게도 반하고, 씨름꾼에게도 반하고, 문사도, 소리꾼도……."

"아버지, 너무 늦기 전에……."

미쓰코는 얼른 돌아가고 싶어졌다. 슬픈 잿빛 납덩이가 머리 뒷부분으로 스며들기 시작했다.

"응."

"돈은 내일 가져다드릴게요. 공정증서로 기한은 3년, 1,200엔. 아셨죠?"

"고맙습니다. 실례하겠습니다."

옆방에 있는 게이샤들은 옷을 입으며 전화가 울릴 때마다,

'나를 부르는 거 아닐까. 오늘은 제일 먼저 나가고 싶어. 세 번째까지는 나가고 싶어.'

라고 안주인의 낯빛을 살피며,

"킨류(金竜), 마스오오타케(增大竹)."

라고 불릴 때마다 힘차게,

"네."

라고 외쳤다. 그리고 마스오오타케라면 놀잇배 집이거나 자동차 집일 것이라고 생각했다. 다른 여자들은 다음 전화가 꼭 자신에게 걸려오라고,

'어제 찾는 손님이 없었더니 오늘 하루 종일 엄마의 눈빛이 바뀌었었어.'

라고 입 속에서 언니들에게 배운 대로 손님이 자신을 찾게 하는 주문을 정성껏 되풀이했다.

11

"켄은 알고 있는 게냐?"

클럽의 별실에서 쇼헤이가 아들의 얼굴을 타박하듯 바라보았다.

"결혼할까 생각 중입니다."

"결혼?"

이라고 말한 채 쇼헤이는 입을 다물어버리고 말았다.

"느닷없이, 깜짝 놀라시잖아요. 저, 꽤나 엉뚱한, 플래퍼로 보이죠? 하지만 이래봬도 온건, 착실해요."

"그런가? 이쪽 아가씨는 그렇게 보이지만."

"그게 정반대예요. 전 모성존중론자인 걸요."

"응? 그건 또 무슨?"

"에디슨의 어머니를 알고 계신가요?"

"조금은 알고 있지."

"그런 마음가짐이 사회적 관념과 결합한 것이 저의 여성관이에요. 다시 말해서 훌륭한 어머니 밑에서 자란 10명의 아이는 역사를 일변시킬 수 있다는 것이 저의 설이에요."

"그건?"

"사회적 자각을 가진 어머니가 바람직한 방향으로, 예를 들어서 에디슨을 만드는 것처럼 아이를 지도하여 100명 가운데 한 사람, 에디슨의 10분의 1쯤 되는 사람이 태어나고 그런 사람이 10명 모이면 에디슨만큼의 일을 할 수 있잖아요. 그리고

700억 불의 부와 빛을 인류에게 제공한다면 어머니로서의 제 가치는 오우미야 상사보다 100배나 높을 거예요."

"생각은 훌륭하군."

"효과는 결혼해보지 않으면 알 수 없어요."

"켄의 아들로는 부족해."

"유전의 법칙에 의하면 할아버지의 소질이 나타나는 법이니 자수성가한 당신이 저의 아이로 태어나는 셈이에요. 멘델의 법칙이에요, 그게."

쇼헤이는 의자에 기대어 아하하하 웃었다.

"아주, 달변이로군."

"저는 사회제도의 개혁으로 인간이 행복해진다고는 생각지 않아요."

"오호, 이번에는 그 얘기를 한번 들어볼까."

"125만 엔을 종업원 200명한테 나눠줘봐야 역시 125만 엔이잖아요."

"분명히 그렇지."

"얌전히 계세요. 아버님한테 말씀드리고 있으니. 그런데 쇼헤이가 환생해서 10퍼센트의 에디슨이 된다면 그는 제로에서 1,200만 엔을 낳을지도 모르잖아요."

"이론적으로는……."

"그만큼 인간도 행복해지겠죠?"

"그렇지. 여러 가지 것들을 배운 모양이군. 켄도 조금 더 야무지게 굴지 않으면 공처가가 되어버릴 게다."

"바라던 바입니다. 아버지의 대리 종마 역할이니……."

"한심한 놈. 너는 그래서 한심하다는 게다. 바보 같은 놈."

"야단치지 마세요. 아이도, 남편도, 아버님도 차근차근 교육할게요. 그러니 착수금으로 5천 엔 수표를 주시지 않으실래요? 유망하지만 가난한 발명가, 이 사람 오빠의 사업을 돕고 싶으니."

"알았다. 난, 완전히 좋아졌다. 모던걸이라고 경멸하고 있었는데, 이런 한심한 놈의 아내로는 좀 아깝구나."

"아버님의 비서 역할도 할게요."

"그것도 좋겠구나. 지금 수표를 써서 건네주도록 하겠다."

쇼헤이가 벨을 울렸다.

12

켄조는 동생과 함께 들어온 찬란한 마유코에게 까딱, 목례를 했을 뿐이었다.

"오빠, 회사 사장님의 따님이셔."

"그렇습니까? 어서 오세요."

유미코가 예상했던 인사도, 태도도 켄조에게서는 볼 수 없었다.

"피곤해라."

마유코는 켄조를 무시한 채 앉았다. 그리고 누렇게 지저분해

진 벽, 조금 눅눅하고 붉은 빛이 감돌기 시작한 다다미[7], 초라한 가구들을 조용히 둘러본 뒤,

"실업가라는 사람들은 정말 강철전함이라니까. 정면공격은 아무 소용없어."

"맞는 말이에요. 오빠, 회사가 오우미야에게 팔렸어. 둘이서 팔려 갔었어."

유미코는 켄조가 왜 침울해진 건지 마음에 걸렸다.

"그거 잘됐네."

"아가씨는 정말 훌륭했어. 뭐랄까, 잠항정이라고 해야 할까? 여러 가지 이론에 밝은 데에는 나도 깜짝 놀랐다니까."

"이론보다도 나의 요염함에 놀라지 않았어? 나 자신한테 스스로도 놀랐다니까. 누군가 '아름다운 여자가 남자를 속이는 기교는 예술이지 결코 죄악이 아니다. 만약 그것이 죄악이라면 남자는 더욱 하등한 기교로 타인을 속이고 있다.'라고 말한 사람이 있었는데 옳은 말이야. 가장 간단한 기교로 남자를 정복하는 방법은 이것. 그리고 괴롭히는 방법은 딱 한 번만 주고 두 번 다시는 결코 주지 않는 것. 남자는 신경쇠약에 걸리거나 절망하거나 할 거야. 켄은 두 번째 키스를 위해서 킁킁 냄새를 맡으며 따라다니는 개야."

유미코는 마유코의 용감함에 매료당하고 말았다. 그런 모험

---

7) 畳. 일본 전통의 실내 바닥재. 붉은 빛이 감돌기 시작했다는 것은 오래 되었다는 의미이며, 새것은 푸르스름한 빛이 돈다고 한다.

적, 영웅적 행동을 상상한 적도 있기는 했으나, 그건 다른 세상의 이야기라 믿고 있었다. 그러나,

"이걸 절반……."

하며 5천 엔짜리 수표가 책상 위에 놓였을 때는,

'현명하고 강해지자.'

라며 몸도 마음도 떨려왔다.

"유미코, 옆집의 미쓰코가 게이샤로 팔려갈 거야."

유미코는 켄조가 침울해진 이유를 깨달았다.

"집에 있어?"

"있겠지."

유미코가 자리에서 일어났다.

"내일 현금으로 바꿔줘."

"아니요, 당신이 가지고……."

이렇게 말한 뒤 옆집으로 달려갔다.

"이거 실례했습니다."

"아니요."

"오우미야가 잘도 승낙을 했네요."

"네, 남자는 여자보다 복잡한 대신 좋은 점도, 추한 점도, 약한 점도 많이 가지고 있어서 도리어 실수를 저지르는 거겠죠. 오우미야 씨는 저를 너무 과대평가해서 지고 만 거예요. 여자는 잠항정이라 전함 아래에서부터 공격하지 않으면 전쟁을 치를 수가 없어요. 그 대신 제대로 맞히기만 하면 바닥을 드러낸

채 뒤집혀 떠오르니 유쾌하기도 해요."

마유코가 소리 내어 웃었다. 켄조는 수표를 가만히 바라보고 있었다.

"아가씨, 저 사양하지 않고 받을게요."

방문 쪽에서 이렇게 말하며 유미코가 들어왔다. 그리고,

"들어가요."

라며 뒤를 돌아보았다.

"회사하고, 켄 씨하고, 오빠하고, 미쓰코 씨를 전부 구했어요."

"오우미야도. 그 사람은 이 돈을 뜯겼으면서도 지금쯤은 돈을 유효하게 썼다고 생각하고 있을 거야. 누가 켄 같은 사람의 아이를 낳을 줄 알고? 아이는 정말로 사랑하는 사람의 아이, 그보다 존경하는 사람의 아이를 낳아야 의의가 있는 거지, 함부로 낳는다는 건 치욕이자 죄악일 뿐이야. 회사만 팔고 나면 그걸로 끝이야."

켄조는 공포를 느끼기 시작했다.

"난 그만 돌아가서 아버지를 기쁘게 해드리고 올게."

마유코가 자리에서 일어나 토방에 있던 미쓰코를 보았다. 미쓰코는 당황해서 인사를 했다.

"이분이셔?"

"네."

"게이샤든, 여급이든, 요즘 세상에서는 여자가 무엇을 하든

죄악이 아니야. 사회와 남자가 여자를 죄악에 빠뜨리려 하고 있는 것일 뿐이야. 그렇게 생각하지 않아?"

"맞아요."

"그리고 남자는 자신이 만들어놓은 죄악 속에 빠져서 허우적거리고 있는 게 지금의 사회야. 나는 복수하기도 하고 건설하기도 하고……. 그럼 안녕."

마유코는 살그머니 들여다보러 온 사람들 속을 경쾌하게 걸어갔다.

"대단한 여자로군."

켄조의 중얼거리는 얼굴을 보고 유미코는 감격과 긴장으로 눈물이 나왔다.

전쟁과 꽃

그의 꽃, 그녀의 꽃

1

"너, 시들어서는 안 돼. 알았지?"

후미코(文子)는 단 한 송이 피어 있는 장미꽃에게 이렇게 속삭였다.

'이 꽃이 시들면 오빠가 죽을 거야.'

왠지 그런 마음이 들어서, 그리고 그 불길한 일을 말로 하면 그것이 사실이 되어 나타날 듯해서,

"소중하게, 소중하게 여길 테니 오빠가 돌아올 때까지 활짝 피어 있어야 해."

꽃잎을 손가락으로 가만히 문질러보고, 잎 위의 먼지를 털며,

"장미야, 꼭 그래줘야 돼."

후미코가 언젠가,

"저, 장미를 갖고 싶어요."

라고 그날 읽었던 『카미야의 왕자의 꽃』 속 장미의 정령이 떠올라, 마침 일요일이어서 집에 와 있던 오빠에게 말했더니, 출정해야 한다는 사실을 말하러 온 날 오빠가,

"자, 언젠가 했던 약속."

하며 후미코에게 준 것이었다. 후미코는 그 장미가 왠지 오빠의 분신인 듯 여겨졌으며, 오빠의 생명이 그 장미 속에 있는 듯 여겨졌다.

"후미코, 허리띠가 바닥에 끌리잖니."

부엌 쪽에서 어머니의 목소리가 들려왔다. 후미코는 서둘러 허리띠에 손을 대며 돌아보았다. 그리고 일어서려는 순간,

"놀지만 말고, 어머니를 좀 도와주렴."

후미코는 고개를 끄덕인 뒤, 허리띠를 끼워넣으며 자리에서 일어나 장미에게,

"조금 있다 또 올게."

라고 말하고 달려갔다. 그리고,

"뭘 도와드릴까요?"

라고 어머니의 등에 대고 말했다. 어머니는 지저분하고 좁은 부엌에서 무를 썰며,

"된장을 사다줘."

"네."

후미코는 이렇게 말하고 어머니가 뒤돌아 돈을 내주기를 기

다렸다. 그러나 어머니는 부지런히 무 써는 소리만 낼 뿐, 후미코도 심부름도 잊은 사람처럼 보였다.

"다녀올게요."

후미코는 어머니가 아무리 필요한 돈이라도 눈을 매섭게 뜨거나, 성화를 부리거나, 잔소리를 하지 않으면 내주지 않는다는 사실을 알고 있었다.

"성가신 아이로구나."

어머니는 이렇게 중얼거리며 허리띠 사이에서 지갑을 끄집어내,

"얼른 다녀와라."

후미코는 손 위의 5센짜리 백동전을 바라보며,

'10센짜리면 좋겠는데……. 그 아저씨, 또 5센짜리냐, 라고 커다란 목소리로 말하며 다른 사람을 먼저 상대할지도 몰라.'
라고 생각했다.

2

토미코(富子)의 오른쪽 옆, 그러나 1간 정도 떨어진 곳에 책상을 나란히 늘어놓고 있는 사람 하나가 장부를 펼쳐 앞에 놓은 채 담배를 피우고 있다가,

"벌써 20분 지났어."
라고 돌아보며 책꽂이 너머로 말했다.

"야한 얘기라도 하고 있는 거겠지."

"오늘은 그게 아니야. 계속되는 적자로 보고서 편성에 대한 조사를 진행할 수가 없어서……."

"그건 정부 쪽 얘기 아니야?"

"정부의 적자는 전 세계가 공인한 것이니 상관없지만, 이런 조그만 관청은 자신의 성적과 관계되기 때문에 쩔쩔매고 있는 거야."

"쩔쩔매라지. 그래, 쩔쩔매보라고. 저 자식들 쩔쩔매기만 할 뿐, 목이 날아가지는 않을 테지만, 빨강이라는 말을 들으면 깜짝 놀라는 것은 경찰만이 아니니까."

한 사람이 이렇게 말하고 토미코에게,

"키지마(木島) 씨."

라고 말을 걸었다.

"네."

토미코는 정리한 책상 위에 도시락 꾸러미를 올려놓고 고개를 숙이고 있었다.

"오빠가 만주로 가셨나요?"

"네."

"말도 없이?"

"네."

토미코는 그 남자에게 미소를 지어보였다.

"말도 없이 잘도 갔군. 당신의 오빠도, 그리고 우리 청년들도 무기력해지고 말았네요. 이봐, 사이토(斎藤), 스토브라도 피워."

"나가기 직전에 피우면 잔소리가 심해서 말이지."

한 사람이,

"탄도 피우지 못하고, 방귀도 뀌지 못하고."

라고 중얼거렸다.

"그만 집에 갈까?"

라고 말하며 다른 한 사람이 난롯가로 다가왔다.

"제55의회에서 뭐라고 했지? 정부는 국민의 부담을 경감하고, 또 주세를 올리겠다니. 주세를 올릴 거면 담뱃값을 내리라고, 제길. 요즘 나는 니코틴 중독에 걸려서 배트[1]를 2갑이나 피운다고."

난로 주위로 일고여덟 명이 모여들어서 때때로 토미코를 슬쩍 바라보았다.

"키지마 씨, 먼저 퇴근하세요. 여자는 괜찮을 거예요."

"오빠가 만주로 가셨다고요?"

때때로 이런 말을 건네왔다. 토미코는 고개를 끄덕여 대답할 뿐이었다.

"목숨에 지장은 없는 전쟁이니 다행이야."

"무슨 잠꼬대 같은 소리야. 이번 전쟁의 뒤처리는 ××××××××××××××××××××, 우리의 목과 관계가 있다고. 다른 사람 오빠

1) バット. 1906년부터 발매한 담배. 담뱃갑에 금색 박쥐가 새겨져 있다. 골든 배트.

의 목숨이 아니라, 내 목숨의 문제야."

"하긴, 자네가 가장 위험하니."

"맞아. 키지마 군[2]의 집에 두어 번 놀러 갔을 뿐인데 빨간 물이 들었다고 하니 말이야. 토미코 양의 존재 같은 거, 여기서는 인정하고 있지 않아. 그렇지요, 키지마 씨?"

이렇게 말하고 토미코가 대답하기도 전에,

"벌써 40분이 지났어."

라고 말하며 타다 말고 꺼진 배트를 한 모금 빨더니,

"제길."

하고 혀를 찼다.

3

얼어붙을 것 같은 통증이 대지에서부터 스며들기 시작했다. 신 속의 발가락을 움직여도, 별과 바람밖에 보이지 않게 되면 발가락은 바로 무감각해지고 무릎이 얼어붙기 시작했다.

바람은 없었으나 얼굴을 조금이라도 움직이면 그야말로 열탕 속에서 몸을 움직인 것처럼 얼어붙을 것 같은 아픔이 뺨의 피부와 살 속으로 날카롭게 느껴졌다.

발가락도 손가락도 몸도, 따뜻한 것에 감싸여 있다는 감각은 사라져버리고 말았으며, 발과 몸이 묵직하기에 방한구를 입고

2) 키지마 토미코의 오빠인 사쿠타로를 말한다.

있구나 느껴질 뿐이었다.

"훙."

하고 사쿠타로(作太郎)는 중얼거렸다. 그리고 총을 어깨에 걸친 뒤 팔짱을 꼈다.

'마음대로 하라고 해. 하나하나 웃기지도 않게 생겨먹었어. 나는 ×××× 전쟁 절대반대론자야. 알고 있기나 해, 자식들.'

사쿠타로는 머릿속에서 이렇게 외치며 별밖에 아무것도 보이지 않는 어둠 속을 노려보았다. 그것은 사쿠타로의 윗사람들에게 퍼붓는 말이었으나, 절반쯤은 자기 자신에게 하는 말이기도 했다.

강철 헬멧을 쓰고 모피가 달린 외투를 입고 정교한 총기를 들었을 때, 그는 뭔가 흥분되어 오는 것이 있음을 깨달았다. 그리고 아름답게 구성된 경기관총을 설치하기도 하고, 1년여 동안 병영에 있었음에도 아직 본 적이 없었던 멋진 대포가 누런 먼지 속을 한쪽으로 기울어지기도 하고 무엇인가에 걸리기도 하며 나아가는 모습을 보기도 하면, 이건 평상시의 연습과는 다른, 훨씬 더 인간의 내면에 잠재되어 있는 투쟁성, 본능적인 투쟁성이 상쾌함에 몸부림치며 비틀비틀 일어서고 있는 것 같다는 느낌이 들기도 했다.

'전쟁은 부정하지만, 병기는 아름다워.'

사쿠타로는 이런 생각이 들었고,

'투쟁성, 그것은 본능적인 걸지도 모르겠지만 그것을 전쟁에

이용하겠다는 생각이 좋지 않은 거야.'
라고 여겨졌다.

적이 다가오고 있다는 보고가 있었으나 일몰까지 흙먼지도 피어오르지 않았으며, 수수도 움직이지 않았고, 사람의 그림자도, 소리도 없었다.

사쿠타로 뒤편으로는 빨간 벽돌의 낮은 벽을 가진, 낮은 지붕의 민가가 2줄로 서 있었다. 아군 병사들은 그 안의 바닥 위에, 거적 위에 야릇한 냄새와 토착민과 함께 누워 있었다.

'얼른 교대해줘, 얼른 교대해주지 않으면 ×××××, ××××××.'
라고 생각하며 몸을 작고 격렬하게 운동시켰으나 그래도 귀와 눈만은 어둠 속의 어떤 소리와 움직임도 놓치지 않겠다는 듯 신경을 곤두세우고 있었다.

바람이네, 비네

1

"언니 비가 내리기 시작했어."

후미코가 아직 따뜻해지지 않은 다리를 이불 속에서 웅크리며 언니에게 속삭였다. 언니는 반대편을 향해서 잡지를 읽고 있었다. 후미코는 언니가 잠옷으로 입고 있는 홑옷의 목깃이 벌써 바래버린 것을 보고, 살짝 주눅이 들어서 그대로 입을 다물고 있었다.

'자꾸만 말을 걸면 야단맞을 거야.'

이렇게 알고는 있었으나 장미가 비에 젖으면 어떻게 될지? 시들어 고개를 숙인 채 밤의 차가운 빗속에 홀로 서 있을 장미를 생각하자 가슴이 딱딱해지고 뜨거워지기 시작했다.

"언니."

"알고 있어."

언니 너머에 누워 있던 어머니가,

"후미코, 얼른 자지 못하겠느냐?"

후미코가 울고 싶은 마음을 참으며 다리를 움직이자,

"꼬물꼬물하지 말고 얼른 자. 추워서 견딜 수가 없잖아."

라며 언니가 어깨 부근을 밀쳤다. 후미코는,

'장미가 비에 젖고 있는데……. 틀림없이 오빠는 만주에서 빗속에 서 있을 거야, 틀림없이.'

후미코는 어머니와 언니 모두 자기 말에 상대해주지 않으리라 생각했기에 장미가 오빠 같다는 생각을 한층 더 믿고 싶어졌다. 그리고,

'오빠는 틀림없이 빗속에 서 있을 거야.'

라며 어둠과 병사의 모습을 떠올리자, 비를 맞으며 서 있는 장미의 잎 하나만 떨어져도 그건 오빠의 운명과 관계가 있을 것 같다는 생각이 들었다.

"언니, 장미가 말이지……."

"그만 자라니까!"

"가엾어. 빗속에 혼자……."

"그럼, 네가 일어나 있어주면 되잖아."

어머니가 몸을 뒤척이고 기침을 하며,

"후미코, 학교에 지각하겠다."

"네."

어머니에게 이렇게 대답하고,

"언니, 저 장미, 내게는 오빠의 영혼 같다는 생각이……."

"시끄럽다니까 그러네. 얘는 사람의 귀 옆에서 재잘재잘, 재잘재잘. 어머니 옆에 가서 자도록 해."

언니가 반쯤 돌아보며 커다란 소리로 야단을 쳤다. 비는 조금씩 강해지고 있었다. 후미코는 꽃도 자신도 외톨이인 것처럼 느껴져 얼굴을 이불 속에 묻었다. 묻음과 동시에 눈물이 나왔다. 다리가 따뜻해졌기에 조용히 뻗으며 언니의 등에 자신의 등을 대고,

'나도 어딘가 공장으로 돈을 벌러 나갈까? 그리고 돈을 모아 장미에게 화분을 사주어 이런 밤에는 머리맡에 놓고 자면……'

후미코는 화분의 가격에 대해서 생각했는데, 비가 조용히, 평온하게 잠을 불러오기 시작했다.

2

"오늘 아침은 굉장히 추운데."

사이토가 자줏빛 뺨과 빨간 코로 난로 앞에서 손을 문질렀다.

"정변의 기운이 감돌아. 읽었나?"

라고 먼저 난로를 쬐고 있던 두 동료가 책상 위의 신문으로 시선을 가져가며 말했다.

"자네가 총리가 돼도 마찬가지일 거야. ××든, ××든, 이곳의 어르신이든, 나든 마찬가지야. 이상도 없고 인식도 부족해서 눈앞의 일이라도 처리하려 하지만 처리하지 못하는 그런 녀석들의 집단이 지금의 정당이야. 정치와 함께 당리라는 것도 결코 잊지 않으니까. 그런 시대가 아니잖아. 망해가는 나라에서는 영웅이 나오지 않는 법이야. 이탈리아는 무솔리니가 나왔기에 회복했지만, 그런 녀석이 나오지 않는 나라는 대부분 망한 나라야. 지금의 일본과 도토리 키 재기야. 국민들이 아직 야무지지 못해서 그나마 다행이지, 정당정치가들이란 분화구 위에서 춤을 춰도 그 위험성을 모르는 바보들뿐이야. 키지마 씨께서 출근하셨다."

사이토는 이렇게 말하고 토미코에게 목례를 했다. 토미코의 뒤를 따라서 동료 두 명이 고무장화를 신고 빠른 걸음으로 들어왔다. 사이토는 비와 사람과 거리를 바라보며,

"비모채주의(非募債主義)는 포기하고, ××××라니, 대체 뭘 하자는 건지. 사람도, 남자도, 사람들에게 위탁을 받아 일을 하는 정치가도 전혀 없어. 자신의 상황에 따라서 약속이고 성명이고 나발이고 깨버리는 게 녀석들이야. 그리고 국민들은, 정치가란

그런 법이라며, 도둑은 남의 물건을 훔치는 녀석이라 생각하고 있는 것처럼, 정치가는 나쁜 짓을 하는 녀석들이라고 태연하게 보고만 있어. 이게 얼마나 끔찍한 일인지를 녀석들은 모르고 있어. 그리고 군부에 질질 끌려다니고 있으니, 어디에 일국의 정치가다운 가치가 있단 말이지?"

사이토가 토미코에게,

"저기, 토미코 씨. 당신의 오빠가 언젠가, '지금의 정치가에게 군제 개혁은 불가능해. 군인 쪽이 훨씬 더 순수하고 배짱이 두둑해.'라고 말한 적이 있었는데, 이번 일이야 말로 꼴 좋다는 생각이 듭니다."

토미코는 웃을 뿐이었다.

"초연거국일치내각이 또 나타나기 시작했어."

"요컨대 자유주의자나 민주주의자들은 관료의 유령이라고 말할 테지만, 틀림없이 지금의 정당정치에 정나미가 떨어져서 영웅을 기다리는 심리의 표출이야."

"과장이 왔어."

우산을 받쳐든 남자 하나가 현관으로 들어왔다.

"저, 뾰족입 과장은 저리 자금으로 집을 지어 세를 주고 있다는 소문이더군."

"국회의원들이 하는 방법을 배운 거겠지."

그러나 과장이 다가오자,

"안녕하십니까?"

라며 일제히 머리를 숙였다. 사이토가,

"춥네요."

라고 인사를 했다. 과장은,

"춥군."

이라고 답하고 자신의 자리 쪽으로 가버렸다.

3

끝도 없이 펼쳐져 있는, 그리고 한없이 맑은 하늘과, 끝도 없이 이어져 있는 수수밭과, 자동차 바퀴자국에 움푹 패인 길. 그것은 밭이 아니라 가늘고 길게 이어져 있기에 길이라 이름 붙여진 밭 속의 선이었다.

그 널따란 하늘과 땅의 어딘가에서 수수밭의 뿌리 속, 대지 속의 흙까지도, 사람들 발 아래의 땅까지도 떨게 하며, 그리고 공기를 찢으며 대포가 굉음을 내뿜었다.

수수는 바람과 장난을 치고 있었는데 그 울림에 전율이 느껴졌는지 떨기 시작했으며, 바람은 당황한 듯 아군의 등 뒤로 숨어버렸다.

몸이 흥분으로 떨려오고, 살갗과 살 모두가 긴장되기 시작했다. 그 울림은 사람을 살육하는 잔인한 소리가 아니라, 사람을 상쾌하게 하고 흥분하게 하고 그쪽으로 전진하게 만드는 소리였다.

습지의 진흙탕을 지나는 길을 따라서 사쿠타로는 구보로 고동치고 있는 심장을 두꺼운 외투와 팔로 누른 채, 헐떡이는 숨결을 하얗게 뱉으며 달리고 있었다.

입으로 말하고 글로 쓰고 이론으로 부정해온 전쟁의 참화 같은 건 조금도 느껴지지 않았으며, 레마르크[3]의 저서 등에서 본 전쟁의 묘사가 저 앞에서 일어나리라고는 여겨지지 않았다. 한 사람의 어른이 전력을 기울여 행하는 스포츠 같다는 느낌이었다.

연설회에서 청중으로서, 변사로서 흥분한 경험과는 전혀 다른 흥분이었다. 여유도, 비평도 아무것도 없었고, 짐승처럼 몸과 살이 바로 흥분하여 그것이 정신까지도 완전히 지배해버리는 듯한, 아무것도 생각할 수 없는 흥분과 격앙이 일어났다.

옆의 한 사람도 창백한 얼굴에 눈만 번뜩이며, 총을 가슴 부근에 비스듬히 쥐고 하얀 숨결을 격렬하게 내뿜으며, 가끔 하얀 이를 내보이며, 달리고 있었다. 하나같이 실전에는 경험이 없는 사람들이었다.

'적은 어디에 있는 걸까? 대포는 어디를 향해서 쏘고 있는 걸까?'

이런 의문만이 가끔 머릿속을 얼핏 스치고 지나갈 뿐, 다른 생각은 아무것도 할 수 없었다. 사쿠타로는 언제나처럼,

'무엇을 위한 전쟁이란 말인가.'

---

3) Erich Maria Remarque(1898~1970). 독일의 소설가. 제1차 세계대전에서의 경험을 소재로한 『서부전선 이상 없다』를 발표하여 인기를 얻었다.

라고 생각하려 했으나, 집중이 되지 않았으며 형용사와 명사만 이 실루엣처럼 뇌의 벽에 떠오를 뿐이었다.

멀리 수수밭 앞쪽에 탄이 떨어진 듯, 흑갈색 흙먼지가 수수 위로 무시무시하게 분출되더니 승천하는 것처럼 보였다.

'이쪽으로 쏘기 시작했군.'

이라고 느낀 순간 둔탁한 울림이 전해졌다.

'소구경포야.'

라는 생각이 들자, 앞선 커다란 포성과 아울러 고려해봤을 때 상당한 숫자의 포를 가진 적이라는 사실을 알 수 있었다. 그리고,

'대포가 저 부근이라면, 보병은 더 가까이에 있을 거야.'

라고 생각했다. 그 순간, 진흙탕의 물 위에 파문이 번져갔다. 그리고 슉 소리가 들리더니 또 하나의 총알이 뒤편으로 스쳐지나갔다. 사쿠타로는 머리를 숙이고,

'이 길이라면 탱크도 지날 수 있을 텐데 어째서 사람을 앞세우고 탱크를 뒤에 둔 걸까. 탱크는 뭘 위한 거야, 제길.'

이라고 생각했다.

"엎드려!"

등 뒤에서 외쳤다. 사쿠타로는 목을 움츠리며 얼른 엎드렸다. 적이 어디에 있는지는 알 수 없었으나 때때로 총알이 스쳐지나갔다.

시끄러운 이웃

1

장미는 싱싱하고 건강하게 자라고 있었다. 후미코는 아침에 일어나 세수를 하러 갈 때면,

"안녕."

하고 인사했다. 학교에서 돌아오면,

"다녀왔어."

라고 말했다. 잘 때는 툇마루에서,

"잘 자."

그러면 장미도 후미코에게만은 분명하게 대답해주었다. 장미는 언제나 기분이 좋은 것이었다. 후미코는 어머니가 살짝 야단을 쳐도, 언니가 차갑게 대해도,

'괜찮아, 내게는 장미가 있으니까.'

라고 생각했다.

후미코가 장미와 속삭이고 있자니 울타리 하나를 사이에 둔 이웃집 정원에서,

"비가 오려나."

하는 여자의 목소리가 들려왔다. 후미코는 사랑스러운 장미를 봐주었으면 하는 마음에서 미소 지으며 뒤를 돌아,

"아주머니."

하고 올려다보았다. 여자는 나뭇가지에서 나뭇가지에 걸쳐 널어놓은 빨래를 걷으며,

"뭘 하고 있니?"

"아주머니, 장미꽃이 피었어요."

"그러냐?"

여자는 빨래대 소리를 크게 울리며 후미코에게 더는 말을 걸지 않았다. 후미코는 마음속으로 조용하게,

'누구도 오빠가 여기에 있는 동안 사귀지 않았던 것처럼, 지금도 오빠의 장미와 누구도 사귀려 들지 않아.'

라고 중얼거렸다.

'좋은 오빠인데……, 그렇게 좋은 오빠도 또 없는데……. 빨갱이, 빨갱이라며……. 뭘 한 걸까, 오빠는.'

후미코는 풀이 죽어서,

"아무것도 하지 않았어."

라고 장미에게 속삭였다. 발소리가 들리더니,

"들장미로구나."

라고 아주머니가 말했다. 후미코는 커다란 목소리로,

'오빠가 가져다주었어요.'

라고 말하고 싶었으나 말없이 고개를 끄덕였다. 그리고,

"장미예요."

"분재로 하면 좋을 텐데."

아주머니가 울타리에서 들여다보았다.

"날이 추우니 분재로 해서 밤에는 방 안으로 들이는 게 좋을 게다, 후미코야."

"그래요?"

후미코는 분재란, 화분에 심는 것이라고 생각했다. 그리고,

'정말 그렇게 해주면 장미가 얼마나 기뻐할까.'

라고 생각했으나, 곧 얼마나 할까, 그런 거 살 돈이 없어, 라는 생각이 들자 서글퍼졌다.

"너희 집에 화분 있니?"

"없어요, 아주머니."

"괜찮다면, 내가 줄까?"

"정말이세요, 아주머니?"

후미코가 뺨을 붉게 물들이며 벌떡 일어섰다.

"이건 오빠가 제게 준 거예요. 오빤 전쟁에 나갔잖아요. 저 왠지 이 꽃이 오빠 같다는 생각이 들어요."

"이봐."

여자의 남편이 부르는 소리가 들려왔다. 여자는,

"네."

대답하고 종종걸음으로 들어가버렸다. 후미코는 가슴에서, 코에서, 눈물 속에서까지 아릿한 슬픔이 치밀어오르는 듯했다. 장미가,

"울어서는 안 돼, 후미코."

라고 위로해주었다.

2

토미코와 함께 향락을 즐기고 싶어 하는 동료도 있기는 했으나, 그녀의 오빠가 한때 좌경화되어 미결수였었다는 사실만으로 그녀에 대해서 분명하게, 적극적으로 그런 뜻을 내비치는 사람은 없었다. 그건 혹시라도 조그만 오해, 예를 들어서 과장이 자신의 아내와 그날 아침 싸움을 하고 온 탓에,

"자네, 키지마와 친하게 지낸다더군."

이라고 지목받아 목이 잘릴 우려가 있기 때문이었다. 그런 가운데 새로 취임해온 사이토만이 그런 소문에 대해서,

"한심하기는."

이라며 종종 그녀와 이야기를 나누었다. 그 사이토가 점심시간, 유리창 너머로 창구에 서 있는 인민들을 바라보며,

"키지마 군이 만주에 가서 ××사상을 선전할 거라고 하지만, 난 반대라고 생각해."

라고 난로 옆에 팔꿈치를 대고 손을 쬐며 한 사람에게 말했다.

"군국주의자가 되는 건가?"

"아니."

사이토는 머리를 흔들고,

"그 사람은 순수하기 때문에 이런 세상에 화를 내는 거야. 이런 엉망진창에 무기력한 사회에 화를 내지 않는 녀석은 ××와 병자뿐이야. 무솔리니조차 이런 사회에 대해, 스무 살이나 되어

서 사회주의적 사상을 품지 않는 녀석은 바보다, 라고 말했는데, 참으로 옳은 말이야."

"나는 바보 중 하나로군."

"여기에 있는 자식들은 전부 바보야."

"영리한 건 자네 한 사람뿐인가?"

"맞아. 키지마는 순수하기에 틀림없이 전쟁에 감격할 거라 생각해. 녀석은 전선에 나가서 중국 병사와 일전을 치르고 나면 틀림없이 변할 거야. 키지마가 사는 동네 녀석들, 다른 동네 출정군인의 집에는 가서 위문을 하면서, 키지마네 집만은 모르는 척하고 있어. 키지마는 키지마, 가족은 가족이라는 사고로 생각하자면, 괘씸한 일이야."

토미코는 뺨을 살짝 붉히며 말없이 고개를 숙인 채 전표를 장부에 기입하고 있었다. 눈과 손만은 숙련된 기교로 틀림없이 기입해나가고 있었으나, 머리는 사이토의 말 쪽으로 기울어 있었다.

"순수해, 녀석은. 중국인의 불합리와 잔학과 민족이 가지고 있는 불융합성을 알게 된다면, 나는 틀림없이 국가사회주의로 전향할 거라 믿고 있어. 이건 키지마하고도 논쟁을 벌였던 일이야."

한 사람이 자리에서 일어났다. 한 사람이 시계를 보았다. 사이토가 토미코에게 낮은 목소리로,

"편지 왔었나요?"

라고 물었다.

"아니요."

"전쟁은, 그것에 의해서 국가가 절망적으로 바뀌면 세계사회적(코스모폴리탄) 운동이 일어나고 그 이상에 따라서 밝아지지만, 국가가 승리를 얻으면 국가사회적 경향을 가진 운동이 일어난다고 저는 생각합니다."

"그럴지도 모르겠네요."

"레닌[4]이 아카시[5] 대령을 만났을 때, '나는 일본에 대해서는 모른다. 나는 단지 러시아를 구하고 싶다.'라고 말했는데, 그건 옳은 말입니다. 러시아의 지령을 받아 러시아화해서, 그것으로 행복한 일본을 만들 수 있다고 생각한다면, 그건 물고기의 지도를 받아서 행동하는 짐승과 같은 겁니다. 이론이 아무리 과학적이라 할지라도 민족적 차별, 차이가 내일부터 당장 변화하는 건 아니니까요. 우선 일본을 구하라!"

사이토는 팔을 들어 가볍게 흔들다 책상을 살짝 치고 웃었다.

"부장님한테 가서 말하고 와."

라며 한 사람이 웃었다.

"이건 토미코 여사 앞에서 논하면 그걸로 충분해."

---

4) Vladimir Il'ich Lenin(1870~1924). 소련의 혁명가, 정치가. 소련 공산당을 창시, 러시아 혁명을 주도하여 1917년에 프롤레타리아 독재의 소비에트 사회주의공화국을 건설했다. 마르크스주의를 발전시켜 국제적 혁명운동에 커다란 영향을 주었다.

5) 아카시 모토지로(赤字元二郎, 1864~1919). 조선 식민지화 이후 지배의 기초가 된 헌병경찰제도의 원형을 만든 인물.

"그렇게 솔직하게 나오지 마."

"안 그런가요, 토미코 씨?"

한 사람이 일어나 난로 위의 주전자를 집었다. 그리고,

"여기에 있으면 차라도 마실 수 있지만, 집에 가면 따뜻한 물도 못 마셔."

"정말 목으로 넘어가질 않아."

"자네도 그런가?"

"아무래도 감원에 관한 이야기인 거 같아, 드나들며 힐끗 얼굴을 쳐다보는 걸 보면. 저런 험악한 얼굴을 보는 건 괴로운 일이야."

"꽤나 쌓였어."

라고 말하며 사이토는 접수창구를 보고 의자로 돌아갔다.

3

흥분이 경련적으로 찾아왔다. 언제부턴가 이뿌리가 아픈 것처럼 이를 앙다물고 있었다.

'총구가 얌전히 있질 않잖아.'

라고 자신에게 외쳐보았으나 그것을 듣는 머리가 자신의 머리인지 자신에게서 유리되어버린 머리인지 알 수가 없었다.

타타탕, 격렬하게 연속해서, 그러나 매우 조심스럽게 소리를 내고 있는 적의 기관총 쪽으로 학질 환자처럼 떨리는 다리를 끌며 포복으로 전진해나갔다.

모두가 처음 경험하는 이상한 긴장과 흙먼지와 진흙에 땅속에서 기어나온 괴물처럼 강철 헬멧 아래로 눈만 드러낸 채 입을 벌리고 격렬한 숨을 내쉬며, 총알이 가까운 곳을 스쳐지나면 어깨를 움츠리기도 하고 철모를 눌러쓰기도 하며 기어갔다.

'엄호사격을 해주지 않는군.'

병사의 숫자와 무기가 부족하기도 했고, 이번 적은 예상치 못한 것이기도 했으나 사쿠타로는,

'아직도 러일전쟁 때처럼, ×××, ×××××××××××××××.'

라며 화를 냈다. 그리고 오른쪽 병사에게,

"이봐."

라고 말을 걸었다. 병사는 사쿠타로를 힐끗 보기만 했을 뿐, 도롱뇽처럼 슬금슬금 한 발 전진했다.

'어떠한 전투에서도 소수가 다수에게 이긴 적이 없다는 건 나폴레옹 이후의 철칙이잖아. 그런데 상대를 경멸하여 소수의 병사로 해치우려 하다니. 언제까지고 ×××××××××××××××.'

사쿠타로가 이렇게 생각하고 있을 때,

"왔다, 왔다, 왔다."

라는 대장의 광적으로 커다란 목소리가 들려왔다. 병사들이 뱃속까지 전율을 느끼며 얼굴을 들자, 무엇인가가 공중에서 앞쪽으로 낙하했다. 거기에는 길이 있는 듯도 하고 없는 듯도 했다. 보인 것처럼 느껴지기도 하고 착시인 것처럼 여겨지기도 했다. 그리고,

'포탄?'

이라고 느낀 순간, 뱃속으로 땅의 울림이 전해졌으며 검은 흙먼지가 열대여섯 간이나 하늘로 치솟았다. 돌과 흙과 나뭇조각과 수수의 뿌리가 굉장한 힘에 의해서 공중으로 돌진하여 시커먼 기둥을 만들더니 곧 일제히 낙하했다.

머리도 몸도 감각을 잃고 말았다. 그저 널따란 광야에 울려 퍼지는 단조로운 울림과 누군가가 누군가에게 외치는 '전진'이라는 말과 야트막한 흙산의 경사면과 수수와 푸른 하늘이 꿈결처럼 펼쳐져 있었다. 여기가 어디인지, 무엇을 하고 있는 건지, 어떻게 되는 건지, 그런 것들은 전부 자기 자신의 일이 아니라 꿈속에서의 일처럼 여겨졌다. 그리고 아직 가느다란 흙먼지가 피어오르다 연기처럼 무너져가고 있는 모습이 보이고 있을 때, 두 번째 탄이 땅을 흔들며 작렬했다. 그 흙이 병사들 바로 앞에 낙하하여 헬멧 위로 쏟아졌다. 사쿠타로는 어딘가 땅속으로 기어들어가고 싶다는 느낌에 사로잡혀 굳어진 몸을 지상에 찰싹 붙였다.

'다음에는 맞을 거야.'

라는 절망적인 느낌이 들었다. 그런데 그 순간 앞쪽 암회색의, 거기에 적의 진지가 있는 듯한 야트막한 산 위 앞뒤에서 둔탁한 울림이 울리더니 흙먼지가 솟구쳐올랐다. 그와 함께 한 병사가,

"만세!"

하고 외치며 일어나 미친 듯이 달려나갔다. 그러자 곧 와아

병사들이 일제히 함성을 지르며 일어났다. 한 사람이 비틀거렸다. 탄이 스쳐지났다. 사쿠타로도 튕겨져오르듯 일어서자 다리가 반사적으로 달리기 시작했다. 이제 떨림과 경련은 사라지고 없었으며,

'아군이 왔다.'

라는 뜨거운 기쁨으로 가득해져 있었다. 산에서의 격렬한 폭발은 계속해서 일어났다. 정상에서 사람의 머리가 움직이기 시작했다. 그리고 어깨가, 상반신이 나타났다. 사쿠타로는 토끼를 쫓는 사냥개와도 같은 흥분에 사로잡혀, —살인처럼 부도덕하고 무의미한 행위가 아니라 어떤 해로운 것을 쏘아 흩어버리는 것 같다는 기분에 사로잡혀, 한 병사와 부딪치며 두어 명을 따라잡고 달리기 시작했다.

어느 밤의 사건

1

바람이 덧문을 덜컹덜컹 흔들었다. 그리고 뒤이어 무엇인가를 함석지붕 위로 떨어뜨렸다.

'꽃은?'

후미코가 멀고 먼 이쪽 방에서 문득 그렇게 느낀 순간, 비가 섞여 내리기 시작한 듯, 격렬한 소리가 밤의 침묵을 깼다.

'장미가 큰일이네.'

후미코는 멀리서 이렇게 느꼈다가, 자신의 머릿속으로 들어온 순간 눈을 떴다.

'장미가 울고 있을 거야. 분명히 나를 기다리고 있을 거야.'

후미코는 새카만 어둠 속에서 비를 맞으며 바람에 시달리고 있을 장미를 그려보았다. 그리고 바로,

'장미를 돌봐주지 않으면 오빠가 위험해.'

후미코는 손을 내민 채 한동안 가만히 있다가,

"언니."

하고 속삭였다. 토미코는 조용히 숨소리를 내고 있었다.

"언니."

어머니의 목소리가,

"깨우지 말아라. 피곤할 텐데……."

후미코는 잠시 후,

'어머니는 분명히 야단을 치실 테지만, 그래도 오빠가 위험하니……'

라고 생각하여,

"어머니."

"얼른 자라. 바람 같은 걸 무서워할 필요 없다."

"장미꽃이……."

"무슨 소릴 하는 거냐. 얘도 참, 잠꼬대를 다하고……."

"어머니. 그 꽃은 오빠의 분신이니 꽃이 떨어지면 틀림없

이……."

언니가 몸을 움직이며,

"시끄러워. 귓가에서."

라고 야단을 쳤다.

"언니, 난 장미꽃이 가여워."

"그럼 일어나 오늘 밤 내내 빗속에서 같이 있어주렴."

후미코는 자신이 믿고 있는 오빠의 목숨과 관계된 일을 누구도 믿어주지 않았기에 분하고 슬퍼지기 시작했다. 그러나 그 이상 말한다고 해서 들어줄 두 사람도 아니었다.

후미코는 비에 맞아 꽃잎이 떨어지고 바람에 잎이 이리저리 흩어지고 가지가 부러지고 뿌리가 기울어버린 가엾은 꽃이 떠올라 울음을 터뜨렸다.

'오빠가 죽어도 난 몰라.'

두 사람에게 반항했다. 그리고,

'소중한 우리 오빠를 지켜주세요.'

라며 두 손을 모았다. 비와 바람이 문을 삐걱거리게 하고 지붕 두드리는 소리를 내고 하늘에서 포효하고 흙을 떠내려가게 하며 울부짖기 시작했다.

'장미야, 용서해줘. 나 때문이 아니야. 제발 용서해줘.'

라고 꽃에게 사과하며 후미코는 이불 속에서 훌쩍거렸다.

"시끄러워서 못 살겠네. 왜 우는 거야?"

라며 언니가 후미코의 몸을 밀쳤다. 후미코는 언니를 등에 지고 이불을 끌어안은 채 계속해서 울었다.

"어머니하고 자. 잠을 잘 수가 없잖아."

"후미코, 울 거면 밖으로 나가라."

이런 말을 듣자 후미코는 무시무시한 장미의 정령이 벌써 와서 자신을 원망하며 밖에 서 있을 것만 같다는 기분이 들었다.

2

"사이토 군, 빨강물이 들었다던데, 정말인가?"

라고 말하며 과장이 난로 옆으로 와서 미소 지었다.

"아니요."

사이토는 고개를 흔들고,

"그 반대입니다."

"그런가?"

"제가 키지마 군과 교제를 한 적이 있었기 때문일 테지만, 저는 그를 설득할 생각이었습니다."

과장이 토미코에게,

"사실인가?"

라고 물으며 몸을 돌려 눈동자를 가만히 바라보았다. 토미코는 그를 마주보며,

"사실입니다."

라고 분명하게 말했다.

"국제연맹이라는 공허한 기관이 이론상으로는 옳지만 아무런 힘도 없는 것처럼, 만국의 노동자여 단결하라는 슬로건도 문자 속의 흥분에 지나지 않습니다."

"맞아."

"러시아의 지령을 받아 러시아인의 희생양이 되면 일본은 정말로 행복해질까요?"

"희생이라니?"

"지금은 일본의 문명이 더 높으니 평균하면 무엇인가가 희생될 테고, 인간인 러시아인이 자신들의 국민과 똑같이 일본인을 취급한다는 건, 신이라도 그렇게 공평할 수는 없을 겁니다. 하물며 러시아로부터 ××××××× 일본의 ××××처럼……."

"관청에서 그런 말을 써서는 안 돼."

"×××입니까?"

"그래."

"러시아가 정말 행복한지 어떤지 알 수 없는데 그 이론을 일본에 응용하겠다니. 그보다 전 일본인만의 행복을 위해서 타국민을 희생으로 삼아도 된다고 생각하고 있습니다. 그것만이 현실입니다. 러시아도 마찬가지입니다. 수단으로써 그렇게 하고 있지 않습니까? 그것이 ××……, 아니 러시아를 위해서 하는 것인지, ××××를 위해서 하는 것인지, 단지 그 차이뿐으로, 현 상태에서 타국의 손해를 고려해가면서 자국민을 행복하게 할 수 있겠습니까?"

"자네는 또 극단적인 우익이로군. 그렇게 간단한 문제가 아니야."

"이탈리아의 이탈리아 먼로주의를 생각해보십시오."

"먼로가 아니야."

"먼로입니다."

과장은 입을 다문 채 사이토의 얼굴을 노려보았다. 그리고,

"논쟁은 그만두기로 하세. 자네하고 해봐야 소용없는 일이니."

라고 말했다. 상기된 얼굴을 하고 있었다. 사이토가 벌떡 일어서서,

"흥분했습니다. 실례했습니다."

라고 말하며 머리를 숙였다.

"이후, 주의하도록 하게."

"네, 죄송합니다."

과장은 자신의 책상으로 갔다.

3

양파 같은 눈을 한 병사가 누런 이를 드러낸 채 들여다보고 있었다. 사쿠타로가 온몸에서 공포에 의한 떨림을 느끼며 일어나,

"누구냐!"

라고 외쳤다. 그 순간 초연의 냄새와 총성의 외침과 하얀 연기

와 문을 차는 소리가 들려왔다.

'포위당했어.'

사쿠타로는 헬멧을, 개머리판을, 몸을, 팔을 서로 맞부딪쳐 가며 일어났다. 문의 나무가 비명을 질렀다. 문의 구멍으로 총구가, 틈새로 두툼한 검이……, 그리고 뒤쪽에서도 앞쪽에서도 함성이, 고함이, 두들기는 소리가 온통 주위를 감쌌다. 사쿠타로는,

'이런 데서 죽고 싶지는 않아.'

라고 느꼈다. 그리고 총을 겨눈 채 슬금슬금 뒷걸음질 쳐서 토방에서, 토방만큼이나 지저분한 거적을 깔아놓은 마루 위로 올라섰다. 그리고 밀가루 자루와 이불을 방패로 삼았다.

'총성을 들으면 아군이 와줄 거야. 그때까지 어떻게 버티느냐야.'

라고 생각했다.

'모두 목숨을 잃어도 나만은, 나와 시잔(志山)만은 목숨을 건지지 않으면…….'

절망적인 초조함이 주위를 감쌌다. 문은 단속적으로 비명을 올렸다. 재빠르게 마룻바닥과 집기로 방어물을 만든 아군이 바로 발포를 시작했다. 날카로운 울림이 실내에 울렸으며 노한 함성이 입 주위를 감싸고 말았다. 그리고 병사가 없는 벽에, 기둥에, 솥에 총알이 퍽퍽 박혔다.

문이 요란한 소리를 내더니 그 깨진 틈으로 다리가 하나 들

어왔다. 한 사람이 엎드린 채 개머리판으로 정강이를 때렸다. 그 순간 검이, 총이, 사람이, 얼굴이, 눈이, 뒤에서 미는 힘을 버티려 일그러졌으나, 우르르 밀려들었다. 모든 눈이 흉악함과 잔인함으로 이상한 빛을 발하고 있었다. 검과 총과 이와 안구가 섬뜩하게 마주보았다.

'틀렸어.'

라고 생각한 순간, 시잔이 총을 거꾸로 쥐더니 한 병사의 이마 한가운데를 내리쳤다. 그것이 신호라도 되는 양 함성과 동요가 일었다. 콧구멍을 부풀리고 광적으로 눈을 부릅뜨고 개머리판을 낮은 천장에 부딪쳐가며 이를 드러낸 한 병사가 시잔을 향해 달려들었다.

아군 병사 하나가 큰소리로 부르짖으며 검으로 찔렀다. 적 가운데 한 명이 길고 검은 손톱을 기른 손으로 장검을 치켜들고 더러운 옷과 함께 달려들었다. 사쿠타로는 사람들 뒤편에서 그들의 머리 너머로 총을 쏘았다. 한 병사가 얼굴에 손을 대고 쓰러졌다. 그와 함께 한 명의 아군에게 적 두 명이 달려들었다.

"살려줘."

라고 아군이 외치며 있는 힘껏 뒤로 물러났으나 곧 앞으로 고꾸라져 적 속에 포위당하고 말았다. 머리 위에서, 좌우에서 번뜩이며 검을 내리쳤다. 피가 천장으로 튀었고 적의 얼굴로 뿜어졌다. 그러나 아군 두어 명이 바로 그 병사들을 찔러 쓰러뜨리고 베어 쓰러뜨렸다.

그리고 두어 걸음 전진했는데 그와 동시에 그 가운데 두 명이 머리에서 피를 내뿜었으며 팔이 부러져 적의 발밑에 쓰러졌다.

일고여덟 명의 손이 쓰러진 병사의 옷을 벗기듯 해서 끌고 가더니 적의 발밑에서 버둥거리고 있던 배에 ×××××××. 섬뜩한 신음과 마지막 힘을 모아 저항하려는 노력이 배를 1자 남짓이나 부풀어오르게 했다.

검 하나가 ×××××××. 사쿠타로가 바라보고 있는 잠깐 사이에 옷이 너덜너덜, 피가 온몸에서, 그리고 움직이지 않게 되자 머리와 얼굴을 ××××××××××.

'악마!'

사쿠타로는 인간에게 주어진, 불의를 증오하는 감정으로 폭풍처럼 전신을 떨었다.

'저런 녀석들이 인간이란 말인가? 저게 일본의 이웃에 있는 녀석들이란 말인가?'

일고여덟 명의 아군이 총검을 쥔 채 방 안쪽으로 조금씩, 조금씩 몰리고 말았다. 적 가운데 한 명이 피투성이 손을 ××××, ××××××. 한 사람이 시잔의 ××××××, 두 손으로 치켜올리고 고함을 지르며 내리치려 했다.

사쿠타로는 러시아인의 잔인한 형벌에 관한 몇 가지 이야기를 떠올렸다. 그리고 시잔과 여기에 있는 아군들을 생각했다.

'어째서 이처럼 선량한 일본인에게 이런 짓을 하는 거지?'

이런 분노가, 사쿠타로의 피 한 톨, 한 톨 속에서 절규하기 시작했다.

'나는 일본인으로서 이 이웃의 악마를 어떻게 해야 한단 말인가?'

사쿠타로가 토방으로 뛰어내리면서,

"자, 덤벼."

라고 외치며 총을 치켜올렸다. 키가 큰 적이 웃음인지 분노인지 분간이 되지 않는 표정을 지으며 역시 총을 치켜올렸다. 사쿠타로는,

'이런 녀석은 죽여야만 해. 이런 사람을 죽이는 것은 인간의 정의 가운데서도 가장 정의로운 일이야.'

라고 생각했다. 그리고 한 걸음 앞으로 나서자 적은 한 걸음 뒤로 물러났다.

'이런 경험을 하지 않고서는 참된 전쟁도, 일본인도, 중국인도 알 수 없는 법이야. 나는 어떻게든 살아남아서 나의 이 마음을 누군가에게 꼭 알리고 싶지만……. ××이론이 다 뭐란 말이야. 나는 일본과 일본인을 위해서 이 녀석을, 이 녀석을…….'

사쿠타로는 다시 한 걸음 나아갔다. 좌우에서 적이 눈을 부라리며 맞서 싸우려 자세를 취했다.

아침

후미코는 무참한 모습의 장미 앞에서 울고 있었다. 현관에서,

"동사무소에서 왔습니다."

뒤이어,

"명예로운 전사를……."

이라는 목소리가 들려왔다. 후미코가,

"어머니, 나가지 마세요."

라며 일어서려는 어머니의 소맷자락을 잡았다.

"키지마 씨, 키지마 씨. 문안을 왔습니다."

라고 외치고 있었다. 후미코는 두 사람이 오빠를 죽인 것이라는 생각이 들었다. 그리고 뿌리째 뽑혀 쓰러진 장미를 손을 어루만지며,

"용서해줘요, 오빠. 장미야."

라고 그 말과 눈물만 되풀이했다.

굴뚝풍경

上

“무슨 일이 있어도 안 된다면 저, 지금까지 아껴두었던 비장의 방법이 하나 있어요.”

신바시에 신요시테라지마(新吉寺島)라는 집이 있다. 이런 이름은 여염집에서 붙이는 이름이 아니며, 술집도 아니고, 갈보집도 아니다. 거기에 우메얏코(梅奴)라는 게이샤가 있다. 예전에는 오오쿠라 키시치로(大蔵喜七郎) 씨의 총애를 받던 게이샤로 모토치요(本千代), 이치고마(市駒) 등과 함께 젊고 아름다운 신바시의 대표적인 여자 가운데 한 명이었다.

이 여자가 사와무라 타노스케(沢村田之助)와 자신 사이에 있었던 염사를 한껏 늘어놓은 뒤, 이렇게 말한 것이었다.

타노스케는 지금 서양에 가 있으나 돌아온 뒤에 두 사람은 결혼을 하기로 약속이 되어 있었다. 그런데 그게 여러 가지 사정으로 어떻게 될지 알 수 없게 되어버렸기에 그 이야기를

내게 하고,

"아껴두었던 비장의 방법이 있어요."

라고 말한 것이었다.

"어떤?"

내가 키쿠노야(菊の家)의 생과자를 집으며 묻자,

"굴뚝에 올라갈 거예요."

"그래, 그건 괜찮을 듯하군. 6월에 돌아온다면 춥지도 않을 테니……. 그런데 공장에 들어갈 건가?"

"목욕탕이요. 하마사쿠(浜作)에 있잖아요. 그곳의 굴뚝에 오를 거예요."

"너도 영리한 듯하지만 바보로군. 올라가봐야 앉을 데가 없잖아."

"있어요. 그 정도는 전부 연구해두었어요. 굴뚝 위에 두꺼운 방석을 깔고……."

"한심하기는. 연기가 나오고, 뜨겁고."

"누가 한심한 건지. 목욕탕이 쉬는 날 올라갈 거예요. 그러면 다음날 불을 땔 수가 없잖아요. 목욕탕이 이틀이나 연달아 놀아보세요. 일반 가정집에서는 그렇게 소란을 피우지 않을지 몰라도 게이샤 집에서는 소동이 벌어질 거예요. 거기다 무엇보다 목욕탕이 제일 곤란해질 거예요. 신문사가 근처에 있잖아요. 긴자잖아요. 사람들이 잔뜩 몰려들 거예요."

"그렇게 하면, 반하게 되는 건가?"

"네. 모여주신 여러분, 동정을 부탁드립니다. 가장 먼저 이렇게 말할 거예요."

"자선냄비 같잖아."

"약간 그렇기는 하네요. 그리고 원래 그 사람과 저는 16살 때부터 친해지기 시작해서……."

"그건 잘 알고 있으니 그때 다시 듣기로 할게. 드로어즈 같은 건 어떻게 할 거지?"

"그거예요. 누군가 억지로 끌어내리러 오면 머리를 꽝 차줄 생각이니 물론 드로어즈는 필요해요. 그리고 비를 맞으면 젖어버릴 테니 1다스 정도 준비해서 올라갈 거예요."

下

나는 소리 내어 웃었다.

"전 진지해요. 반드시 그렇게 할 거예요. 어쨌든 여자는 번거로워요. 화장도구가 필요하잖아요."

"그런 것까지 가져가려고?"

"하지만 볕에 너무 타면 큰일이잖아요. 기껏 전술에 성공해봤자 타노스케가 싫다고 하면 아무런 보람도 없잖아요."

"그렇다면 어쩔 수 없군. 그런 면도 있기는 있지."

"있고말고요. 그리고 한 가지 더 있어요, 커다란 일이."

"커다란 일? 거기에 또 있단 말이야?"

"네. 저, 초콜릿을 좋아하잖아요."

"아아, 그거. 그 정도는 내가 가져다줄게."

"가져오는 건 민폐예요."

"어째서?"

"그렇잖아요. 굴뚝에 오를 결심까지 했는데, 남자를 가까이 오게 해서는 그 사람한테 미안하잖아요."

"그럼, 마음대로 해."

"그럴 수가 없어요. 과일도 있어야 하고, 양과자도 먹고 싶고……."

"넌 정말, 먹보로군."

"저의 낡은 드로어즈를 던져줄 테니 누군가 야구 선수가 그것을 주워다, 그에 대한 보답으로 상자에라도 넣어서 제 무릎 위에 떨어지도록 휙 던져줄 수는 없을까요?"

"신문광고에라도 내봐."

"전 지금 진지하게 생각하고 있는 거예요. 농담으로 받으시면 곤란해요."

"좋은 만화가 될 거야."

"이 집 사람들도 그렇게 얘기해요. 그래서 점점 더 오기가 생겨서, 한 번쯤은 꼭 올라가보고 싶어요."

"하지만 굴뚝전술이라는 건, 굴뚝에 오름과 동시에 단식하는 것이 그 수단이야. 음식을 먹어서는 아무도 동정해주지 않아."

"동정 같은 건 받고 싶지 않아요. 그리고 그렇게 높지 않은 굴뚝이니 잘 보이잖아요. 그러니 옷도 자주 갈아입는 편이 좋을 거예요."

"너 정말 진심인 거야?"

"하지만 화장과 옷은 목숨 다음, 두 번째로 중요한 걸요. 굴뚝에 올랐는데도 여자의 소양을 잊지 않은 점이 훌륭하다고, 그 사람도 칭찬할 거예요."

"그래, 네 마음대로 해봐."

"초콜릿을 어떻게 할지에 대한 좋은 생각 없어요?"

"더는 상관하고 싶지 않아."

"모두들, 제가 못 할 거라고 생각하나보죠? 알았어요. 사람들이 전부 돌아가고 난 뒤 아무도 없을 때 내려와서 사면 돼요."

"하하하하하. 아무도 없을 시간이면 가게도 문을 닫을 거야."

"그렇겠네요. 내 생각이 조금 짧았나? 그럼 당신 집으로 가지러 갈게요."

"굴뚝전술이, 굴뚝을 내려오는 전술로 바뀌는 건가?"

"'지금 휴게 중'이라고 팻말을 붙이면 안 될까요?"

(작자의 말. 이건 실화입니다.)

아케치 미쓰히데 회견기

1

요도(淀)에서 벌어진 경마의 마지막 날이었다. 함께 왔던 키쿠치 칸[1]은 애마 이브닝프레스가 져버렸기에 전날 돌아가버렸다. 나는 말보다 여자를 더 좋아하기에 모자를 쓰고, 망토를 두르고, 미국에서 보내준 가짜 수염을 붙이고, 목도리를 두른 채, 여급을 3명 데리고 스탠드 위에 웅크려 앉아 있었다.

문득 옆을 보니 어딘가에서 본 적이 있는—우리의 친구와 같은 얼굴을 하고 있었다— 그러나 훨씬, 훨씬 더 오래된 기억 속의 인물임에 틀림없는 사람이 앉아 있었다. 틀림없이 본 적이 있다고 생각하며 다음 출마를 기다리고 있자니,

"말이 나왔어."

1) 菊池寬(1888~1948). 아쿠타가와 류노스케, 쿠메 마사오 등과 제3·4차 『신사조』의 동인으로 활약했다. 잡지 분게이슌주(文藝春秋)를 창간했으며 아쿠타가와 상, 나오키 상을 창설했다.

라고 사람들이 말하기에 벌떡 일어섰는데 평소 잘 입지 않던 망토자락이 그 사람의 사냥모를 훑어 모자가 밑으로 떨어졌다.

"죄송합니다."

라며 나는 붉어진 얼굴로 사과하고, 그의 얼굴이라기보다는 그의 대머리, 빛나는 얼굴을 본 순간, 그리고 그 날카로운 눈매를 본 순간,

"오오."

하고 말했다. 상대방은 나보다 더 얼굴을 붉히며, 그도 그럴 것이 지금까지 그 모자로 그 대머리를 숨기고 있었기 때문이다. 그리고 틀림없이 신분과 정체도 숨기고 있었을 터였기에 새빨개진 얼굴로 나를 올려다보더니,

"자네였군."

이라고 말하고 황급히 모자로 머리를 가렸다. 여급이 킥킥 웃는 것을 나는 망토로 가리며,

'이래서 망토는 입기가 싫다니까.'

라고 생각하고,

"정말 죄송합니다, 알아보지 못해서. 아무래도 어딘가에서 뵌 듯한……."

그 사내가 내게,

"할 얘기가 있으니, 잠깐."

이라며 나의 말을 가로막고는 자리에서 일어났다. 그 사람은 아케치 미쓰히데[2]였다. 300년 이상이나 만나지 못했지만, 대머

리는 옛날 그대로였다.

2

미쓰히데는 홍차를 주문했다.

"자네는 역시 술을 못 하는가?"

"응. 자네가 대중작가가 되었다는 소식을 듣고 얘기를 해보고 싶었는데, 나의 반역에 대해서 말이야. 누구도 정당한 해석을 해주지 않기에 사실은 그다지 좋은 기분이, 지금도 들지 않아."

"그런가? 그런데 자네는 나를 잘도 알아봤군."

"코 옆에 사마귀가 있지 않은가?"

"이거 말인가?"

라며 나는 집어봤다.

그리고,

'여전히 관찰력이 좋군.'

이라고 생각했다. 그리고,

"들어보기로 하지. 무슨 말이 하고 싶은 거지?"

"자네도 알다시피 나는 그 당시 오다[3]의 부장 중에서는 유일

---

2) 明智光秀(1526~1582). 일본의 무장. 오다 노부나가의 부하였으나 혼노지의 변을 일으켜 오다 노부나가를 죽음으로 몰아넣었다. 이후, 토요토미 히데요시에게 패해 패권을 넘겨주고 말았다.

3) 오다 노부나가(織田信長, 1534~1582). 전국시대의 무장으로 혼란스러웠던 전국의 통일을 눈앞에 두었으나 아케치 미쓰히데의 배반으로 목숨을 잃고 말았다.

하게 인텔리였어. 오랜 방랑생활을 하는 동안에 축성에서부터 고사(古事), 전법, 시, 일본의 노래에 이르기까지 짬이 날 때마다 공부했어."

"그렇지. 혼노지의 변[4] 이전까지 오다의 숙장들은 실제로 무학문맹(無学文盲)이었으니까. 히데요시, 카쓰이에, 카즈마스[5]……."

"그랬기에 그처럼 무신경하고, 오로지 전쟁밖에 모르는 군인이 될 수 없었던 거야. 내가 술을 마시지 못하는 걸 보고는, 술을 마시지 못하는 놈은 군인이 아니라고 경멸했어. 적을 공격해서 여자를 포로로 잡으면 반드시 비열한 짓들을 했지. 내가 그렇게 하지 않으면 녀석들은 이상한 놈이라고 치부해버렸어. 무엇보다 노부나가부터가 술을 마시지 못하는 녀석은 음험하다는 이유를 들어, 자네도 알다시피 내 대머리를 북처럼 두들기지 않았는가. 그런 무신경한 녀석들하고 마음이 맞지 않는 건 당연한 일로, 늘 불쾌하고 불쾌해서 견딜 수가 없었어."

"그랬겠지."

"나는 예의범절도 모르는, 그래 모모야마(桃山) 성이 생겼을 때조차 그 부장들은 너 이 자식이라는 등의 말을 썼으니, 젊었을 때의 난폭함은 잘 알 수 있었어."

---

4) 本能寺の変(1582). 아케치 미쓰히데가 혼노지라는 절에 묵고 있던 오다 노부나가를 공격한 사건.

5) 히데요시(秀吉), 카쓰이에(勝家), 카즈마스(一益) 모두 오다 노부나가의 숙장.

3

"거기에 토쿠가와 이에야스[6]가 왔어. 고사를 알고 있는 것은 미쓰히데다, 성을 쌓고 건물을 지을 수 있는 자는 미쓰히데다라며 그런 일에는 잘도 부려먹었지만, 전쟁에서는 내가 다른 장수들과 같은 공을 세워도 경멸했어."

"어째서?"

"나는 스스로 창검을 휘두르지 않았기 때문이야. 카쓰이에도, 토시이에(利家)도, 카즈마스도, 마사노리(正則)도, 키요마사(清正)도 단기로 싸울 수 있는 녀석들이야. 나는 그렇게 하지 못했어. 훗날 이시다 미쓰나리[7]가 머리의 힘으로 출세하여 폭력파의 원한을 산 것과 다를 바 없는 일이야. 인텔리였기에 경멸한 거야. 괴롭힌 거야. 히데요시는 그걸 참았어. 녀석은 무슨 짓을 당해도 헤헤헤 웃어넘겼지만, 나는 웃을 수 없었어. 신경에 거슬릴 뿐이었어."

"동감할 수 있어."

"그런데 그런 놈들이 또 얼마나 악착스러운가 하면, 이해관계에만은 보통 사람들보다 훨씬 더 밝단 말이야. 이해관계 앞에

---

6) 德川家康(1542~1616). 오다 노부나가, 토요토미 히데요시에 이어 천하의 패권을 쥐었으며, 에도(江戸, 지금의 토쿄)에 막부를 세웠다.

7) 石田三成(1560~1600). 토요토미 히데요시의 총애를 얻어 출세했다. 토요토미 히데요시 사후 토요토미 집안을 위해 토쿠가와 이에야스와 세키가하라에서 전투를 벌였으나 패했다.

서는 그 어떤 일도 참아. 선악, 정사(正邪)에 관한 관념조차 없어. 인간으로서의 가치가 그 짐승 같은 용기 외에는 없었던 거야, 알겠는가? 나를 공격한 이후의 히데요시에게 취한 순종적인 태도를 보게. 오다의 아들을 그 녀석들이 어떻게 취급했지? 노부나가부터가 형을 죽였잖아. 오오사카 전투[8])를 보게. 미쓰나리의 거병은 역시 인텔리가 굴욕을 끝내 참지 못한 신경 때문이야. 정의를 알고 있는 자가 부정에 맞서서 이해관계는 잊고 일어난 거야. 그런데 그 무장들에게는 그런 관념이 결핍되어 있었어. 노부나가 앞에서는 그 어떤 일에도 굴복했어. 그것이 악이든 부정이든 불의든, 녹봉에 관계된 일이라면 그 어떤 괴로운 일이라도……, 아니, 양심의 괴로움 따위 느끼지 못하는 동물들이었어. 그리고 노부나가는 어땠는가 하면 수첩을 가지고 다니면서 가신들의 공적에 동그라미나 세모를 매겼잖아."

"들은 적이 있어."

"잠깐 일을 잘못하면 바로 벌을 내렸어. 사쿠마 노부모리[9])가 코야산(高野山)으로 달아난 것도 바로 그 때문이었어. 그리고 내가 공적을 세우면 다른 녀석들은 창으로 이룬 공명이 아니니 참된 공명이 아니라고 말했어. 나는 노부나가에게 반감을 품고 있었을 뿐만 아니라, 동시에 친구들 모두에게도 반감을 품고

---

8) 大阪役. 토쿠가와 이에야스가 토요토미 히데요시 사후 그의 아들인 토요토미 히데요리를 2차례에 걸쳐서 공격한 전투.

9) 佐久間信盛(1527~1581). 오다 노부나가의 부하로 수많은 공적을 세웠으나, 혼간지 공격에 성과를 거두지 못했다며 코야산으로 쫓아냈다.

있었어. 그게 내가 말하고 싶었던 점이야. 나는 다른 사람에게 시달리다 죽느냐, 노부나가에게 시달리다 죽느냐, 둘 중 하나였어. 미쓰나리가 히데요시에게도 시달리던 것과 같은 입장이었어. 따라서 누구에게도 상의하지 않고 모반을 일으킨 이유 가운데 하나는 나의 신경이 극도로까지 내몰렸기 때문이야. 인텔리의 날카로운 신경이 야만인들 속에서 더는 견딜 수 없게 되었기 때문이야."

4

"나를 불충한 자라고 말하지만 나는 지나치게 양심적이었던 거였어. 노부나가를 살해한 뒤 신경이 그 긴장감과 고통에서 해방됨과 동시에, 도덕적인 것이 그보다 배로 나를 괴롭혔어. 노부나가를 살해한 이후 내가 저지른 말도 안 되는 실수들을 보라고. 실제로 나는 밤낮으로 양심 때문에 얼마나 괴로워했는지. 무로마치 시대[10] 이후, 아니 역사상 모반자는 여럿 있었지만, 나처럼 괴로워하고 나처럼 허무하게 패한 자가 또 있었을까? 나는 말이지, 노부나가를 공격하지 않았을 만한 녀석은 아무도 떠오르지 않아. 무슨 말인가 하면, 노부나가를 공격할 수 있을 만한 위치에 서면, 언제라도 노부나가를 쳐서 그 위치를 빼앗고도 태연할 녀석들뿐이었다는 말이야. 누구 하나 도의

---

10) 室町時代(1338~1573). 아시카가 씨가 정권을 잡았던 시절. 전국시대의 일부도 이 기간에 포함된다.

적 관념을 가지고 있지 않았다는 것은 야마나 · 호소카와[11] 시대의 하극상으로도 잘 알 수 있잖아. 그거야. 노부나가도 그렇고, 이에야스도 그렇고. 히데요시까지도 살생 칸파쿠를 죽였잖아[12]. 어째서 나 한 사람만 모반자란 말이지? 그건 토쿠가와 시대의 사가들이 미쓰나리를 형편없이 평가한 것처럼, 히데요시가 패권을 쥐었기에 나를 형편없이 평가했기 때문이야. 타인을 나쁘게 말함으로 해서 자신의 좋지 않은 부분을 지우려 했던 거야. 얼마간은 양심이 있었던 걸까?"

미쓰히데는 살며시 웃었다. 거의 웃는 일이 없는 사내인데, 전부 이야기를 하고 나자 마음이 밝아진 것이었으리라.

"나오키 군, 자네가 그 무장들 속에 들어가보게. 틀림없이 신경쇠약에 걸려 달아나버리고 말 테니. 자신을 죽이거나 남을 죽이거나, 둘 중 하나밖에 없는 세계야. 나는 신경과 양심이 지나치게 많았던 거야, 그 시대 인간으로서는 말이지. 그게 내 비극의 원인이야."

나는 고개를 끄덕였다.

---

11) 야마나(山名)와 호소카와(細川)는 전국시대를 맞이하는 계기가 된 오닌의 난 때 서로 다투었던 인물.

12) 오다 노부나가, 토쿠가와 이에야스, 토요토미 히데요시 모두 자신의 아들 및 핏줄을 죽인 사실이 있다.

토키와의 정조

1

『모던 일본』이 7월의 ××일이나 돼서,

"내일 아침까지 20매 소설을 써줄 수 없겠는가?"

라고 말했다. 나는 토요일 밤과 일요일 낮은 역사적 조사를 하는 시간으로 쓰고 있었기에 난처하기는 했으나 회사의 회계로부터 담뱃값을 빌렸기에,

"쓰기로 하지."

라고 말했다. 그리고 20매의 재료를 생각하기 위해 산책을 나가야겠다 싶어 긴자로 가서 카페 로마로 들어갔다.

연보라 빛 조명, 생기를 잃은 화분 속의 상록수, 시곗바늘소리와 잡음, 정상 속도보다 빠르게 돌아가는 축음기, 그 속에서 한 여자가 일어서더니,

"어머."

하고 말을 걸었다. 그 여자의 나를 아는 듯한 표정과 목소리에

내가,

'어디서 본 것 같기는 한데.'

라고 생각한 순간, 여자가 앞에서 미소 지으며,

"잊으셨나요?"

틀림없이 그 여자의 얼굴을 본 기억은 있는 듯했으나 최근 본 여자가 아니라 먼 기억 속에 있는 듯했기에 쿄토(京都)나 오오사카 쪽의 여자가 아닐까 생각하고 있자니,

"꽤나 건망증이 심하신 분이시네요."

나는 그 목소리, 그 입술에 생각이 떠올랐다. 요시토모[1]의 애첩인 토키와[2]였다. 이치조 오오쿠라[3] 경에게 시집간 뒤 어떻게 지내는가 싶었는데 카페에서 일하고 있었던 것이다.

"토키와 씨였군."

나는 몇 살이 되어서도 아름다운 여자라고 생각했다. 내가 만났을 때가 헤이지(平治) 2년(1160) 무렵이었으니, 벌써 770년쯤 지났다.

---

1) 미나모토노 요시토모(源義朝, 1123~1160)를 말한다. 헤이안 시대 후기의 무장. 호겐의 난에서 승리를 거둔 뒤, 자신의 아버지였던 타메요시 등 일족을 처형했다.

2) 常盤. 헤이안 시대 후기의 여성. 미나모토노 요시토모의 첩이었으나, 요시토모가 타이라노 키요모리에게 패하자 어머니와 아이들의 목숨을 구하기 위해 키요모리의 첩이 되었다. 이후 이치조 오오쿠라와 재혼했다.

3) 一条大蔵(? ~?). 헤이안 시대 후기의 귀족.

2

"변했죠?"

라며 토키와는 옛날처럼 조금 촉촉한 눈빛으로,

"저, 얼마 전에서야 간신히 자유로워졌기에 정말 기뻐요."

라고 말했다.

"요시토모는 질투가 심했다던데, 정말이야?"

라고 물었더니,

"네, 그것도 꽤나……. 그런 군인은 그저 강하게 밀어붙이기만 하는 사람이잖아요. 그래서 행동도 거칠어요. 질투를 하는 것뿐이라면 상관없지만, 저는 아이를 낳았으니 아이에게 잠깐 시간을 빼앗기기도 하고 몸이 지저분해지기도 하는 것은 당연한 일이잖아요. 그런데 젊은 여자를 끌어들여서 제 앞이고 뭐고 멋대로 행동했어요. 그리고 제가 조금이라도 싫은 얼굴을 하면 때리곤 했어요."

"그래도 전쟁은 잘했지."

"제게는 훨씬 더 강했어요. 무슨 말인가 하면 바로 때렸어요. 그리고 두 마디째 하면, '난 언제 죽을지 모를 목숨이야. 살아 있을 때 하고 싶은 대로 하겠어.'라며……. 그러면서도 제가 잠깐 목욕이라도 하고 있거나, 어디에 있든 찾았고, 키요미즈데라(清水寺)에 참배도 가지 못하게 했어요. 지금의 사람과는 달랐어요. 지금의 사람과는, 행복해요. 그랬기에 저는 아이들만 사랑하게 되었고, 요시토모에게서는 점점 멀어졌어요."

"이해할 수 있어."

"그런데 그 난[4]이 일어났잖아요. 전, 아이들이 가엾기도 했지만, 동시에 요시토모에게서 벗어날 수 있었기에 안심했어요. 언젠가 자유로운 곳으로 가, 혼자서 아이들을 키우고 싶다고……."

"너 같은 신분이 어떻게 해서 혼자가 될 수 있었던 거지?"

"모든 것을 버리겠다는 심정으로……. 그리고 그처럼 혼란한 시대였기에 하인들도 멋대로 물건을 훔쳐 달아나버려서……."

"그랬겠지."

"그런데 야헤에 무네키요(弥兵衛宗清)에게 들켜버려서. 하지만 저 그때, 어떻게 되든 상관없다고 생각했어요. 요시토모에게서 벗어나 단 하루라도 자유로운 몸이 될 수 있었다는 점을 생각하면 이젠 죽어도 여한이 없다고 생각했어요."

"그렇다면 어째서 자살하지 않은 거지?"

"그건 말이죠."

토키와가 웃으며,

"아이들에 대한 사랑……, 이라는 건 대외적인 거예요. 사실은 한 가지 더……. 당신이라면 아시겠죠? 키요모리[5]라는 사람

---

4) 요시토모가 일으킨 헤이지의 난을 말한다. 이때 패하여 목숨을 잃었다.
5) 타이라노 키요모리(平清盛, 1118~1181)를 말한다. 헤이안 후기의 무장. 호겐의 난 때는 요시토모와 손을 잡았으나, 헤이지의 난 때는 요시토모에 맞서 승리를 거두었다.

은, 여자에게 한없이 다정한 사람으로……."

"외모도 훤칠하고……."

나는 웃었으나 토키와는 진지하게, 그리고 열심히,

"남자답고……."

"반해버린 건가?"

"호의를 품게 됐어요."

"남편을 죽인 남자에게?"

"그때 요시토모는 아직 죽지 않았었어요."

"달아나던 중이었나?"

"그래요. 여자란 이기적인 걸까요? 전 요시토모에게서 달아나 기뻤지만, 한편으로는 요시토모를 원망했어요."

"어째서?"

"어째서, 라니요. 아이도, 저도 전부 버리고 자기 혼자서만 달아났잖아요. 그야, 그 시대에 여자는 사람과 짐승의 중간 정도로밖에 여겨지지 않았지만, 그래도 너무하잖아요. 그리고 말이죠……."

라고 말한 순간, 손님 한 명이 들어와서 토키와를 힐끗 보더니 바로 앞에 앉았다.

3

"게다가 남편의 원수지만 적이라는 느낌이 들지 않았어요. 형제라도, 부자지간이라도 바로 적과 아군으로 나뉘어 서로를 죽이기도 하고, 어제까지 적이었던 사람이 하루아침에 같은 편이 되기도 하잖아요. 키요모리가 다정하게 대해주고 아이들의 목숨을 구해주겠다고 했기에 저는 '이 사람은 나를 정말로 사랑해주고 있어. 정말로 친절한 사람이야.'라고 생각했어요. 알고 계시죠? 그 시대에 적의 아이를 살려주겠다니, 그런 다정한 마음을 가진 군인은 한 사람도 없었으니까. 거기다 머리를 깎고 불문에 들기 전이었잖아요. 잘생긴 사람이었어요."

"자랑하는 건가?"

"네, 자랑하는 거예요. 같은 군인인데 이런 사람도 다 있구나 싶었어요. 겐지(미나모토 씨) 사람들은 하나같이 수염이 덥수룩하고 귀청이 떨어질 것 같은 목소리였잖아요. 잘생겼지 다정하지, 그리고 군인다운, 남자다운, '내가 지면 다시 요시토모에게 가도록 해. 요시토모가 불쌍하다면 목숨만은 살려줘도 상관없어.'라고. 저 처음으로 남자다운 남자를 키요모리에게서 보았어요."

"그랬었군. 사실은 그렇게 된 거였군."

"그래도 마음에 걸리기는 했어요."

"그래서 아이들을 위해서라고 말했던 거군."

"맞아요. 물론 그건 거짓말이 아니에요. 아무리 저라도 아이들이 살해당했다면 뻔뻔스럽게 키요모리를 따르지는 않았을 거예요."

"넌 그때 몇 살이었지?"

“벌써 잊어버렸지만, 서른 조금 전이었던 걸로 기억하고 있어요.”

“한창 원숙한 나이였군.”

“네, 한창 때였죠. 그런 이유도 있었어요. 솔직히 말해서 요시토모처럼 칸토[6] 지방에서 자란 무사와는 달리 침실에는 향이 피워져 있고, 아름다운 칸막이를 두르고, 모든 것이 쿄토풍으로 풍류가 있었어요. 머리가 멍해졌어요. 그리고 키요모리는 좋은 사람으로 요시토모처럼, ‘야, 이쪽을 봐.’라는 등의 야만스러운 말은 하지 않았어요.”

“뭐라고 했지?”

“듣고 싶나요? 그런 것을?”

“듣고 싶어.”

“술이라도 마시지 않으면 말할 수 없어요.”

토키와는 이렇게 말하고,

“위스키?”

“나는 여전히 술을 못 마셔.”

“그럼 술을 따라주세요.”

“너는 언제부터…….”

“이것도 키요모리 덕분이에요. 좋은 술을 조금 마시게 해서 기분 좋게 취했을 때 언제나…….”

---

6) 関東. 토쿄를 포함한 일본 본토의 동쪽 지방.

"요시토모는 늘 곤드레만드레 취했었지?"

"네, 그리고 난폭하기 짝이 없었어요."

"심신 모두 키요모리에게 빠져버리고 만 거로군."

"누가 뭐래도 전 상관없어요. 빠져들 수밖에 없는 남자였어요, 키요모리라는 사람은……. 기오[7]도, 기조[8]도, 호토케고젠(仏御前)도 모두 반해버렸는 걸요. 위스키를 가져올게요."

토키와는 이렇게 말하고 자리에서 일어났다.

4

시게모리[9]는 폐병으로 죽었으나 아름다웠다. 아버지인 키요모리에게는 그 아름다움에 더해서 세상물정 모르는 도련님과 같은 천진함과 군인다움, 남성스러움이 있었다. 기오, 기조 자매가 자매면서도 사이좋게 키요모리에게 빠져서, 사이좋게 셋이서 침실을 함께 했다는 소문을 들었을 때 나는,

'키요모리는 틀림없이 여자를 빠져들게 만드는 남자야.'

라고 생각했다. 토키와가 위스키를 2개 가지고 돌아왔다.

"키요모리에 대해서는 알겠는데, 이치조 오오쿠라에게 시집

---

7) 妓王. 헤이케 이야기(平家物語)에 등장하는 여성. 키요모리의 총애를 받았으나 자신이 추천한 호토케고젠에게 총애를 빼앗겨 산으로 들어가 은거했다.

8) 妓女. 기오의 여동생. 키요모리의 총애를 잃은 언니와 함께 산으로 들어갔다.

9) 重盛(1138~1179). 키요모리의 큰아들. 무용에 뛰어났으나 병으로 아버지보다 먼저 세상을 떠났다.

간 일은?"

"키요모리에게 버림받았으니 어쩔 수 없잖아요. 겐지(미나모토 씨) 계통의 사람들은 상대도 안 해주고, 저도 그런 야만인은 완전히 질려버렸어요."

"오오쿠라 경은 어떤 사람이지?"

"점잖은 사람. 그리고 솔직히 말하자면—이건 잡지 같은 데 써서는 안 돼요— 키요모리에게 길들여졌고, 나이도 나이였기에 남자가 그리웠어요."

"그랬겠군."

"나를 보고 정조가 있는 여자라고 말하는 건 우스운 얘기예요. 그 케사고젠[10]도 말이죠, 그 사람도 모리토오(盛遠)에게 몸을 허했잖아요. 겐페이 성쇠기[11]에 다 나와 있어요. 그런데도 정조 있는 여자라고 떠들어대는 건 오히려 거북한 일이에요. 전, 그 사람도 모리토오에게 마음을 빼앗겼던 게 아닐까 생각해요."

"어째서?"

"그렇잖아요. 싫어하는 사람이나 조금 좋아하는 정도로 누가 목숨을 내주겠어요. 그 시대에 아무리 완구처럼 취급당하던

---

10) 袈裟御前. 헤이안 후기의 여성. 미나모토노 와타루의 아내였으나 엔도 모리토오가 자신을 사랑하자 남편 대신 자신이 목숨을 내어놓는다. 이 일로 남편과 그녀를 연모하던 무사 모두 출가했다고 한다.

11) 源平盛衰紀. 카마쿠라 시대에 완성된 군담으로, 미나모토 씨와 타이라 씨의 대립을 다룬 『헤이케 이야기』의 이본이다.

여자라도……, 아니 완구 취급을 당했기에 오히려 더 반항심이 있었어요. 전, 키요모리와의 첫날밤에 요시토모에게 '아이, 고소해라.'라고 말해주고 싶었어요. 키요모리가 훨씬 더 남편 같았으니까요."

"그랬었군. 그런데 어째서 이런 데서 일하는 거지?"

"모르시겠어요? 혼자서는 외롭잖아요."

이렇게 말할 때 토키와의 몸이 나의 몸에 살짝 닿았다. 나는 아무래도 그것이 우연은 아닌 듯 여겨졌다.

"홀몸인가?"

"물론."

"내일은 일요일이었지?"

"네."

"가볼까, 어딘가로?"

"좋아요."

나는 노트에 신바시 역의 발차시각을 적고 그 종이로 약간의 돈을 싸서,

"이걸로 계산."

이라고 말하고 자리에서 일어났다.

"벌써 가시게요?"

나는 그렇게 집으로 와서 이 원고를 쓰고 있는 것인데, 토키와는 나 이외의 남자에게도 바로 응하리라 생각한다. 한번 가보시기 바란다.

오오오카 에치젠의 독립

1

벤시쓰(便室, 로주[1])가 성 안에서 친한 자와 이야기를 나누는 작은 방)의 방문을 열더니,

"급한 용무십니까?"

라고 빠른 어조로 말하고, 에치젠노카미[2]는 마쓰다이라 이즈노카미 노부토키[3](노부쓰나[4]의 증손자) 앞에 앉았다.

"급한 용무라고까지는 할 수 없으나……. 텐이치보(天一坊)라는 자의 소문을 들으셨는지?"

---

1) 老中. 에도 막부의 최고 관직명. 쇼군에 직속되어 막부 정치를 총괄했다.

2) 오오오카 타다스케(大岡忠相, 1677~1752)의 별칭. 관명이 에치젠노카미(越前守)였다. 에도 시대(토쿠가와 씨가 에도에 막부를 세워 통치했던 시대. 1603~1867) 중기 막부의 신하. 에도의 마치부교(로주에 속해서 에도의 사법 · 경찰 · 소방을 관장)로 물가안정, 화폐개혁, 소방조직 창설, 공정한 재판 등의 업적을 쌓아 명마치부교로 유명하다.

3) 松平伊豆守信祝(1683~1744). 1730년에 로주의 자리에까지 올랐다.

4) 마쓰다이라 노부쓰나(松平信綱, 1596~1662). 에도 시대 전기의 로주. 나이 어린 쇼군인 토쿠가와 이에쓰나를 보좌했다.

라고 노부토키는 입술로 미소 지으며 에치젠노카미의 눈을 가만히 바라보았다. 에치젠노카미는 고개를 끄덕이고,

"쇼시다이[5]를 통해서 뭔가 전해들은 말이 있으셨습니까?"

오쿠보즈[6]가 마루에서,

"차를 가져왔습니다."

라고 커다란 목소리로 말했다. 에치젠노카미가 손뼉을 치자 방문을 열고,

"날이 차갑습니다."

라며 머리를 조아리고 두 사람 앞에 차를 놓은 뒤, 조용히 방에서 나갔다. 다실풍의 작은 방에는 벌써 밤이 구석구석에까지 찾아들어 사무칠 것 같은 냉기가 배어 있었다.

"쇼군[7]의 서자라고 하는데 확실한 증거품도 소지하고 있다고 하기에 오늘, 쇼군께 기억이 있으시냐고 여쭤봤더니……."

노부토키가 커다란 소리로 웃으며,

"어르신도 젊으셨을 때는 꽤나 건강하셨던 모양입니다. 아직 2명이 더 있을 텐데, 라고 하셨으니. 그렇게 자꾸 나와서는 당해낼 재간이 없습니다. 그런데 만약 서자가 분명하다면 어떻게 처치해야 좋을지."

노부토키는 여기에서 말을 끊고 입술을 일그러트리며 에치

---

5) 所司代. 사무라이도코로(侍所. 사법 · 검찰 · 무인의 인사 등을 관장)의 장이던 쇼시의 대리.
6) 奥坊主. 에도 성 안의 다실을 관리하며 차를 접대하던 관직.
7) 将軍. 군사정권인 막부의 최고 권력자.

젠을 가만히 바라보았다. 에치젠노카미는 말이 없었다. 노부토키는 찻잔의 뚜껑을 내려놓고 뜨거운 차를 입가까지 가져가며,

"가짜라고 판명이 나면 더할 나위 없겠습니다만, 만일 서자로 밝혀지면……. 어찌 해야 할지."

차를 한 모금 마시고,

"대의를 위해 아비를 쓰러뜨린다는 말처럼, 토쿠가와 가문을 위해서는 설령 진짜라 할지라도 가짜로 처분하지 않으면 안 됩니다."

노부토키는 차를 아래에 내려놓고 주홍색을 칠한 화로를 문지르며,

"그 이유는, 항간에서 흔히 말하듯 씨보다는 성장과정. 스무살 너머까지 비천한 집안에서 자란 자를 이 성 안에 들인다는 것은 여러 가지로 폐가 됩니다. 둘째는, 그의 주위에 불령한 로닌[8]의 무리가 있는 듯합니다. 그 자의 처분에 혹시 참견이라도 하고 있는데 그대로 내버려둔다면 근심의 씨앗을 뿌리는 꼴이 됩니다. 우리 집안의 만대를 위해서, 타다나오 · 타다나가 · 타다테루[9] 등 여러 가지 예도 있고 하니, 이번 일은 쇼군께서도 잘 처분하라 말씀하셨습니다. 혹시 진짜라 할지라도 가짜라고 처분해주셨으면 하는데, 에치젠께서는 어떻게 생각하시는

---

8) 浪人. 일정한 소속 없이 떠돌던 무사.

9) 忠直 · 忠長 · 忠輝. 세 사람 모두 에도 시대 초기의 인물로 토쿠가와 가의 핏줄을 이어받았으나, 당시는 막부의 최고직인 쇼군의 권력 강화를 위해 힘썼기에 쇼군의 견제를 받아 합당한 대우를 받지 못했다.

지?"

에치젠노카미는 고개를 숙인 채였다.

"불화, 불온의 근본이 되니 불쌍하다 할지라도 엄중하게 처치하는 방책으로 임해주십사, 이렇게 상의를 드리는 것입니다."

"잘 알겠습니다."

라며 에치젠노카미는 얼굴을 들었다.

"신중하게 깊이 생각해서 처리하겠습니다만, 에도에 도착하기까지는 아직 시일이 남아 있으니 도착한 뒤에……."

"그도 그렇습니다만, 지금 말씀드린 점을 잊지 마시길. 도착하자마자 바로 잡아들여서."

"신중하게 깊이 생각하겠습니다."

에치젠노카미는,

'신중하게 깊이 생각하겠습니다.'

라고 말하면 누가 아무리 그 이상의 이야기를 끄집어내려 해도 더는 이야기하지 않는 사람이었다. 에치젠노카미가 회계를 담당할 자를 뽑을 때,

"백을 둘로 나누면 얼마인가?"

라고 물었다. 오십, 너무나도 명확히 오십이었으나, 그 사람은 주판을 꺼내 백을 놓고, 2를 놓아 일일이 주판알을 튕긴 다음,

"오십입니다."

라고 대답했다. 에치젠, 미소 지으며,

"됐네. 회계를 맡으려면 그렇게까지 꼼꼼하지 않으면 안 되지. 됐네."
라고 칭찬했는데, 그처럼 조심스러운 에치젠노카미가,
"신중하게 깊이 생각하겠습니다."
라고 두 번이나 말했기에 노부토키는,
"부탁하겠습니다."
라고 말하고 잡담을 시작했다.

2

낮게 드리운 회색 하늘이었다. 눈이 내릴지, 비가 내릴지. 냉기가 뼛속까지 스미는 저물녘이었다. 노부토키는 검은 옻을 바른 위에 금은가루로 무늬를 새긴 커다란 화로에 걸쳐놓은 철망 위로 몸을 구부린 채 입술을 일그러트리기도 하고, 눈을 감기도 하고, ―그리고 재채기를 하기도 하고. 재채기는 적막하고 작은 방 가득 울려 요란스러웠다.

"사카이 우쿄(酒井右京)가 지금 막 돌아왔습니다만……."

마루를 걸어오던 발소리가 멈추더니 방문 너머에서 맑은 목소리가 들려왔다. 노부토키가 몸을 일으키며,
"이리 들라하게."
라고 말했다.
"불을 가져오게."
라고 떠나려는 발소리에 말하고는 숯불을 뒤집은 다음 자세를

바로하여 앉았다. 어둑어둑 밤이 든 장지문에 불빛이 움직이더니 발소리가 다가와서는,

"사카이 우쿄입니다."

"돌아왔는가? 들어오게."

라며 노부토키는 미소 지었다. 장지문 가까이에서 등불의 빛이 흔들리더니 우쿄의 뒤를 따라 두 시녀가 촛대를 들고 들어왔다. 우쿄가 그 옷자락 밑에서 2, 3자쯤 무릎걸음으로 다가와 몸을 웅크리고,

"무탈하신 모습을 뵈오니……."

라며 말을 꺼내자 노부토키는 손을 젓고,

"인사는 됐네. 가까이 다가오게."

라고 말한 뒤, 촛대를 내려놓은 시녀들에게 눈짓으로 얼른 나가라는 신호를 주었다.

"볼품없는 복장으로 눈을 더럽히겠습니다."

"진짜인가, 가짜인가?"

라며 두 손을 무릎에 놓고 고개를 숙이고 있는 우쿄에게 물었다.

"서자이심에 틀림없습니다."

노부토키는 우쿄의 틀어올린 머리를 가만히 응시한 채 한동안 말이 없었다.

"에치젠이 사람을 보내 조사한 듯한 정황은 없었는가?"

"에치젠이? 무슨 말씀이신지."

"타다스케 말일세."

"넷, 에치젠노카미로부터는 아직 그런 모습은 조금도 찾아볼 수가 없었습니다."

"흠……."

노부토키가 재 속에 찔러넣은 부젓가락을 누르며,

"샅샅이 조사를 하였는가?"

"네. 마을의 관리, 촌장, 근방의 사람들, 군(郡)의 관아에까지 갔었습니다."

라며 품속에서 마을의 관리와 군수의 수결이 찍힌, 텐이치보의 신상에 관한 조사서를 꺼내,

"살펴보시기 바랍니다."

라는 말과 함께 앞에 놓았다. 노부토키는 촛대 쪽으로 몸을 돌려 커다란 종이를 묶은 얇은 서류를 바라보다가,

"흠, '여겨지지 않습니다.'가 많군."

"네. 사와노이(沢の井)라 불리는 여자도, 그 어머니도 십여 년 전에 세상을 떠났고, 군의 관아나 마을 사무소에도 당시 재직했던 자는 없었으며, 단지 근방 백성들의 말에 의하면 틀림없이 서자인 듯한 아이가 칸노인(感応院)에 있었는데, 언제부턴가 없어졌다고 말할 뿐으로, 모두가 텐이치보를 서자라 알고 있었습니다."

노부토키가 서류를 내려놓고,

"수고했네. 가까운 시일 안에 다시 가주었으면 하네."

"네."

"추웠겠군, 오가는 동안……."

"그렇게 춥지는 않았습니다. 나리께서 즐겨하시는 귤을 가지고 왔습니다만……."

"흠, 고마운 일이군. 이 겨울에 더없이 좋은 물건일세. 천천히 쉬도록 하게."

우쿄가 나간 뒤, 노부토키는 다시 한 번 서류를 읽고는 장식 공간에서 가죽끈이 달린 작은 상자를 꺼내 자물쇠를 풀고 그 아래쪽에 깊숙이 넣었다.

3

"이가(伊賀), 잘했네."

라고 에치젠노카미를 배웅하고 난 뒤 아카가와 다이젠(赤川大膳)과 방으로 들어온 텐이치보가 깔개 위에 선 채 감탄한 듯, 그러나 낮은 목소리로 말했다. 야마노우치 이가노스케(山内伊賀亮)는 시선을 내리깐 채 말없이 자신의 자리에 앉았다. 텐이치보가 앉으며 무슨 말인가 하려는 것을 눈으로 제지하자, 두 하녀가 들어와 눈도 들지 않고 에치젠노카미가 앉았던 방석을 가지고 나갔다. 텐이치보 뒤편에 있던 조라쿠인(常楽院)이,

"이거 야마노우치 나리의 지혜와 말솜씨에는 새삼스럽게 감탄했습니다. 천하의 오오오카 에치젠노카미도 한마디 말조차 제대로 하지 못하고 꼬리를 내린 채 돌아가지 않았습니까? 참

으로 대단하십니다."

이가는 말없이 팔짱을 끼고 고개를 숙인 채 앉아 있다가,

"아니야……."

라고 낮게 중얼거리며 머리를 흔들었다.

"뭔가……."

다이젠이 소반 위에 있는 밤을 집으며 이가의 얼굴을 바라보자,

"에치젠의 속내를 모르겠어."

"속내라니?"

"누른빛 삿자리로 지붕을 씌운 가마[10]를 탄 이유는? 이라거나, 자줏빛 바탕에 물옥잠 가문이 새겨진 막을 친 이유는? 이라거나……. 그 정도의 일을 일부러 물을 에치젠이 아닐세. 그건 뻔히 알고 있으면서도 물은 것인데, 질문을 받은 이상 대답하지 않을 수 없질 않은가? 내가 대답을 하자 가만히 내 얼굴을, 텐이치보 나리의 얼굴을 힐끗……."

"맞아. 어딘가 기분 나쁜 시선을 내게 가만히 향하기도 했었어."

"에치젠은 관상을 잘 본다고 하던데."

라고 조라쿠인이 옷소매를 걷어올려 긴 담뱃대에 담배를 담으며 말을 보탰다.

---

10) 예전에 대신 이하의 귀인들이 탔음.

"관상이야 어찌 됐든, 문답을 핑계로 안색을 살피러 온 거야. 서자인지, 가짜인지 문답을 하며 안색을 보기 위해서……. 보기 좋게 걸려들었어."
라며 이가노스케는 고개를 숙이고 눈을 감았다. 에치젠노카미가 이가노스케에게,

"누른빛 삿자리로 지붕을 씌운 가마에 어찌 허락도 없이 타셨는지?"
라고 물은 말투에는, 대답에 따라서는 그냥두지 않겠다는 날카로움이 깃들어 있었다. 사람들은 이가노스케가 그 물음에 어떻게 대답할지, 이 문답이 일생의 부침을 결정하기라도 한다는 듯 심장을 졸이며, 피를 말리며 온통 긴장해서 들었는데, 텐이치보가 서자라면 누른빛이든 물옥잠 가문이든, 그런 것은 지엽에 지나지 않는 얘기였다.

그러한 것들은 잘 알고 있었으나 그런 문책을 받은 이상 이가노스케는 대답하지 않을 수 없었다. 그런데 그에 답해서 명쾌하게 설명하고 있자니 텐이치보도, 다이젠도, 조라쿠인도 약간 얼굴을 붉히고 몸을 긴장시킨 채, 관자놀이를 실룩거리며 웃기도 하고 서로 눈을 맞추기도 하고, 그런데 에치젠노카미는 이가노스케의 이야기를 듣기보다 네 사람의 안색의 변화를 가만히 살피는 경우가 많았다. 적어도 이가노스케만은 에치젠의 그러한 태도를 잘 알고 있었다.

그러나 에치젠이 모두의 안색을 살피고 있으니 표정을 바꾸

지 말라고 말할 수도 없는 일이었으며, 도중에 자리에서 일어나 그것을 일동에게 전하여 에치젠노카미의 눈을 경계하라고 주의를 주기에는 이미 너무 늦어버린 뒤였다. 텐이치보가 진짜 서자라는 사실에 의심을 품고 있지 않은 이상, 그 문답에 따라서 안색을 바꿀 필요는 없었으나, 사람들은—텐이치보도 따르는 자들도— 에치젠을 명판관이라 믿고 있었기에 그 증거물 조사에 따라서, 그 문답의 교졸에 따라서 무엇이 어떻게 될지 알 수 없다고 생각한 만큼 이가노스케와의 일문일답에 식은땀을 흘린 것이었다.

"흠."

하고 다이젠은 아삭아삭 소리를 내며 씹고 있던 마른 밤을 뺨 안으로 밀어넣은 뒤,

"그런 거였군."

"나를 가짜로 만들려는 걸까?"

라고 텐이치보가 빠른 어조로, 하얗게 질려서 외쳤다. 이가노스케는 고개를 숙인 채 머리를 흔들며,

"그것도 아닙니다."

"그것도 아니라면……."

이가는 말이 없었다. 자리에 있던 사람들은 불안한 분위기에 압박감을 느껴 여러 가지 환상을 급속하게 회전시키며 이가의 널따란 이마를 가만히 응시했다.

4

열은 채색으로 기러기를 그린 로주의 방에 있던 노부토키는 에치젠이 성에 들어왔다는 말을 듣고는,

"벤시쓰로."

라고 오쿠보즈에게 말하고 자리에서 일어서며 이나바 사도노카미(稲葉佐渡守)에게,

"고집스러운 사람이로군."

이라며 미소 짓더니 두 손을 내밀고 허리를 펴 기지개를 켠 뒤,

"어디."

하고 마루로 나갔다. 높은 천장에 바닥에는 붉은 천으로 띠를 두른 다다미가 깔려 있는 널따란 마루는 얼어붙은 바람으로 차가웠다. 노부토키가 급한 걸음으로 모퉁이 하나를 돌자,

"기다고 계십니다."

하고 어두컴컴한 마루에 시중이 웅크린 몸으로 엎드려 있었다. 노부토키는 카노 마사노부11)의 족자가 걸려 있는 장식공간을 등에 지고,

"생각보다 빨리 오셨습니다."

라고 말하며 앉았다.

"조사를 하고 왔습니다."

---

11) 狩野正信(1434~1530). 무로마치 시대의 화가로 카노파의 시조.

"흠, 그래서?"

"진짜 서자임에 틀림이 없습니다."

노부토키는 말없이 에치젠노카미의 목깃을 바라보았다.

"증서와 단도 모두 진품이니 서자라고 인정할 수밖에 없습니다. 하지만 키슈(紀州)에서의 조사에 따라서 어떻게 될지는 아직 모를 일입니다. 바로 사람을 보낼 생각입니다만, 그의 고향에서 서자가 아니라는 증거가 나오지 않는 한, 가짜로 처치한다는 것은 에치젠의 임무상 있을 수 없는 일입니다."

"허나……."

하고 노부토키는 말을 막은 뒤,

"전에도 말한 것처럼 대를 희생하여 소를 살리겠다는 말씀이신지. 그를 따르는 자 가운데 야마노우치 이가노스케라는, 꽤나 야무진 자가 있다고 하던데……."

라며 에치젠의 얼굴을 보았다.

"꽤나 신통한 자였습니다."

"사정자(司政者)로서 정체를 알 수 없는 자를, 설령 틀림없는 증거품이 있다 할지라도, 우리 집안을 위해서……."

"아니, 틀림없는 증거품이 있다면 정체는 명백한 것입니다."

"정체가 혹시 밝혀졌다 할지라도 지난번에 말씀드린 것처럼……."

"허나 사정의 근본은 사리를 밝히는 데 있습니다. 옳은 것을 옳다고 하고, 그른 것을 그르다고 하여……."

"그건 잘 알고 있습니다. 에치젠께서 판관으로서 그렇게 말씀하시는 것도 이 노부토키는 거듭거듭 이해할 수 있습니다. 그러나 텐이치보의 건은 중대한 일이니, 때로는 사정의 형편에 따라서 법을 구부리는 것도……."

"아니, 법을 구부려도 되는 사정은 없습니다. 정당한 증거를 가진 자를 벌하는 것은 사정의 근본을 뒤집는 일입니다. 만약 무슨 일이 있어도 그렇게 하셔야겠다면, 에치젠 대신 다른 자를 마치부교로 임명하시기 바랍니다. 에치젠이 이 자리에 있는 한, 로주의 분부, 쇼군의 분부라 할지라도 죄 없는 자를 벌할 수는 없습니다."

노부토키는 심기가 상해서 입술을 경련시켰다.

"허나 아직 키슈에서의 조사를 마치지 못했으니 모든 것은 그 뒤의 일입니다만, 에치젠이 이 자리에 있는 한 법을 방편으로 사용할 수는 없습니다. 만약 그 사실이 백성들에게 알려진다면 텐이치보를 성 안에 들인 것보다 더 민심이 흉흉해질 것입니다. 백성이 사정자에게 의뢰하는 것은 사정자가 법을 어기지 않고, 법은 사정자에 의해서 어그러지지 않기 때문인데, 죄 없는 자를 벌한다면 일국의 법도, 사정자의 권위도 그때부터 땅에 떨어지고 맙니다. 천하의 민심이 사정자에게서 등을 돌리는 것과, 텐이치보가 이곳으로 들어오는 것 가운데 어떤 일이 더 중대한지……."

"그건 나도 알고 있습니다. 조용히 처분하여 새어나가지 않도록 하면…….”

“판관으로서 에치젠의 양심이 용납할 수 없습니다. 판관에게 법을 지키려는 양심이 없으면 법이 어지러워지며, 법이 어지러워지면 정치를 어지럽히는 근본이 됩니다. 판관은, 새어나가지 않도록 하면 된다는 마음가짐으로는 임수를 수행할 수 없습니다. 벽에도 귀, 술병에도 입이 있다고 생각하여 한 치의 잘못도 없는 사실을 법에 비추어 처단하는 것이 임무입니다.”

“키슈에는 바로 사람을 보낼 생각이신지?”

“서둘러 보내도록 하겠습니다.”

“그렇다면 모든 일을 그 뒤에 처리하도록 합시다. 아니……, 에치젠의…….”

하고 노부토키는 호탕하게 웃은 뒤,

“그렇게 하지 않으면 안 됩니다.”

라며 몇 번이고 고개를 끄덕였다.

“황공하옵니다.”

“세상에서 평판이 좋은 것도 당연한 일입니다. 도저히 당해낼 수가 없습니다, 에치젠. 하하하하.”

하고 노부토키는 벤시쓰 가득 웃었다.

5

마쓰다이라 노부토키가 화급히 보낸 사자가 왔기에, 막부에서 직접 키슈의 카로[12]로 임명한 안도 타테와키(安藤帯刀)는 자신의 자랑거리인 난키 시게쿠니[13]의 명검과 귤 한 상자를 가신들에게 들려, 가마를 재촉해서 왔다.

노부토키는 추위에 딸기코가 되어 들어온 타테와키를 보고,

"미안하네."

라고 가볍게 인사를 했다.

"중요한 일이신지."

하며 예순을 넘긴 타테와키는 바로 화로를 앞으로 당기고 빠른 어조로 물었다.

"손을 빌리고 싶소."

"그야 얼마든지."

"텐이치보의 일이네만……."

하고 목소리를 낮추더니,

"에치젠이……."

하고 오오오카 에치젠노카미의 생각을 들려준 뒤,

"하여 그 녀석의 부하가 키슈에 가기 전에 뭔가 가짜라는 증거품을 만들어두었다가 부하가 가서 그것을 가지고 돌아오게 했으면 하니, 생각이 깊고 입이 무거운 자를 한두 명……."

"흠, 어렵지 않은 일입니다."

"그래서……."

하고 노부토키는 사카이 우쿄가 가지고 돌아온 서류를 내밀며,

---

12) 家老. 가신들의 우두머리로 집안의 일을 총할했다.
13) 南紀重国. 에도 시대에 키슈한에서 칼을 만들던 도공의 일파.

"군수와 마을의 관아에 대해서는 다짜고짜 '조사가 부족하지 않았는가? 텐이치보는 가짜일세. 이런 증거가 있는데 전임자에게 책임을 떠넘기다니, 괘씸하기 짝이 없네.'라고 호통을 쳐두면 찍소리도 못할 걸세."

"그렇군요."

"촌장이나 백성에 대해서는 유언을 퍼뜨리면 무지한 자들이니 달리 의심하지 않을 걸세."

"흠, 잘 알겠습니다. 바로 사람을 보내도록 하겠습니다. 아무리 에치젠이라 할지라도 오늘밤에는 사람을 보내지 않을 터입니다. 지금 바로 돌아가 말을 급히 달리게 하면 나흘 길, 마치부교가 임무를 주어 가게 하자면 열흘은 걸릴 터, 문제없습니다."
라고 말하며 타테와키가 자리에서 일어나,

"시게쿠니의 칼이 한 자루 손에 들어왔습니다. 마음에 드신다면 올리도록 하겠습니다."

이렇게 말한 노인은 노부토키가 끈을 당겨 사람을 부르는 방울을 울리기도 전에 장지문을 열었다. 방 하나 떨어진 곳에 있던 사무라이가 다급히 일어서더니,

"돌아가시겠습니까?"
라며 머리를 숙였다.

6

"앗, 군수님."

이라며 촌장이 화로 앞으로 뻗었던 다리를 서둘러 거두고 옷깃을 매만진 뒤 똑바로 앉았다. 하인은 외양간으로 숨어버렸고, 아이는 어머니의 손에 이끌려 깜짝 놀라 헛간으로 달아나버렸다. 촌장은 갑작스러운 군수의 방문에 마음을 졸이며 화롯가에 엎드렸다.

“잠깐 묻고 싶은 게 있소.”

“네, 네.”

라며 두 손을 바닥에 댄 채 머리를 조아렸다.

“좀 들어가겠네.”

“네.”

라고 말한 촌장이 발 씻을 물을 가져오게 하려고 집 안을 둘러보았으나 아무도 없었기에,

“이거 참.”

하며 두 손을 바닥에 대고 있는 동안 군수는 방 안으로 들어오고 말았다.

“과연 춥군.”

하며 화로에 손을 쬐고 있자니 사무라이 한 명이 들어왔다. 군수가 돌아보더니,

“자, 이쪽으로. 초라한 곳이라…….”

하고 말했다. 촌장이,

“누가, 얼른 차를 내오지 못하겠느냐.”

라고 호통을 치듯 외쳤다.

“우헤에(宇兵衛), 이거 말인데…….”

라며 사무라이가 가지고 온 꾸러미를 풀더니 군수가 사초로 만든 삿갓을 내밀었다.

“네, 네.”

라며 촌장은 머리를 조아렸다. 두 사무라이의 등 뒤로 촌장의 아내가 두 손을 무릎까지 내린 채 조심조심 지나가자,

“서두르지 못하겠어! 한심한.”

이라고 촌장이 야단을 쳤다.

“본 적이 있는가?”

우헤에가 머리를 기울이고 두 손을 무릎에 댄 채 가만히 삿갓을 바라보고 있자니,

“여기에 호타쿠(宝沢)라고 적혀 있지 않은가?”

“네.”

“호타쿠가 누구인지 알고 있는가?”

“호타쿠?”

라며 우헤에는 고개를 갸웃거렸다.

“호타쿠? 글쎄, 호타쿠라.”

“어린 시절 칸노인에서 살았던 호타쿠를 모르겠는가?”

“아!”

하며 우헤에는 오른손을 허공으로 들어 미소 짓더니,

“그 텐이치보 나리.”

“흠.”

"맞아, 그분의 아명이 호타쿠였지. 그렇다면 이건 그 텐이치보 나리의."

"그런데 그는 뜻밖에도 가짜였다네."

"네?"

"에도에서 취조를 위해 사람이 왔다가 이 증거품인 삿갓을 발견했는데, 여기……. 이 검은 곳은 피 아닌가?"

우헤에는 고개를 끄덕이고 입을 벌린 채였다.

"호타쿠를 살해한 뒤 증서와 단도를 빼앗아 텐이치보 행세를 하고 있는 가짜일세."

"네에……."

하며 우헤에는 혈흔이라는 검은 반점과 터진 곳을 바라보고 있었다.

"그리고 이건 호타쿠가 쓴 글임에 틀림없다고 여겨지는데, 어떤가?"

"네, 네. 그럴 겁니다."

라며 우헤에가 고개를 기울여 바라보고 있자니 한 사무라이가,

"아니면 아니라고 말하게."

라고 날카롭게 말했다.

"아닙니다. 말씀대로 호타쿠의 손으로 쓴 글씨입니다, 네."

"위조품은 아니겠지?"

"아닙니다, 나리……"

라며 우헤에는 눈썹을 찌푸렸다.

"마을사람들 모두 텐이치보에 대해서 여러 가지로 말들이 많은 듯한데, 평범한 소문과는 달리 일이 중하니 함부로 호타쿠가 텐이치보라고 떠들어대면 혼쭐이 나게 될 게요."

우헤에는 무릎에 문지르기라도 할 듯 머리를 조아렸다.

7

키슈 쪽을 조사하기 위해 오오오카 에치젠노카미가 보낸 포리(捕吏)인 히라타 산고로(平田三五郎) 외 1명이 히라사와(平沢) 마을에 도착했다. 그리고 가장 먼저 군수를 찾아가자,

"깊이 사죄의 말씀을 올리지 않을 수 없겠습니다."

라고 군수는 두 손님을 객실로 안내하자마자 말했다.

"사죄라니요?"

"일전에 로주이신 마쓰다이라 노부토키 나리께서 취조를 위해 보내신 사람이 왔을 때는, 너무나도 갑작스러운 일이었기에 취조도 제대로 하지 않고, 그도 그럴 것이 제가 이 땅에 부임하기 전의 일로 아무 것도 몰랐기에 그렇게 말씀드린 것인데, 키슈 집안에서도 여러 가지로 조사를 한 듯, 일전에 틀림없이 서자인 호타쿠라고 말씀드렸던 자는 사실 누군가에 의해, 여기서 30리 남짓 떨어진 시호카타(四方形) 고개의 사당 앞에서 살해당하셨고, 그 살해자가 지금의 텐이치보라 여겨집니다만……."

"그렇다면 그……, 증거는?"

"오직 하나. 호타쿠 나리께서 쓰시던 삿갓, 당장 이곳으로 가져오겠습니다."

하녀가 술과 안주를 내왔다.

"우선 한잔."

"아닐세, 그건 취조가 끝난 뒤에."

라고 산고로가 강한 어조로 말했다. 군수가 손뼉을 쳐서 부하를 부르더니,

"예의 삿갓을 가지고 오게."

라고 명령했다. 창고에 넣어두었던 삿갓이 두 사람 앞에 놓였다. 낡고 풍우에 찌든, 희미하게 '호타쿠 동행이인'이라는 글씨가 적힌, 곳곳이 터진 삿갓이었다.

"과연."

이라며 산고로는 장지문 쪽으로 삿갓을 가져가 가만히 살펴보다,

"피로군."

"그렇습니다. 무참하게도 머리에서 솟아오른 피가 묻은 듯합니다."

"부하 한 명을 그 고개의 사당 앞까지 빌렸으면 하네만."

"말씀대로 하겠습니다. 30리 남짓이라고 했으나 40리에 가까운 거리지만, 길은 그렇게……."

라며 손뼉을 쳐서 안내를 명령했다.

그 뒤로 산고로는 촌장과 마을과 칸오인을 살펴보았다. 사람

들은 호타쿠라는 귀여운 아이가 있었으나 언제부턴가 모습을 감추었다, 아마도 살해당한 듯하며 지금의 텐이치보는 가짜인 것 같다, 아마도 호타쿠를 죽이고 증서와 단도를 빼앗아 뻔뻔스럽게도 서자를 칭하고 있는 것 같다고 말했다.

산고로는 증거품으로 삿갓을, 그리고 사람들에게서 들은 내용의 청취서를 가지고 에도로 돌아갔다.

8

스키야바시[14] 난간의 청동 법수는 지나는 사람들의 손때로 불그스름하게 빛나고 있었다. 쇼군을 만날 때의 주의사항을 듣기 위해 미나미마치부교쇼(南町奉行所)로 텐이치보가 올 것이라는 말을 듣고 사람들은 다리 부근에 모여서 강을 바라보기도 하고 구운 떡을 먹기도 하고 길거리 점쟁이의 말을 듣기도 하고 옆의 사람과 이야기를 주고받기도 하고 있었다.

"하녀를 건드리는 건 우리들만의 얘긴 줄 알았는데, 이거 원……."

"워낙 한가하니까 말이지. 서민들처럼 여기저기 함부로 싸돌아다닐 수도 없고……. 지금만 해도 자식이 일곱인가 여덟 명이잖아. 그것도 넷인가 다섯 명의 배에서 나온 거야. 그런데 이번에는 '황공하지만 잘 부탁드리겠습니다.'하며 어디의 누구

14) 数寄屋橋. 마치부교의 집무실인 미나미마치부교쇼가 있던 곳.

인지도 모르는 자가 나타났어. 어떤가? 자네가 반반한 하녀에게 아이를 낳게 해서, 가만히 바라보니 코는 들창코, 이는 뻐드렁니, 부모의 죄가 아들에게 옮겨갔다면."

"흥, 나를 닮지 않아도 상대를 닮았으면 옥동자 같은 아들이지."

"그렇게 아무것도 모르는 건 서방뿐이라니까."

"쉿! 앞잡이들이 섞여 있을 거야."

라고 한 사람이 당황하며 소매를 당겼다.

"어디에?"

"그야 변장을 하고."

"저 녀석 말인가? 하하하하, 쇼군은 음탕하다고 잘못 말했다가는, 이크, 오고 있군. 잘도 변장을 했네. 전문가야, 전문가."

"그런데 텐이치보가 가짜라는 소문도 있지 않은가?"

"흠, 경우에 따라서는 다리 위에서 포박당할지도 모르겠군."

사람들이 다리 위에서, 해자 부근에서 이야기를 주고받을 때, 혹은 도보로, 혹은 말을 타고 사무라이들이 다가왔다.

"겐나, 케이초[15] 연간에 적의 목을 베어 250섬. 그 이후로는 녹봉이 오른 적이 없어. 법규에 따르자면 가신을 셋 데리고 있어야 하나, 처자 다섯이서 먹고살기에도 빠듯해. 그런데 잠깐 옷깃이 스쳤고, 그게 사내아이라고 해서 텐이치보에게는 적어

15) 겐나(元和, 1615~1624)와 케이초(慶長, 1596~1615)는 일본의 연호.

도 5만 섬."

"어차피 후계자가 되지는 못할 거야."

"후계자가 되지는 못한다 할지라도 사는 세계가 달라져."
라고 커다란 목소리로 이야기를 나누며 두 사무라이가 빠른 걸음으로 지나갔다.

"아무리 서자라고 해도……."

"그래도 어쩔 수가 없어."

"하지만……."
이라는 등의 대화가 여기저기서 오가고 있었다.

9

현관을 지나 마루로 들어서자 좌우의 방마다에 사람들이 늘어서서 머리를 숙이고 있었다. 텐이치보가 자랑스러움과 만족스러움과, 그리고 이러한 엄숙함에 익숙하지 않은 데서 오는 흥분으로 멍하니 걷고 있자니, 정면에 안으로 들어가는 입구의 널문이 있었다. 그 2, 3간 앞까지 갔을 때 널문이 뒤편으로 열렸고 오오오카 에치젠노카미가 그 입구 정면에 서 있었다. 텐이치보가 심장이 짓눌리는 듯하여 눈으로 미소를 지으며 가볍게 인사를 하고 다가가자,

"텐이치보."
라고 에치젠이 커다란 목소리로 말했다. 그리고 한 사무라이가 가져온 삿갓을 왼손에 쥐어 텐이치보 앞으로 내밀며,

"알아보겠는가?"

라고 엄한 목소리로 말했다. 바로 뒤를 따르던 아카가와 다이젠은 전신의 신경으로 사방에 있는 에치젠의 부하들을 둘러보았다. 이유는 알 수 없었으나 에치젠노카미의 목소리가 준엄했기에 텐이치보가 머리를 내밀어 삿갓을 보고 있자니,

"텐이치보라고 잘도 속였겠다. 얘들아!"

라고 외치며 오른손으로 가슴을 밀쳤다. 텐이치보는 비틀거리며 뭐라고 해야 좋을지, 어떻게 해야 좋을지 알 수 없었다. 자신이 진짜 서자인지 아닌지, 야마노우치 이가노스케가 그렇다고 말하면 그런 것 같다는 기분이 들기도 했으며, 에치젠노카미가,

"호타쿠."

라고 부르자 성도 이름도 없는 호타쿠 같다는 기분이 들기도 했다. 어머니는 그가 태어나자마자 돌아가셨으며, 그에게는 자신이 서자라고 믿어도 좋을 아무런 증거도 없었다.

"가짜."

라는 말을 듣자 그것을 부정하고 싶었으나 1년 반 가까이 서자라 믿고 호타쿠로서의 생활은 먼 옛날에 자신의 기억에서 버린 텐이치보에게는 2개의 생활이 너무나도 달랐기에 모든 것이—지금 가슴을 떠밀린 일도, 누군가가 두 팔을 잡고 있다는 사실도, 아카가와의 외침도, 조라쿠인의 통곡도, 소란스러움도, 모든 것이 꿈만 같이 느껴졌다. 극단적인 2개의 생활이 머릿속에서 한데 뒤섞여 빠르게 회전하고 명멸함과 동시에,

"아닙니다."
라고 외치며 머리를 흔들었으나 에치젠노카미는 이미 자리를 뜬 뒤였고 오랏줄이 손목으로 파고들었다.
"가자."
라고 누군가가 귓가에 대고 외치며 등을 떠밀었다. 다이젠도 두 팔을 올리며 대여섯 명의 관리들과 승강이를 벌이고 있었다. 좌우의 방들에는 수많은 사람들이 어깨끈을 맨 채 서 있었다.
이가노스케가 서자라고 말한 그 이후의 생활, 그리고 지금, 그것들은 전부 칸오인 호타쿠로서 익숙했던 생활에서 보자면 생각지도 못했던 꿈결 같은 이야기였다. 텐이치보는 이렇게 몸이 묶인 것도 꿈이어서, 곧 다시 생각지도 못했던 일이 일어나 이번에는 쇼군 옆에 있게 될지도 모른다고 생각했다. 뭐가 뭔지, 지난 1년 남짓 동안의 일들은 스스로 제아무리 생각해봐도 영문을 알 수 없는 것들뿐이었다.
'또 어떻게든 되겠지.'
라고 생각하며 몸을 움직였다. 가슴이 미어져 아플 정도로 분노를 느끼며,
"세상이란 참으로 묘합니다."
라고 관리에게 말하고 웃었다.
"뻔뻔스러운 놈."
하고 한 사람이 노려보았다.
"대담하기도 하군."

이라고 한 사람이 말했다.

10

"지금 사카이 우쿄께서 전하신 말씀을 급히 고하러 왔습니다만."

이라고 쓰카이반[16]인 신도 사이고로(進藤才五郎)가 로주의 집무실 옆방에서 노부토키에게 말했다.

"걱정할 것 없으니, 이 자리에서 말하게."

로주는 세 사람이서 화로를 가운데 두고 뭔가 웃고 있다가,

"지금 미나미마치부교쇼에서 텐이치보와 조라쿠인, 아카가와 다이젠 이하를 포박했다고 합니다. 따르던 자들도 모두 스키야바시에서, 가마꾼까지 남김없이……."

"야마노우치라는 녀석은?"

"시나가와(品川)의 숙소에서 할복했다고 합니다. 이상의 말을 전해왔습니다."

"수고했네."

사이고로는 머리를 조아리더니 그대로 두어 걸음 뒤로 물러났다가 다시 머리를 조아리고 일어나 밖으로 나갔다.

"드디어 해치웠군."

이라며 노부토키는 미소 지었다.

---

16) 使番. 에도 막부의 관직명 가운데 하나.

"에치젠 놈, 이번에는 또 어떤 의견을 갖고 있을지."
라고 이나바가 중얼거렸다.
"우리끼리 하는 말이네만."
하고 노부토키가 목소리를 낮추었다.
"에치젠은 융통성이 없는 사람이기에 타테와키와 상의하여, 마침 칸오인의 창고 속에 있던 호타쿠의 삿갓에 개의 피를 바르고 칼에 맞은 자국을 만들어 에치젠의 부하들이 도착하기 전에 그것을 가짜라는 증거품으로 해둔 것일세. 에치젠은 그것을 보고 가짜라고 생각한 모양인데, 참으로 대단한 속임수 아닌가, 하하하."
라며 호탕하게, 자랑스럽다는 듯 웃었다.
"판관으로서는 고금에 비할 자가 없으나, 정치의 묘는 알지 못하니 말입니다. 법은 살아 있는 것, 임기응변에 묘미가 있건만, 에치젠은 시비곡직, 오로지 법을 지키기에만……."
"그렇게 말하면 그 자는 여러 가지로 억지를 부려서."
"법은 시세와 함께 변하는 것이지 불변의 것이 아닙니다. 제가 에치젠이었다면 텐이치보의 처분은 삿갓이 없어도 이렇게 생각했을 겁니다. 즉, 그 시대의 민심에게, 사정자에게 득이 될 때는 법을 굽혀도 된다고. 텐이치보의 경우, 명백히 그러한 자를 서자라고 인정하는 것은 천하 민심에 좋지 않고, 쇼군을 위한 일도 아닙니다. 이러할 때에는 설령 증거품이 없다 할지라도 가짜로 처단해야 합니다. 즉, 법을 활용하는 겁니다."

"지당하신 말씀이시오."
라며 노부토키는 이나바를 향해 고개를 끄덕였다. 이타쿠라(板倉)가,
"그럼 처분은 고테가카리로 하시겠습니까?" (고테가카리란, 두 명의 마치부교와 사원을 담당하는 부교, 오메쓰케, 로주가 모두 입회하는 재판을 말한다.)
"그렇게 합시다. 세간에서도 여러 가지로 말들이 많은 일이니 처단을 분명하게 하는 것이 이익이 될 겁니다."
"그럼 일의 처리는 쓰카이반이신 귀하께 맡기겠네. 아아, 어깨의 짐을 내려놓은 기분이로군. 그래서 아까 하던 이야기인데, 그 여자가?"
라며 노부토키는 이타쿠라의 얼굴을 보았다.

11

텐이치보에 대한 처형이 끝나고 난 어느 따뜻한 날, 안도 타테와키 노인이 에치젠노카미를 찾아갔다. 그리고 이야기를 나누다,
"그 삿갓은 진품이었습니까?"
라고 자신의 계획이 오오오카를 어느 정도까지 속였는지 알고 싶었을 뿐만 아니라, 에치젠노카미의 능력을 시험해보고 싶기도 했기에 이렇게 묻자 에치젠은 미소를 지으며,
"하하하, 노인께서는?"

하고 눈동자를 가만히 보았다. 이렇게 가볍게 받아넘기며 에치젠이 눈동자를 바라보자 타테와키는 간파당했나 싶기도 했기에 살짝 당황했지만,

"귀하의 판단에 잘못이 있을 리 없을 테지만……."

"그렇습니다. 삿갓의 진위가 문제가 아니라 판단의 옳고 그름."

"무슨 말씀이신지?"

"삿갓은 누군가의 장난일지 모르나……."

라고 말하고 에치젠은 고개를 숙였다.

"에치젠이 키슈를 조사한 뒤 증거품을 가지고 돌아와 가짜라고 판단하여 처분했다고 하면, 설령 텐이치보가 진짜 서자라 할지라도 백성들의 마음에 동요는 없을 것입니다. 노부토키 나리는 당대에 비할 자가 없을 만큼 총명하시나, 저처럼 해야 할 일을 전부 마치고 난 뒤에 처단하려 하시지 않고 그저 대국론에 입각하여 부교의 직분을 무시하고 계신 것처럼 보였습니다. 조사해야 할 것은 조사하고 구할 것은 구한 뒤에 처형한다면, 혹시 훗날 그 삿갓이 노부토키 나리의 뜻에 의해서 만들어진 것이라 밝혀져도 에치젠이 보기 좋게 한 방 먹었다고 생각할 뿐, 밝히 살피지 못한 점에 대한 책임이 있다 하더라도 민심은 거기까지 조사한 부교에 대해서는 역시 믿음을 가질 것입니다. 조사도 하지 않고, 즉 부교쇼가 있음에도 불구하고 그 직무가 쇼군의 형편에 따라서 이리저리 휘둘린다고 백성들에게 생각

게 하기보다는, 에치젠도 실수를 저질렀다, 그러나 조사는 전부 했다고 생각게 하는 편이 사정자로서는 정무에 충실한 것이라 생각합니다. 텐이치보를 후계자로 삼으면 민심에 어떤 영향을 미칠지는 에치젠도 잘 알고 있으나, 저는 부교로서 법을 지킬 뿐, 어디까지고 법에 따라서 백성들이 안심하고 법에 의지할 수 있도록 하고 싶습니다."

한동안 고개를 숙인 채 입을 다물고 있던 타테와키가 중얼거리듯,

"그건 내가 만들게 한 것이오."

라고 말했다.

"서툰 조작이었습니다."

라며 에치젠노카미는 웃었다. 타테와키가 얼굴을 들자 눈물이 고여 있었다.

"부탁합니다. 에치젠, 에치젠. 국가의 보물, 국가의 보물."

이라고 말하고 감격하기 쉬운 노인은 뺨에 눈물을 흘리며,

"참으로 옳으신 말씀이시오. 부끄럽습니다, 부끄러워."

라고 두 손으로 무릎을 짚은 채 옷 위로 줄줄 눈물을 흘렸다.

뜻대로 되지 않는 이야기

1

타주로(多十郎)의 얼굴에 당혹스러운 빛이 생생하게 드러났다. 타주로에게 그런 일을 권하는 친족과 친구 가운데도,

"무사의 자존심 아니겠는가?"

라고만 말했을 뿐, 이후부터는 입도 열지 않고 가엾다는 듯 타주로를 바라보기만 하는 자도 네다섯 명은 있었다. 아니, 입에 침이 마르도록 이야기하고 있는 자들까도 얼마간 억지에 가깝다는 사실을 알고 있는 듯, 타주로가 당혹스럽다는 기색을 생생하게 드러낸 채 대답을 하지 않아도 특별히 화를 내려 하지는 않고,

"이번 기회에 근성을 보이지 않으면……."

이라며 혼잣말 같기도 하고 부탁하는 것 같기도 하고, 어쨌든 강하게는 얘기하지 못했다. 자리의 사람들이 얼마간 난처해하고 있는 것처럼, 도리를 따지자면 참으로 억지스러운 얘기였다.

그 일로 코베니(小紅)의 아버지인 오시스케(忍助)가 목숨을 잃었다면 이는 흠잡을 데 없는 복수일 테지만, 그저 상처를 입기만 했을 뿐이고 그 상처를 입은 원인도 술에 취해서 우산을 휘두르다 그 빗방울이 상대방인 혼베 야조(本部弥蔵)에게 튀어서 결투가 벌어진 것이니 정당성은 상대에게 있고 잘못은 이쪽에 있었다. 더구나 세상에 떠도는 말에 의하면 야조는 평판이 좋지만, 오시스케는 성주의 혈연이라는 이유로 오만한 데다 품행이 좋지 않아서 고소하다고 생각하는 사람이 많았기에 타주로를 비롯하여 사람들이 성주로부터,

"성주의 명령이시다. 쫓아가서 목을 가져와라."

라는 말을 들어도 용감하게 달려나갈 마음이 들지 않았던 것이다. 아니, 그것뿐이었다면 그나마 명령대로 했을 테지만, 스승이 타주로에게 비법을 전수한 것은 그가 오시스케의 사위가 될 사람이었기에 자신의 재량을 발휘한 것이었으나, 같은 비법을 전수받았다 해도 야조는 실력에 의한 것이었기에, 성주는 타주로라면 목을 가져올 수 있을 것이라 생각했을지 모르겠으나 사정을 잘 알고 있는 타주로에게는 워낙 목숨이 달린 문제였기에 친구와 친족을 앞에 두고서도 크게 한숨을 내쉰 뒤,

"있는 힘껏 찾아보기는 하겠습니다만……."

하고 그다지 듬직하지 못하게 말한 것이었다. 아버지인 오시스케는 평판이 별로 좋지 않았으나 딸인 코베니는 아름답고 영리했는데, 그녀는 타주로와 결혼을 약속한 사이였다. 오시스케가

병상에서,

"야조의 목을 가져와라. 누구든 상관없다. 그에 대한 상은 나의 딸이다."

라고 언제나처럼 억지를 부렸기에 타주로는 어딘가 불안해지기도 했으며, 코베니를 생각하면 죽는 한이 있어도 맞서겠다고 말하지 않을 수 없었으나 다행히 이 방에 코베니는 없었기에 노골적으로 내키지 않는다는 마음을 내보여 만에 하나 실패를 한다 할지라도, 그래서 나는 내키지 않았는데, 라고 죄를 가볍게 할 생각이었던 것이다. 그러나 친족과 친구는 억지로라도 승낙하게 해서 그를 오시스케의 사위로 만들어, 얼마간의 편의를 얻을 심산이었던 것이다. 그랬기에 조심스럽게,

"성주님의 명령이시니."

"계략을 써서 베는 것도 괜찮을 거야."

라고 말했다. 자신들의 목숨과는 상관없다고 해서 친척 행세를 하려는 짐승들. 성주의 명령을 받은 타주로는 마지못해 채비를 해서 혼베 야조를 찾아나섰다.

2

혼베 야조는 타지로가 짐작한 대로 큰아버지의 집에 있었다. 그리고 역시, 틀림없이 그러리라 생각했던 대로,

"말을 전해주시오."

라고 그 집안사람에게 말하자 야조가 직접 나와서 태연하게,

"자, 들어오게. 적의 집이라도 차는 마신다는 말도 있지 않은가."
라며 방에 앉더니,
"오시스케의 상처는 어떤가? 한쪽 다리와 한쪽 팔은 쓸 수 없게 될 테지만 목숨에는 지장이 없을 듯한데."
라고 말하고 빙그레 웃으며 뒤이어,
"목을 가지러 왔는가?"
라고 단도직입적으로 타주로가 채 말을 꺼내기도 전에 거침없이 말했다. 타주로가 쓴웃음을 짓자,
"목을 내주어도 상관은 없네만 누가 봐도 실력에 차이가 있으니 그냥은 내어줄 수 없네. 승부를 겨루어 자네의 실력이 나보다 위에 있다면 바로 목을 내주기로 하지. 어떤가? 만약 내가 위에 있다면 3년 동안 더 수련을 한 뒤에 오기로 하고. 자네의 무사로서의 체면도 살려주고 싶고, 내 목숨이 아깝기도 하니, 어떤가? 이것 외에 달리 방법은 없을 듯한데."
라고 웃으며 상반신을 뻗어 장식공간에 있던 칼을 쥐었다. 이 틈을 이용해서, 라고 생각했으나 그 틈이 진짜 빈틈인지 빈틈을 보이는 척하여 상대방의 공격을 기다리는 건지……. 타주로는 상대방을 알고 있었기에, 그리고 아주 여유로운 태도를 보였기에 야조를 존경하는 하는 마음이 생겼을 뿐 자신이 이기리라고는 생각지 않았다.
"의미 없는 짓일세, 야조."

"아니, 시험 삼아 한 번 해보세."

이렇게 말하고 야조는 정원으로 내려섰다. 자신을 죽일 마음이라면 이처럼 번거로운 일을 할 필요도 없으리라 생각했기에 야조의 말을 믿고 타주로도 정원으로 내려가 준비를 했다.

"준비가 됐으면, 자."

야조는 2자 5치 5푼짜리 비젠 노리히게(備前則重)가 만든 칼을 아래로 향하여 끝을 지면에 떨어뜨리고,

"오랜만이로군."

하고 말했다. 타주로는 칼끝을 상대의 눈으로 향했으나 진심으로 베어야겠다고는 생각지 않았다. 그러나 야조가 야아 하는 기합을 내지른 순간에는 질 수 없다는 마음이 들어 칼끝을 야조의 배 부근으로 향해 하단과 중단 사이의 손, 상대방 칼끝의 변화에 따라서 바로 파고들 수 있도록 기회를 엿보고 있자니, 야아 하는 기합. 아아 하고 받으며 변화를 엿보았으나 아주 잠깐 사이에 야조의 칼이 중단으로 바뀌어 있었으며, 더구나 야아 하는 다음 기합과 함께 1자쯤 상하로 움직인 건 명백히 자신이 파고들었어야 할 빈틈이었는데 칼을 내지르지 못했다는 사실을 깨닫게 되었다. 상대방이 칼을 내질렀다면 그대로 칼을 맞았을지, 혹은 피했을지. 그건 알 수 없었으나 상대방의 움직임에 제압당해 자신이 압박받고 있다는 것만은 사실이었으며 이 정도의 실력에 대해서 더 맞서는 것은 소용없는 일이라고 생각했기에,

“졌네.”

라고 말함과 동시에 칼을 내리고 뒤로 물러났다.

“내가 조금 유리한 듯하군.”

하고 안으로 들어가 칼에 숫돌가루를 묻히며,

“이걸로 베었는데 잘 들더군.”

하고 툇마루에서 비춰보는 칼. 칼이 심연처럼 맑게 빛나 하늘에 흐르는 구름이 반사될 듯했다.

3

이대로 돌아갈 수는 없었다. 그렇다고 해서 자신의 집에서 100리밖에 떨어지지 않은 곳, 여기서 보란 듯이 어슬렁거리고 있을 수도 없는 일이었다. 또 그렇다고 해서 맞서서 이길 힘도, 마음도 없으니……, 무슨 일이 있어도 베어야 한다면……, 계략을 써야 할 텐데 어떤 계략을 써야 할지? 얼른 베어버리고 나서 코베니의 얼굴을 보고 싶다, 오직 그것뿐이었다.

26세밖에 되지 않은 타주로는 극히 낡은 방법밖에 떠오르지 않았다. 그것은 계략을 써서 베는 방법 가운데서도 가장 일반적인 방법, 즉 어둠을 틈타 베는 것이었다.

그로부터 이삼일 뒤, 변장을 한 타주로는 야조의 집 주위에 숨어서 야조가 외출하기를 기다렸다. 이런 모습을 보면 코베니는 어떻게 생각할까 씁쓸한 웃음을 지어 보기도 하고, 이런 모습을 하고 있는 것도 코베니 너 때문이야, 라는 생각을 하기도 하면서 며칠 밤이고 며칠 밤이고 기다렸다.

야조는 결코 조심을 하느라 외출을 삼가고 있는 것이 아니었다. 특별히 밤에 집 밖으로 나가야 할 일이 없었기 때문이었다. 그러나 마침내 큰아버지 대신 10리쯤 떨어진 타나베마치(田辺町)까지 잠깐 가지 않으면 안 될 날이 찾아왔다.

집안의 문양인 삼나무 2그루가 새겨진 등롱을 오른손에, 그리고 무사의 기본 소양으로 왼손을 칼집의 아가리에서 칼막이에 걸쳐놓아, 엄지손가락으로 한번 밀면 슥 언제라도 뺄 수 있도록 세심한 주의. 길 한가운데를 조용히, 발걸음이 어지럽지는 않았으나 빠른 걸음. 완만한 오르막길이 곧 다리에 이르렀다. 팽나무 제방이라 불리는, 지장보살의 당이 있는 나무 아래의 어둠.

시골길이라고는 하나 왕복 2간 정도의 폭이 있었기에 타주로가 두어 걸음 길 안으로 들어서지 않으면 칼이 닿지 않으리라. 들어서려 하면 나뭇잎과 가지에 스쳐 소리가 날 터. 소리가 나면 조심스러운 야조, 절반의 승산이 없어지고 마니 뽑아든 칼로 단칼에 찔러 상처를 입힌 뒤 그런 다음 정면에서 덮치자며 오른손을 움츠려 한 손으로 찌를 자세. 눈앞에 온 등롱을 보고 이쯤이다 싶은 곳을 가늠하여 소리없이 찔렀다. 손에 느낌은 있었으나 경상인 듯했다. 조금 더 이쪽을, 싶었으나 이미 늦었다. 야조는 등롱을 내던지자마자 두어 간쯤 후다닥 뒤로 물러났다. 두 사람 모두 말이 없었다.

야조는 적이 한 사람이나 두 사람이라는 사실을 알자마자 칼이 달려간 왼쪽의 수풀을 바라보며 장검을 뽑는 척 단도를 뽑아들고 마침내,

"에잇."

하는 외침. 습격한 자를 치지는 못할지라도 적이 어디에 있는지는 이것으로 충분히 알 수 있었다. 아니나 다를까 바스락바스락 소리가 들렸는데 한 사람인 듯. 갑자기 잎에 스치는 소리가 격렬해지더니 달아나는 모양이었다.

'타주로였나? 하지만 타주로치고는 비겁하고, 있을 수 없는 행동.'

이렇게 생각하며 내던져질 때 꺼져버린 등롱을 주워들고, 마침 허리띠에 맞아 구멍이 뚫렸을 뿐 살갗에는 아주 작은 상처밖에 나지 않은 곳을 손가락으로 잠깐 눌러 지혈하며 짚신을 벗어 맨발이 되었다. 조심하고 또 조심하며 타나베로 서둘러 갔다.

4

어둠을 틈타 습격했으나 그것도 실패한 이상 남은 수단은 조력자를 구해서 함께 치거나 몇 년이든 이대로 지내는 수밖에 달리 방법이 없었다. 조력자를 구한다는 건 성주에 대한 체면이 서지 않기에 있을 수 없는 일이었으며, 코베니를 아내로 삼아야 할 자신에게 몇 년이고 이대로 지낸다는 게 과연 가능하기나

한 일일지. 그렇다면 어떻게? 초조해지기 시작한 타주로는 방에 틀어박혀 있어보기도 하고 거리에 나가보기도 하며 생각했으나, 아무리 생각해보아도 사안은 매우 간단해서, 간단하기 짝이 없어서, 자신의 힘이 부족하기 때문이니 도무지 손을 쓸 방법이 없었다.

'에도로 가서 수련을 할까? 2, 3년 수행을 한다 한들, 막상 진검승부를 벌이면 이길 수 있을지 없을지. 과연 2, 3년 동안……. 아니, 한 달이라도, 보름이라도 코베니와 떨어져 있기는 싫어.'

타나베마치의 신사로 가서 별로 도움은 안 될 테지만 신께 기원을 하고 산문 밖 양쪽 길가에 자리잡은 노점들을 구경하며 걷고 있자니 혼베 야조가 정면에서부터 다가오고 있었다. 퍼뜩 놀라 얼굴빛이 바뀌었으나, 그와 동시에 혼베치고는 키가 조금 작다는 사실을 깨달았다. 사람들 틈에 껴서 가만히 살펴보니 참으로 비슷하기는 했으나 전혀 다른 사람이었다.

"신의 가호다."

라며 타주로. 그러나 다시 한 번 텐만구(天満宮)를 참배하지도 않고 그 사무라이의 뒤를 밟기로 했다. 물론 야조 대신 벨 생각이었다. 베어서 야조라며 들고 돌아갈 생각이었다. 사무라이는 그런 악마의 손길이 자신을 잡으려 하는 줄도 모르고 참배를 마친 뒤 뒷문으로 빠져나가 논두렁길을 어슬렁어슬렁 걸어갔으나 멀리서도 잘 보이는 그 길도 목을 벨 장소는 아니었다.

그렇다고 해서 아직 해도 높고, 산도 보이지 않고, 너무 멀리까지 뒤따라가다 이상히 여겨지면 일이 어그러질 터였기에 어린아이가 잠자리를 잡기라도 하듯 타주로도 역시 어슬렁어슬렁 걸었는데, 3정쯤 가자 마을로 들어섰다.

아마도 이쯤에서 무엇인가를 하려는가보다 싶었는데, 마을 중간쯤을 옆으로 들어가더니 모습이 보이지 않게 되었다. 발걸음을 빨리하여 가보니 조그만 서낭당의 숲 속에 휴게소라고 써붙인 찻집이 있었는데 그 집 안에 앉아 있었다. 그 모습을 본 타주로가 동구 밖까지 가서 하카마[1]를 벗고 겉의 하오리를 안으로 입어 완전히 떠돌이무사처럼 꾸민 뒤, 발걸음을 돌려 가게로 가자 한잔 기울이고 있는 사무라이. 타주로 가게로 들어가며 일부러 칼집의 방향을 틀어 놓여 있던 술병을 툭, 쓰러져서 넘쳐나는 술과 함께,

"이거, 조심하지 않고……."

라고 말했으나, 그 이상 특별히 화를 낼 것 같지도 않았다. 화라도 내주지 않으면 싸움을 할 수 없으며, 싸움을 하지 못하면 목을 벨 수도 없었다. 가엾은 사내지만 어쩔 수 없다며…….

"멍청한 놈."

사무라이, 말없이 올려다보더니,

"이건 또 무례하기 짝이 없군. 당신 입에서 멍청한 놈이라는

---

1) 袴. 일본 옷의 겉에 입는 주름 잡힌 하의. 상의인 하오리와 함께 정장으로 입는다.

말이 나오다니, 무슨 뜻이오?"

입으로 나무라기는 했으나 칼을 뽑아들면 달아나버릴 것 같은 자세. 칼을 빼내며 동시에 상대를 베려는 듯한 타주로의 자세. 스승이 인정으로 비법을 전수한 것이라고는 하나 평균 이상의 솜씨. 칼집에서 슬쩍 빼둔 칼, 손잡이로 오른손을 가져가자 그것을 보고 술잔을 버린 채 일어선 사무라이의 어깨를 향해,

"에잇."

하며 비단을 찢는 듯한 외침. 칼에 베인 채로 2, 3간 달려가는 자를 뒤따라가 쓰러뜨리자마자 칼을 바꿔쥐어 목 아래로. 있는 힘껏 잘라내고 나자, 느껴지는 갈증. 달리고 있는 다리가 자칫 어딘가에 걸려 넘어질 듯한. 스스로 침착해라, 침착해라, 라고 생각하며 뒤돌아 사람들이 멀리에 있는 것을 보자, 다리를 흐르는 물 속에. 손을 넣어 벌컥벌컥 마심과 동시에 마음이 놓이며 제정신이 들었다.

5

살아 있을 때의 얼굴과 죽은 얼굴은 다른 법이라는 말은 옛날이야기 속의 글귀만이 아니었다. 타주로의 계획은 뜻대로 이루어졌다. 1개월도 지나지 않아서 집안의 젊은 무사 중 으뜸이라 일컬어졌던 혼베 야조를 베었기에 오오우치 오시스케도 기뻐했으며, 물론 코베니와의 혼례도 별 문제없이 행해졌

고…….

"몰래 숨어든 것이라 해도, 잘도 베었다."

라며 집안의 평판도 아주 좋았다. 타주로는 코베니에게 온통 마음을 빼앗겼었으나 코베니는 딱히 타주로가 아니었어도 상관없었을지 몰랐다. 중매결혼이었기에 두 사람의 사랑에서 빚어진 부부애가 아니라, 두 사람이 함께 살기에 날이 지남에 따라서 생겨나는 애정. 코베니가 점점 마음을 열기 시작하자 타주로는 참을 수 없을 만큼 여자가 사랑스러웠다.

부끄러움을 얼마간 잊기 시작한 여자가 잠자리에 들어서 야조를 베었을 때의 이야기를 들려달라고 하면, 타주로도 이때만은 잠깐 입을 다물고 있다가,

"그 얘기는 재미없어."

라고 늘 말했다. 목을 베어 가져왔을 때도 짧게만 얘기했을 뿐, 자세한 이야기는 하지 않았는데, 그것이 오히려 타주로를 속이 깊은 사람으로 만들어주었다. 그러나 사람들은 듣고 싶기에 지금도 친구들이 가끔 이야기를 들려달라고 하나, 타주로는 얘기를 다른 곳으로 돌리거나 씁쓸한 미소를 지으며,

"아니, 됐네……."

라고. 무엇 때문에 그렇게까지 얘기하기를 싫어하는 건지.

"여자가 들을 만한 얘기가 아니야."

"그런데 말이죠, 당신. 이 얘기만 나오면 왜 그렇게 무서운 얼굴을 하시는 거죠?"

"그럴 리가 있나. 내일은 산에 밤이라도 주우러 갈까?"

"또 말을 돌리려고 하시네."

"말을 돌리려는 게 아니야."

여자가 잠자리에서 이 정도로 친밀감을 드러내는 것만큼 남자에게 기쁜 일도 없는 법이다. 그 가장 커다란 기쁨에 잠겨 있을 때, 검도의 지도를 맡고 있는 카키모토 이치로에몬(柿本一郎右衛門)의 집 안 은밀한 방에서,

"혼베는 아직 살아 있다고 하던데, 이는 어떻게 된 일인가?"

라는 말을 들었다. 타주로의 얼굴은 삽시간에 창백해져버리고 말았다. 글쎄 하며 머리를 흔들었으나 대답을 할 수 없었다.

"어둠 속에서 벌어진 사고, 어쩌면 사람을 잘못 보았을지도……."

라고 만약의 경우에 대비해서, 어둠을 틈타 숨어들었다고 말해 두었던 것을 핑계로……. '그런데 아주 비슷하게 생긴 사람이 같은 집에 잘도 있었군. 그렇다면 비슷한 사람으로 가짜를 만들어두었던 걸까?'라는 비아냥거림을 듣는다면 무사로서의 체면은 그것으로 끝장. 사내라면 할복이라도 하는 수밖에 없을 터였으나,

"살아 있다면 다시 한 번 벨 수밖에 없겠지. 사람들에게 알려지기 전에 베도록 하게."

이런 말을 듣자 스승의 정, 훨씬 더 자세히 사정을 알고 있으면서도 체면을 세워주기 위해 하는 말일지도 모르겠다는 생각

이 들었기에,

"감사합니다."

라고밖에 달리 할 말이 없었다.

"타주로, 조력자를 한 명 붙여주겠네. 에도에서 온 쿠보 한시치(窪伴七)라는 자로 호리우치 겐타자에몬(堀内源太左右衛門)의 수제자인 누마 키자에몬(沼喜左衛門) 문하 중에서도 실력이 출중한 사람일세."

타주로는 눈물이 배어나오려 하는 것을 참고 있었다.

6

코베니에게는 사범이 심부름을 시켜서 사오일 집을 비워야겠다고 말했다. 쿠보 한시치는 코베니의 얼굴을 말똥말똥 바라보며 벌써 벗겨지기 시작한 머리까지 술로 벌겋게 물들어서,

"제가 곁에 있을 겁니다. 무례한 짓은 어떤 경우에도 제가 용서하지 않을 것입니다."

라고 말했다. 혼베 야조는 역시 같은 집에 있었다. 한시치가,

"카키모토 이치로에몬의 심부름으로……."

라고 말했기에 아무런 의심도 없이 나왔다. 그리고 그의 말에 따라서 은밀한 얘기를 듣기 위해 동구 밖으로 향했다. 그 도중에 타주로를 더없이 비열한 놈이라고 욕했다.

동구 밖으로 가자 그 더없이 비열한 타주로가 준비를 한 채 기다리고 있었다. 야조는 모략에 걸려든 것인지 우연히 만난

것인지 잠시 생각했으나 입으로는,

"타주로 아닌가? 나를 벨 수 있겠는가? 자네의 솜씨로? 그런 정신으로? 부끄러운 줄 알게, 부끄러운 줄……."

하고 외쳤다. 타주로는 한시치에게 그 이상의 말을 듣게 하고 싶지 않았기에,

"성주님의 뜻일세."

라고 말하며 칼을 뽑았다. 한시치가 야조 옆에서,

"각오하시게."

라고 말했다. 휙 돌아본 야조가,

"모략이었군."

이라고 외치며 칼을 뽑음과 동시에 한시치를 향해 휘둘렀으나, 한시치는 그것을 피한 뒤 조리를 벗고 몸을 비스듬히 하여 허를 찌르려는 자세로 칼끝을 상대방의 눈 높이로. 슬금슬금 발을 당겨 일어섬과 동시에,

"입회하여 현장을 살피라는 명령을 받았네. 떠들어댈 것 없어."

라고 커다란 목소리로 외쳤다. 야조는 한시치의 모습에서 얕잡아볼 수 없는 힘을 느꼈다. 그리고 타주로에게 4할, 한시치에게 6할의 주의를 기울이며 수세를 취했다.

타주로는 찻집에서 사람을 벤 이후로 깨달은 점이 있었다. 도장에서 연마한 검술을 실전에서 사용함과 동시에 묵직하게 차분함이 생겨났다. 중단으로 자세를 취하고 조금씩 다가오는

기운에서는, 이전의 시합에 비해서 섬뜩함이 더 많이 느껴졌다. 야조는 자신을 향한 칼끝이 있는 상황에서 너무 경솔했다는 후회가 살짝 들었으나, 이제는 승부를 겨루는 것 외에 달리 방법이 없었다. 이런 생각이 들자 수세는 곧 공세로 바뀌었으며, 왼쪽에 있는 한시치에게 신경을 쓰면서도 한시치가 빈틈을 보인 사이에 타주로를 향해 일격을 가한 뒤 한시치와 맞서려고 보폭을 좁혀서 한 걸음 한 걸음. 거의 10분쯤이나 지났을까 싶은 순간 야아 하는 기합. 칼날이 날아들었기에 칼막이로 받아 튕겨낸 뒤, 상대를 향해 휘두른 칼. 피하며 칼을 휘둘렀으나 옆으로 튕겨내고 후다닥 달려드는 날카로움. 한시치가 그것을 보고,

"받아라."

외치며 왼쪽에서 휘두른 칼. 야조가 물러나자 한시치의 칼이 야조의 칼에 쨍그랑 부딪치더니 맞붙은 채 위로 슬금슬금 날을 옮기는 솜씨. 튕겨내면 베일 듯했고 튕겨내지 않으면 타주로의 칼을 피할 수 없을 듯했다. 야조는 칼을 맞붙인 채 슬금슬금 왼쪽으로 돌기 시작했다. 타주로가 그것을 따라서 조금씩 다가오다 상황을 가늠하기 위해 가볍게 한칼 내지르자, 야조는 갑자기 왼쪽으로 몸을 여는가 싶더니 칼을 맞붙인 채로 한시치에게 찌르기. 휙 칼집으로 튕겨냈기에 빈틈이 생겼다. 그 틈을 노리고 한시치의 칼이 번뜩여 야조의 팔 한 곳에. 그와 동시에 타주로,

"에잇!"

멋지게 야조의 어깨를 베었으나, 야조가 마지막으로 던진 칼에 얼굴을 맞아 눈 아래에서부터 흘러내리는 피.

"비겁한 놈."

이라고 절규하며 야조가 단도로 손을 가져가 뽑아내기는 했으나, 어깨와 팔에 부상을 입었기에 자세를 취하려다 툭 떨어뜨리고 말았다.

7

사흘째 되던 날, 미사키(三崎) 타주로는 야조의 진짜 목을 들고 돌아왔다. 그러나 사람들은 예전처럼 칭찬하지 않았다. 칭찬하기보다,

"이전 것은 가짜 목이었다고 해."

라고 노골적으로 말하는 자까지 있었다. 코베니도, 오시스케도, 성주도, 친구도, 어딘가 이전의 일을 전부 알고 있어서 그 비겁함은 이번의 공으로도 만회할 수 없는 것이라고 생각하고 있는 듯했다. 게다가 한시치는 자신의 솜씨와 공을 상세하게 이야기하여 타주로를 완전히 기개가 없는 자로 만들어버렸다. 그리고 사람들 역시 거기에 공감했다.

타주로는 이전의 일을 사람들이 알고 있는 것은 아마도 사범이 이야기했기에 알려진 것이라고 생각했으나, 그렇다고 하기에는 너무나도 많은 사람들이 알고 있었기에 로닌인 한시치가

일자리를 얻기 위해 자신의 공을 떠들어대고 타주로를 끌어내려 어떻게 하려는 것이 아닐까……. 그러나 그런 것보다 집에 돌아온 이후 냉담해진 코베니의 태도. 타주로는,

'너를 얻기 위해서 고사했어야 할 역할을 맡은 것이고, 너를 사랑하는 마음에서 가짜 목을 가져온 것인데……. 그런 마음도 몰라주고 남들과 똑같이 비난하다니.'

라고 마음속으로 생각하고 있었으나 그것을 입 밖으로 낼 수는 없었다. 그리고 칼에 맞아 추해진 자신의 얼굴을 거울에 비춰보고 있자면, 누구 하나 자신을 동정해주는 자가 없다는 사실에 화가 치밀어올라 견딜 수가 없었다.

한시치는 타주로의 집으로 종종 찾아와서 술을 마셨다. 그리고 술을 마시면 코베니에게 농담 반 진담 반의 장난을 쳤다. 그러면 코베니는,

"저런 사람의 도움을 받았기 때문이에요."

라며 전에는 결코 보인 적이 없었던 차가운 태도를 취했다. 그리고 한시치가 찾아오는 날이 거듭되자 코베니는 싫은 얼굴을 짓는 경우가 많아졌다.

그러다 마침내,

"그분을 오지 못하게 해주세요. 아니면 전 친정으로 돌아가겠어요."

라고까지 말했다. 그렇게 말하며 화를 내기도 하고 울기도 해서 그 몇 번째인가만에 타주로로 하여금 마침내,

"알겠소."

라고 말하게 했다. 타주로는 성에 들어가기도 귀찮아졌으며 집에 있기도 괴로웠다. 그러나 하루 종일 밖을 돌아다닐 수도 없는 일이었기에 한시치를 오지 못하게 하는 것 외에 살아갈 길이 없었다. 하지만 아무리 생각해봐도 한시치를 오지 못하게 할 만한 구실이 떠오르지 않았기에 다른 방법을 취하기로 했다.

술을 몇 잔 마시고 난 뒤 타주로가,

"잠깐 할 얘기가 있소."

라며 한시치를 밖으로 끌어냈다. 한시치는 바로 밖으로 나왔는데 잠시 걷다가,

"아야."

하며 위 부근을 감쌌다. 그리고 길가에 웅크리고 앉아 토하기 시작했다.

"타주로 놈."

하고 돌아본 것과 타주로가 칼을 내리친 것은 동시였다. 한시치가 왼손으로 한 번은 막았으나 두 번째 칼에 밭 속으로 고꾸라지듯 쓰러져버리고 말았다.

8

말없이 코베니 앞에 앉은 타주로는,

"더는 안 올 거야."

라며 술잔으로 손을 가져갔다.

"어머, 진흙이……. 어머, 앞섶과 소매에도……. 당신, 쿠보 나리를……."
이라고 말함과 동시에 창백해져서 몸을 떨기 시작했다.

"죽였어."

코베니는 얼굴을 감싼 채 엎드려 울었다. 타주로는 왜 그러는 건지 이유를 알 수 없었기에,

"죽이는 것 외에 방법이 없잖아."
라고 말하고 술을 벌컥벌컥 들이켰다.

"시체는 눈에 띄지 않게 해두었어. 울지만 말고 술을 따라."

타주로는 모두 너를 위해서였어, 라는 생각이 들자 조금도 그것을 알아주지 않고 울고만 있는 코베니에게 꿈틀꿈틀 반감이 일었다.

"술을 따라, 훌쩍이지 말고. 너 때문에 시작된 일이야."

코베니는 얼굴을 휙 들어,

"죽이라고는 말하지 않았어요. 당신은……."

"당신은, 뭐지? 그 다음을 말해봐."

"이전의 일도 그렇고……."

"바보 같은! 전부 너를 위해서였어."

"어째서 제가……. 제가 뭘……. 친정으로 돌아가겠어요. 아버지께 말씀드리겠어요."

코베니는 자리에서 일어서려 했다.

"바, 발칙한."

이라고 외치더니 어깨를 밀쳤다. 코베니는 털썩 넘어지며 어머 하고 커다란 소리를 냈다. 우당탕 발소리가 들리더니 하녀와 하인이,

"무슨 일이십니까?"

라며 방문을 열었다. 코베니는 어깨를 들썩이며 울고 있었다.

"어머, 나리."

"시끄러, 물러나. 물러나지 못할까!"

"하지만……."

"흠, 못 가겠다는 거냐?"

타주로가 갑자기 칼을 쥐었다. 두 사람이 나감과 동시에 코베니는 몸을 일으켜 앉았다. 타주로는 말없이 그 모습을 지켜보았다. 분이 얼룩진 얼굴을 가린 채 코베니가,

"전 돌아가겠어요."

라고 조용히 말했다. 타주로는 말이 없었다. 코베니는 자리에서 일어났다. 타주로가 온몸을 부들부들 떨며,

"바보 같은!"

이라고 소리 지르고 일어서자마자 그녀를 밀쳐 쓰러뜨렸다.

"무슨 짓을 하시는 거예요!"

라며 노려보는가 싶더니 코베니는 밥상 위에 있던 접시를 집어 던지고,

"비겁한 사무라이. 겁쟁이."

라고 절규했다. 하인이 다시 들어와서,

"마님, 나리."
라고 말하며 두 사람 사이로 끼어들었다.

9

바로 그때 미사키 타주로의 집 현관에 무사 2명이 서서 사람을 부르고 있었다. 안쪽에서 네 사람이 부르짖는 소리가 희미하게 들려왔다. 두 사람은 눈빛을 교환하자마자 곧장 집 안으로 들어갔다.

"내게 치욕을 줘서 어쩌겠다는 거지?"

"치욕스러운 행동을 누가 했죠? 저는 성주님의 일족인 오오누마(大沼) 오시스케의 어엿한 딸이에요. 제 체면과, 아버지의 체면과 관계된 일이에요."

"아이고, 나리. 마님. 동네사람들이 들으면 남사스럽기도 하고."

"실례하겠네. 미사키 씨, 댁에 계시는가?"

방문이 열리더니 낯선 무사 둘이 모습을 드러냈다. 짚신은 그냥 신은 채였다. 모습을 살펴보며,

"누구냐?"
라고 타주로가 묻자,

"귀공이 미사키 타주로 씨요?"
라고 되물었다.

"그렇소."

"8월 초, 요코오오지무라의 찻집에서 당신이 죽인 사내의 아들들이오. 목을 가지러 왔소."

"뭐라고?"

이렇게 외치며 타주로는 밥상을 발로 걷어찼다. 코베니는,

"불한당이다."

라고 외치며 복도로 달려나갔다.

"누가 좀 와주세요."

라며 절규했다. 칼을 집어든 타주로는 동시에 장식공간을 등지고 섰다. 평소 잘 마시지 않던 술에 몸이 흔들렸으나 취기가 그를 대담하게 만들기도 했다.

두 하인은 당황해서 허둥지둥 달아나버리고 말았다. 코베니가,

"누가 좀, 빨리……."

라고 말하며 마루에서 우왕좌왕하고 있자니 나이 어린 쪽이,

"시끄러워."

하며 달려들었다. 타주로가 그것을 보고 뛰어든 것과 남자의 칼에 코베니가 정원에 쓰러진 것은 거의 동시였다. 그리고 코베니는 가슴을 찔렸으나, 남자를 향해 휘두른 타주로의 칼에는 힘이 없었으며 타주로는 술기운과 다다미에 미끄러져 쓰러짐과 동시에 마루에 몸을 부딪쳤다. 쓰러지면서도 자세를 취하기는 했으나 그곳으로 날아드는 칼. 필사적으로 막으며,

"코베니, 달아나!"

라고 외쳤다. 상대방의 칼이 타주로의 칼과 쨍쨍 부딪치기는 했으나 상당한 실력을 가진 타주로가 필사적으로 맞섰기에 쉽게는 벨 수가 없었다. 타주로는 일단 몸을 일으키기는 했으나 다리가 흐느적거리고 있음을 깨달은 순간, 우선은 몸을 피해야겠다고 생각했다. 그렇게 버티고 서서 한 번씩 칼을 휘두르다가 상대방이 물러나는 틈에 마루에서 정원으로 훌쩍. 그러나 불행하게도 취한 타주로의 다리에 걸린 것은 반죽음 상태로 쓰러져 있던 코베니의 몸이었다.

"코베니."

라고 희미하게 말한 순간, 등 뒤에서 덥석 안는 자가 있었다.

"놓칠 줄 알고."

그 사내가 외쳤다. 그리고 안아 일으키려 했으나 타주로는 코베니를 힘껏 끌어안고 있었다. 그 사실을 안 사내는 타주로를 팽개치고 일어났으며, 다른 한 사내가 두 손으로 칼을 쥐어 타주로의 등을 찔렀다.

옆집에서 등불의 빛과 함께 두어 명의 목소리가 다가왔다.

"숨통을 끊어야 해, 형."

하고 한 사람이 외치며 귀 아래로 칼을 내지르자, 다른 한 사람은 머리를 향해 칼을 내리친 뒤 그대로 달아나버렸다.

사람들이 모여들었을 때 타주로는 숨만 간신히 붙어 있었다.

두 하인은 두 형제가 원수를 갚으러 온 것이라는 말을 듣기는 했으나 그렇게 말해도 되는 것인지 알 수 없었기에,

"불한당입니다."

라고 몸을 떨며 말했다. 사람들이 둘을 방으로 옮김과 동시에 두 사람은 숨을 거두고 말았다.

"대체 뭐가 어떻게 된 건지……."

라고 말하며 세 하인은 멍하니 앉아 있었다.

"참으로 딱하게 됐군."

이라고 사람들은 말했으나, 누구도 진심으로 딱하게 여기는 듯한 얼굴은 하지 않았다. 이튿날 집안의 대가 끊겼다는 선언을 받게 되었다. 오시스케는 불구가 된 몸의 상처가 다시 아파오기 시작해서 병상에 눕고 말았다. 두 형제가 아버지의 원수를 갚았다는 소문이 얼핏얼핏 들려오기 시작했다. 카키모토 사범은 은퇴 신청서를 냈다.

야맹증

1

6년 동안 고용살이를 해서 24냥을 모았다. 반년에 3냥을 받으며 무가(武家)에서 고용살이를 했는데, 그 돈을 모으며 무예 한 수라도 익히기 위해서는 먹을 것까지 절약하는 것 외에 달리 방법이 없었다.

“귀찮으시겠지만, 에도까지 좀 데려가주시기 바랍니다.”

라고 후추(府中) 여관의 주인에게 부탁받았을 때는, ‘어떤 여자일까? 아니, 내게 부탁할 정도라면 변변한 여자는 아닐 거야. 잠깐, 저 여자 외에는 없는 듯한데, 저 여자라면 대체 나의 어디를 보고 부탁하는 걸까? 어떤 점을 보고 나를 믿은 걸까?’

“글쎄.”

“저쪽 별채에 있습니다. 저 여자인데 혼자서 여행은 좀…….”

“어차피 서두를 것 없는 여행이니……. 데려가기로 하지.”

모습만은 무사였으나 오랜 세월 고용살이를 하며 익숙하게 써왔던 말투가 자신도 모르게 나오는 게 아닐까 싶을 정도로 '저 여자'라면 '데리고 가도 괜찮겠다.'고 여겨졌다. 여염집의 처자라고 하기에는 너무 세련됐으며, 유녀라고 하기에는 너무나도 정숙했다. '그것도 이삼일쯤 지나면 알게 되리라. 만약 여자가 여관의 주인에게 부탁해서 나를 고른 거라면……. 품속에서 20냥은 써도 상관없어. 아니, 위험해……. 위험해도 상관없어……. 5냥쯤 정도라면……'

2

아버지의 죄 때문에 에도에서 추방당한 지 7년째, 20냥을 품고 에도로 올라가서 아버지의 죄를 씻어야겠다고 뜻을 세운 사내였다. 7년 전에는 15세. 그때부터 모은 20냥이니, 여자를 사거나 했다면 모일 리가 없었다. 따라서 물론 숫총각인 그는 처음으로 여자와, 그것도 아름다운 여자와 여행을 하게 된 것이었다.

"저 때문에 신경 쓰이시죠?"

라고 그 역참(駅站)마을에서 여자가 방의 한쪽 구석에 앉아 이렇게 말했을 때, 여관사람으로부터 부부 취급을 받아 어쩔 줄 몰라 하던 그는,

"아니……, 나는."

하고 그대로 몸이 굳어버렸으며, 밥을 먹는 동안 말도 하지 않았기에 시중을 들던 여관의 하녀가 이상히 여겼을 정도였으

나, 이부자리를 2개 나란히 늘어놓은 다음부터는 어둠 속에서 그녀가 눈치 채지는 못하리라 생각하여 몸 하나 꿈쩍하지 않고 한밤중까지 잠들지 못한 채,

'이 여자하고라면.'

이라고 생각하기도 하고, 허리에 찬 전대로 손을 가져가서는,

'아버지의 오명을 씻어야 해.'

라고 생각하기도 하고, 때로는 여자의 잠든 숨소리를 듣기도 했다.

이튿날 아침, 여자가 웃으며,

"어젯밤은 잘 주무셨나요?"

라고 물었다. 그는 여자가 자신의 가슴속까지 꿰뚫어보고 있는 것 같다는 생각이 들었다. 말끔하게 몸단장한 모습을 보니 대갓집의 젊은 마님처럼 보이기도 해서 '나는'이라며 반말은 쓸 수가 없었다. 뿐만 아니라 자칫했다가는 머리를 굽실거릴 것 같은 기분까지 들기도 했다.

오다와라(小田原)의 여관에서였다.

"등불이 어둡군."

이라고 그가 말했다.

"네?"

라고 여자가 되물었다.

"왜 이렇게 어두운 건지."

"아니요. 평소랑 다르지 않아요."

이 말을 들은 순간 그는 퍼뜩 놀랐다. 그러고 보니 밤이 되면 눈이 잘 보이지 않는 정도가 날이 지남에 따라서 점점 더 심해지고 있는 듯했다. 야맹증에 걸린 걸까 싶자 그것을 슬퍼하기보다 여자가 그 사실을 깨닫게 해서는 안 된다는 마음이 더 강하게 일었다.

"내일은 후지사와(藤沢)로군. 에도도 이제 이삼일 길이 되었소."

라고 평소와 다름없이 말했으나 아버지의 일, 고용살이를 했던 일 등이 떠올랐으며, 자신의 앞날을 생각하자 가슴이 짓눌리는 듯했다.

3

후지사와에서의 일이었다. 전에 없이 남자가 술을 한잔, 이라고 말했다. 그리고 여자에게 내밀자,

"잘 못 마셔요."

라고 말했으나 사양하지는 않았다. 그렇게 2병째 비웠을 때 여자가,

"당신은 겁쟁이시죠?"

라고 말했다. 여자에게 겁쟁이라는 건지, 약한 무사라는 의미인지, 자신의 운명에 비관하고 있는 마음을 꿰뚫어보고 한 말인지 짐작이 되지 않았다.

"그렇게 보이시오? 그래도 일 대 일 승부에서는 지지 않을

거요."
라고 말하며 웃었으나 여자는 아무런 대답도 하지 않고 술을 따른 뒤,
"제가 뭐하는 여자인지 아시겠어요?"
라고 다시 남자로서는 알 수 없는 것을 물었다.
"글쎄, 그러니까."
라고 여자가 마음을 열기 시작했다는 사실과 묻고 싶었던 것을 여자가 먼저 이야기했다는 사실에 가슴을 두근거리며,
"여염집의 차자는 아니고, 그렇다고 해서 게이샤로도 보이지는 않고."
"잘도 맞히셨네요."
"무슨 일을 하지?"
"글쎄요, 당신의 눈에는……."
눈이라는 말을 듣고 그는 다시 흠칫 놀랐다. 일찍 일어나고 일찍 잠자리에 든 탓에 불편해하는 모습을 그렇게 자주 보이지는 않았는데, 야맹증이라는 사실을 알고 있는 걸까? 그도 아니면 예전의 나를 경멸하는 의미일까? 무슨 일을 하든, 무슨 말을 하든 늘 한 수 위인 듯하여 그는 완전히 주눅이 들어버리고 말았다.
"난 여자를 보는 눈이……."
"그러신 것 같아요. 순진한……."
"순진하지는 않아. 고생은 해왔어."

"큰소리는. 여자도 모르는 주제에……."

이렇게 말했을 때, 여자는 상당히 취해 있는 것처럼 보였다.

'아버지의 누명을 어떻게 해서 벗겨야 할지. 결과는 어떻게 될지. 그보다는 이 여자와 부부가 되어……. 하지만 20냥의 자본으로는.'

이라고 생각한 순간 여관의 하녀가 이부자리를 깔러 왔다. 두 사람 모두,

"두 개를 깔아줘."

라고 평소 늘 하던 말을 잊었을 정도로 취해 있었다.

4

후지사와를 떠난 것은 정오가 지난 시각이었다. 카와사키(川崎)까지 오늘 안으로 들어가자고 말하면서,

"에도의 거처만이라도 말해줄 수 없겠는가?"

라고 다시 한 번 물었으나 여자는,

"틀림없이 만날 수 있을 거예요."

라고만 말했을 뿐, 다시 한 번 묻자,

"이제 그 얘기는 그만하세요."

라고 말을 끊어버렸다.

"매정하군."

"아니요, 매정하지 않기에 어딘지를 말하지 않는 거예요."

이 말을 듣자 그런 것 같다는 생각이 들기도 했다. 20냥 이외

의 여비를 다 써버려서 금화를 내밀었을 때 여자가,

"그런 걸 쓰시다니……. 앞으로는 제가 내도록 할게요."

라고 말하며 금화에는 눈길도 주지 않고 억지로 자신이 지불한 모습을 봐도 뭔가 사연이 있어서 그러는 것이지 만나기가 싫어서 머무는 곳을 가르쳐주지 않는 것이라고는 여겨지지 않았다.

"내가 찾아가는 곳은 반초[1]에 있는 오오쓰키 하야토(大月隼人)의 저택일세."

"그 하타모토[2]이신?"

"알고 있나?"

"오오쓰키 나리께 이런이런 여자에 대해서 여쭤보시면 아실 수 있을 거예요. 그 대신 두 사람의 일을 이야기하면 두 번 다시는 만나지 못할 거예요."

로쿠고(六郷)를 넘었을 때 어두워지기 시작했다. 어째서 오후까지 잠을 잔 것인지. 여기서 야맹증이라는 사실을 알게 되면……, 이라며 그는 길을 서두르다 발이 걸려 넘어지고 말았다.

"어멋."

"괜찮소. 이제는 지나는 사람도 없을 테니 손을 잡고 걷기로 하세."

---

1) 番町. 토쿄 치요다 구 1번가에서 6번가까지를 일컫던 총칭.
2) 旗本. 에도 시대에 쇼군을 직접 만날 자격이 있는 녹봉 500~1만 섬인 자.

5

"이봐."

라고 부르는 목소리가 들려왔다.

"앗!"

하고 여자가 조그맣게 외쳤다. 남자는 이미 아무것도 보이지 않았다. 그러나 그 사실을 여자가 알게 하고 싶지는 않았다.

"놓고 가."

"여자도 옷을 벗어."

세 사람의 목소리가 들려왔다. 남자는 칼집에서 칼을 뽑으며,

"내게서 떨어지지 마."

라고 여자에게 말했다.

"쓸데없는 물건 꺼내지 마."

라는 목소리가 들려온 것과 남자의 손에 번뜩이는 물건이 들린 것은 거의 동시였다.

"결국 뽑았다 이거야? 제길, 되지도 않는 실력 뽐내려고 하지 마. 그런 게 무서웠다면 길을 막고 서 있지도 않았을 거야. 이 돌팔이무사 놈."

이라는 말이 끝나고 나자 어둠 속에서 들려오는 것이라고는 여자가 공포에 떨고 있는 듯한 기척뿐이었다.

"에잇!"

이라고 외치는 소리와 함께,

"자식, 해보자는 거야."

라고 외치는 소리가 들려왔다.

"각오해!"

자세를 낮추고 한손으로 칼을 휘둘렀다. 왓 하는 소리가 들림과 동시에 왼쪽 손을 세게 두들겨맞은 듯 뜨뜻미지근하게 흘러내리는 것이 있었다.

"오후지(お藤)!"

"네."

"걱정할 것 없어."

이렇게 말하는 남자의 목소리는 흥분으로 날카로웠다.

"이 자식!"

하고 두 사람이 동시에 외쳤다. 손에 어떤 느낌이 전달되기는 했으나 동시에 머리가 어질어질해서 왼손을 들어 만져보려 했으나 말을 듣지 않았다.

"달아나, 오후지."

이렇게 외쳤으나 대답이 없었다.

"제길."

이라는 목소리와 함께 그것을 향해서 온몸으로 달려들어 찔렀고, 남자는 상대와 겹쳐진 채 쓰러졌다.

"오후지!"

라고 신음하듯 외쳤으나 대답이 없었다.

'달아난 건지, 칼에 맞은 건지. 어차피 야맹증이니……, 2천 섬을 받는 높은 신분의 부교를 상대로 아버지의 누명을 벗긴다는 건……. 그보다 내가 해야 할 일은 오후지와, 아니 오후지를 무사히 빠져나가게 하는 거야. 빠져나갔을까? 뭐야, 이 정도의 일로.'

그는 칼을 지팡이 삼아 일어서려 했다. 상대의 가슴에 박힌 칼날에 벌써 살이 엉겨붙기 시작해서 한손으로 칼을 뽑으려면 다리의 힘이 필요했다.

"무슨 일이십니까?"

라는 목소리가 들려왔다.

"노상강도야. 여자는 어디에 있지? 쓰러져 있지 않은가?"

"여자?"

"오후지!"

라고 절규함과 동시에 이마가 싸늘해져서 땅속으로 꺼져들어가는 듯한 느낌이었다.

"여자는 어디에도 없습니다, 무사님."

이라고 중얼거리는 듯한 목소리가 들려왔다.

"20냥을 가지고 있어."

라고 외쳤으나 스스로는 무슨 말을 한 건지 알지 못했다. 두 사내가,

"물 없어?"

라고 말했다. 쓰러져 있던 강도 가운데 한 명이,

"물, 물."

하고 가느다란 목소리로 말했다. 오후지는 등롱의 불빛이라도

보였으면 좋겠다며 멀리 떨어져 있는 마을을 향해 정신없이 달리고 있었다.

어떤 복수

1

얼핏, 그것은 그야말로 아주 얼핏 본 것에 지나지 않았으나 그래도 여자가 1년 전보다 얼마나 예뻐졌는지.

특별히 할 얘기도 없었으나 1각 남짓이나 그대로,

'다시 한 번…….'

하며 앉아 있었다. 하야토(隼人)와 여자는 1년 전까지만 해도 혼인을 약속한 사이였다. 따라서 여자의 귓속까지 알고 있었기에 얼핏 본 것만으로도 여자가 어떤 식으로 아름다워졌는지를 잘 알 수 있었다. 그리고 여자의 아름다움은 하야토로 하여금 다시 한 번 뼈저리게,

'어리석은 짓을 했어.'

라고 생각하게 했다. 그랬기에,

'다시 한 번…….'

이라며 천연덕스럽게 앉아 있었던 것인데, 여자는 그 이후 결국

두 번 다시 모습을 드러내지 않았다.

더는 나오지 않을 것이라는 사실을 마침내 깨달은 하야토는 갑자기 울화가 치밀기 시작했다. 틀림없이 남편과 둘이서 내 얘기를 하고 있을 거야. 그것도 아마, 아니 틀림없이 험담을 하고 있을 거야. 그리고 내가 돌아가면 이 아버지도 하나가 되어 뭔가 말할 것임에 틀림없어.

"이거 너무 오래 있었습니다. 그럼 조만간에 또……."
라며 자리에서 일어서자,

"그럼 다음에 또……."
라고만 말하고 아버지가 현관까지 나왔을 뿐, 여자는 마지막까지 끝끝내 나오지 않았다. 이렇게 지금 나오지 않은 것을 보면, 아마도 매일 이 집 앞에라도 서 있지 않는 한 만날 수 없으리라 생각하자 하야토는 뭔가 소중한 것을 자신도 모르는 사이에 분실한 듯한 느낌이 들었다. 돌아가는 길에 여자의 아름다움을 떠올리며, 그리고 여자와 자신이 얼마나 친밀했었는지를 떠올리며, 여자란 어떻게 그렇게도 매정하게 모르는 척할 수 있는 걸까 생각했다. 아니 그보다도 부자에게 시집을 가면 어떻게 그렇게 아름다워질 수 있는 건지…….

'어떻게 해서든 다시 한 번……'

아마도 여자는 진심에서 그렇게 매정하게 군 것이 아니리라. 1년 전까지만 해도 약혼자였던 남자가 왔기에 남편과 아버지의 눈을 의식해서 그랬던 것이리라.

'그러니 만나서 이야기를 나누기만 하면 어떻게든 내 말을……. 저렇게 예뻐질 줄 알았다면 부업[1]을 했어도 좋았을 정도야. 아니, 나는 살인강도라도 할 수 있어. 정말이야.'

2

두 사람은 1년 전까지만 해도 어렸을 때부터 혼약을 한 사이로 서로 오갔었다. 아마도 두 사람 모두 코를 흘리던 무렵부터였던 듯한데, 그런 무렵부터 왕래하고 있었고 두 사람의 집 모두 가난했기에 남자도 여자도 그다지 볼품이 없었으며, 철이 든 뒤에도 하야토는 여자에게 그렇게 매력을 느끼지 못했었다. 그랬기에 여자의 오빠가 죽어서 데릴사위를 들여야겠다, 따라서 혼약은 없었던 일로 해야겠다는 말을 들었을 때도,

"그야, 옳으신 말씀……."

하며 의리를 매우 중히 여기는 듯한 얼굴을 했으나, 사실은 저렇게 꾀죄죄하고 시커먼 여자보다는 어딘가에 좀 더 아름다운……, 이라고 생각한 것이었는데 이게 어떻게 된 일이란 말인가. 오늘의 짙은 저녁화장에……. 저렇게 될 줄 알았다면…….

"대를 이을 사람은 둘 사이에 아이가 태어나면 그 아이를 드리도록 할 테니 얼른 결혼을."

이라고 말해서……. 아니, 그런 말을 하지 않았어도 벌써 아이

1) 예전에 녹봉이 낮아 생계에 어려움을 겪던 무사들은 부업으로 생계를 유지했다.

가 생겼을지도 모를 일이었다.

“정말 아깝게 되었군.”

녹봉 200섬, 하타모토 가운데 한 명, 성은 타케바야시(武林), 이름은 하야토. 만약 이게 200년 전이었다면 틀림없이 흠잡을 데 없는 사윗감이었을 테지만, 200년 후인 오늘의 200섬은 너무나도 가난해서 타케바야시 하야토라는 그럴싸한 이름이 때로는 우습게 여겨질 정도였다.

외아들을 잃어 딸 하나밖에 남지 않은 아키야마 우마에몬(秋山右馬右衛門) 노인에게 있어서 그런 가난한 하타모토에게 딸을 시집보내기보다는, 서민 가운데서 급히 데릴사위를 골라 자신의 신분을 팔아서라도 노후를 편안히 보내는 편이 훨씬 더 낫다는 것은 너무나도 당연한 일이었다. 게다가 당시 그 거래액은 ‘100가마, 100냥, 1천 섬, 1천 냥’이 일반적인 시세였는데 아키야마의 데릴사위는 500냥을 지참금으로 가지고 왔다고 하니 노인에게 있어서 아들의 죽음은 불행인 듯도 하고 행복인 듯도 한 것이었다.

하야토는 당시 이 소문을 듣고,

“그거 잘 됐군.”

이라고 말했었으나, 지금에 와서는,

“우마 영감탱이, 돈에 눈이 멀었군.”

이라고 말했으며, 서민이지만 검을 다룰 줄 안다는 말을 들었을 때는,

"거 마침 잘 됐군."
이라고 말했으나,
"서민 주제에 검술은 무슨."
하고 하나하나가 거슬리기 시작했다.
'우마 영감탱이, 가난하다고 사람을 우습게보고, 다행히 서민 데릴사위를 얻었으니 자네에게는 이제 볼일이 없네, 라고 말하는 듯한 상판대기…….'
잠자리에 들어서도, 이튿날 아침이 되어서도 여자의 얼굴과 가난과 우마에몬에 대해서만 생각했다.

3

"아키야마 고스케(秋山五助)라는 자가 여기에 다니는가?"
라고 친분이 있는 야마모토 잇사이(山本一斎)의 도장에 가서 물어보았다. 사범 가운데 하나가,
"다니지. 저 사람이야."
라며 죽도 끝으로 가르쳐주었다. 자줏빛 끈, 대나무로 만든 보호구를 두르고, 솜을 둔 하카마, 도장 특유의 죽도를 들고 연습을 하고 있었다. 명패를 보니 스물일고여덟 명의 유단자 가운데서도 위에서 4번째에 아키야마 고스케라는 이름이 있었다.
"쓸 만한가?"
"꽤나 괜찮은 솜씨야. 칸다(神田)에 있는 청과물상의 아들인데 데릴사위로 들어갔다고 하더군."

"검술은 무나 당근을 써는 것과는 다르다는 사실을 좀 가르쳐줘야겠군."

타케바야시 하야토는 부근의 도장에서 상당히 이름이 알려져 있었다. 이렇게 말하고 도구를 빌리자,

"오랜만에 솜씨 구경 좀 해볼까."

하며 사범이,

"아키야마, 잠깐 이리로."

하고 커다란 목소리로 불렀다.

"한 수 지도를 청해보게. 타케바야시 하야토라는 분이실세."

고스케는 바로 얼굴의 보호구를 벗었다. 아무리 봐도 청과물상의 아들로는 보이지 않는 훌륭한 젊은이였다. 하야토는 고스케가 자신보다 잘생긴 사람이라는 사실을 알자 걷잡을 수 없는 질투심에 사로잡혔다. 그러나 고스케는 바로 머리를 숙여,

"지난번에는 잘 오셨습니다."

그리고 한번 찾아뵐 생각이었다는 둥, 아버님과 매일 얘기를 한다는 둥, 오늘은 전혀 뜻밖의 곳에서 만났다는 둥의 이야기를 했다. 여러 가지로 떠드는 모습을 보니 완전히 서민이었기에 하야토는 그 말을 듣는 동안 얼마간 경멸하고 있었는데,

"저 같은 것이 감히 어떻게."

라고 묘하게 꼬리를 빼는 모습을 보자,

'나를 경계하고 있구나.'

라는 생각이 들었기에,

"괜찮으니 한 판!"

이라고 강하게 말해버렸다.

'잘 봐둬. 고스케도, 다른 녀석들도.'

라며 특기인 얼굴 후리기. 죽도가 곡선을 그리며 고스케의 얼굴로……. 슥 뒤로 물러났다. 순간 얼른 거둬들인 죽도가 머리 위 정면에,

"야앗, 에잇."

하는 하야토의 기합. 입에서 들릴 듯 말 듯하게,

"됐습니다. 졌습니다."

라며 도장에 납작 엎드려 머리를 숙여버리고 만 고스케.

"아직, 멀었어!"

라고 외치며 하야토는 죽도를 높이 치켜들었으나 앉아 있는 자를 칠 수도 없는 노릇이었다.

"교활하군."

커다란 목소리로 호통을 치고 한동안 노려본 뒤 자리로 돌아갔다. 고스케는,

"실례했습니다."

라고 말한 뒤 자리에 앉은 채 얼굴의 보호구를 벗고 다시 한 번 예를 갖췄다.

4

"교활한 서민 자식. 오늘은 본때를 보여주겠어."

라며 이튿날 다시 도장으로 갔다. 그러나 고스케는 없었다. 그 이튿날에도 갔다. 그러나 돌아간 뒤였다. 사흘째에 갔더니 사범이,

"요시와라에 가세."

라고 속삭였다. 연습이 끝나갈 무렵, 아키야마 고스케가 세련된 차림새로 모습을 드러냈다.

"일전에는 무례를 범했습니다. 친분을 위해 선생님께서도 함께 한잔……."

하야토는,

'알랑방귀를 뀌는 무사 놈!'

이라고 말해주고 싶은 마음이 굴뚝같았으나 요시와라에 가자고 하기에, '오랜만에 즐긴 뒤에…….'라며, 조금은 초라한 마음이 들기도 했으나, '아니, 괜찮아. 그 정도쯤은.'하며,

"요시와라에서 한 턱 내겠다는 건가?"

"아니, 아니. 그런 건 아니지만……."

"알겠네. 사양 않고 가겠네."

라고 말했으나, 고스케가 그처럼 아름다운 아내를 두고 있고, 요시와라에도 단골이 있고, 이렇게 세련된 차림을 하고 있다고 생각하자, 서민 주제에 돈으로 신분을 사다니 발칙하기 짝이 없는 놈.

"건너편까지 걸어가, 거기서부터 가마로 모시겠습니다."

라고 말한 뒤 고스케는 두 사범과 하야토 옆을 걸었다.

요시와라에서는 게이샤도 왔다. 유녀도 물론……. 그리고 하야토는 그런 자리에서 싸움을 할 정도로, 아니 그보다 그런 일은 까맣게 잊고 즐거워했다.

"슬슬 돌아가기로 할까."

라고 한 사람이 말했다. 하야토는,

'자네들은 자주 대접을 받았겠지만 나는 오랜만이니 조금만 더…….'

라고 말할 수도 없는 일이었다. 게다가 돈에 아쉬울 게 없다고 제멋대로 굴다니. 이 사범들도 사범들이다.

"돌아가세."

라며 가장 먼저 일어나 계단을 내려가려고 하자 고스케가,

"가마를."

하며 일어섰다.

"됐네."

"아니……."

라고 말했을 때, 신조(新造)가 소매를 잡으며,

"작은나리께서 저렇게 말씀하시니 가마를 타고 가십시오."

라고 붙들었다. 하야토는 상당히 취해 있었다.

"작은나리? 작은나리라니, 누굴 말하는 거지? 놔."

"타케바야시, 무슨 소릴 하는 겐가. 자자."

"아, 이런."

고스케가 일어나 다가가서,

"무슨 일로 기분이 상하셨습니까?"

라고 말하자 정말로 기분이 상했는지…….

"무슨 일? 전부 마음에 들지 않아."

라고 한껏 소리를 질렀다. 두 사범의 얼굴빛이 슥 바뀌었다. 고스케의 얼굴빛도 바뀌었다.

"뭔가 마음에 들지 않는 일이 있으시다면……."

"시끄러워."

라고 소리를 지르자마자 하야토는 고스케의 가슴을 힘껏 밀쳤다. 고스케가,

"왜 이러십니까?"

라고 엉겁결에 날카롭게 말하자,

"이놈이."

하고 외치더니 고스케의 멱살을 쥐어 계단으로 떨어뜨리려 했다. 그러나 아래서부터 훑어낸 고스케의 손에 의해서 하야토의 손은 가슴에서 곧 떨어지고 말았다.

"타케바야시!"

라며 한 사람이 와서 말렸다.

"서민 주제에 시건방지기는……"

"뭐?"

라고 말했는데 고스케는 칸다 청과물상의 아들이었다. 혈기왕성한 데다 정을 준 여자가 보는 앞, 이렇게 된 이상 물러서고 싶은 마음은 조금도 없었지만 두 사람이 말렸기에 그들을 뿌리

치고 싸울 수도 없는 일이었다. 하야토와 친한 한 사람이 하야토를 달래서 밖으로 데리고 나갔다.

"난 혼자 가겠어."

라고 말한 하야토는 칼을 받아들더니 성큼성큼 빠른 걸음으로 가버렸다.

5

"고스케."

라고 부르며 가마 옆에 선 사람이 있었다.

"아아."

"야나기하라(柳原)의 제방으로 와. 끝을 보세."

고스케의 집 앞이었다. 이런 말을 듣고도 집으로 들어갈 수는 없었다.

"알겠소."

라고만 말하고 두 사람은 입을 다문 채 제방까지 갔다. 가마꾼은 아무것도 모른 채 떠나버리고 말았다. 아내인 하쓰도 아무것도 모른 채 기다리고 있었다.

"승부를 보자."

"조금 전의 일을 마음에 품고 있는 건가?"

"서민 놈의 근성을 고쳐주기 위해서야."

"좋아, 덤벼. 너 같은 놈에게 져서야 칸다의 체면이 서지 않을 거야."

"뭐라고!"
라는 말과 함께 칼을 뽑으면서 다리를 후리려 했다. 고스케는 간신히 피했으나, 피하지 않았어도 칼은 두어 치 모자랐다.
"비겁한 놈."
"짖어대지 마."
이렇게 말하며 두 사람은 자세를 취했으나 둘 모두 그대로 말없었고 칼끝이 슬금슬금 가까워졌다가는 다시 슥 멀어질 뿐, 1합도 주고받지 않았다. 하야토는 고스케의 솜씨에 두려움을 느끼기 시작했다. 그와 동시에 고스케도 하야토에게는 잠시도 방심을 할 수가 없었다.
멀리서 등롱의 불빛과 함께 딱딱, 딱따기 소리가 다가왔다.
"에잇!"
하는 하야토의 기합소리가 들림과 동시에 다음 순간,
"핫!"
하고 외치며 찌르기. 내질렀던 칼을 빠르게 거두며 3, 4자 물러나서는,
"이얏!"
하고 외친 하야토의 목소리는 한밤중의 공기를 놀라게 만들기에 충분했다. 딱따기 소리가 한동안 멈췄는가 싶더니 파수꾼들의 초소에서 세 사람이 달려왔다. 하야토는 그것을 보고,
"오늘은 봐주기로 하지. 파수꾼들이야."
라고 말하자마자 달리기 시작했다. 고스케는 근처 파수꾼들을

잘 알고 있었다.

"괜찮아. 도둑놈이야. 칼을 뽑았더니 바로 도망치더군. 쫓아갈 것도 없어. 괜히 다칠 필요 없잖아."

집으로 돌아오자 하쓰는 아까의 모습 그대로 아직 기다리고 있었다.

"어머, 안색이……. 무슨 일 있으세요?"

"너의 분이 묻은 거겠지. 아버님은?"

"벌써."

고스케는 하쓰의 어깨에 손을 얹고,

"자, 가기로 하세."

라며 일어섰다. 여자의 두 어깨를 밀며 옆방으로 들어갔다.

6

여자의 아름다움은 날이 지남에 따라서 엷어져갔다. 그러나 무사인 하야토는 고스케와 결투를 벌여 백중세였다는 사실이 참을 수 없이 분했다. 그와 동시에 요시와라에서 보였던 자신의 태도가 끝도 없이 불쾌하게 느껴졌다. 고스케에게 이기려 들다가 늘 자신이 지고 있다고 생각했다.

야마모토 잇사이로부터 급한 볼일이라는 편지가 왔기에 고스케는 쿠단[2]으로 올라가 해자 부근으로 접어들었다. 묵직하

---

2) 九段. 토쿄 치요다 구 서부의 지명.

게 어깨를 얻어맞음과 동시에 현기증이 나는 듯했다. 어깨에서 부터 등까지 작은 날붙이로 슥 베인 듯한 느낌이었다. 칼에 맞았다는 생각이 들자 순간 다리가 반사적으로 5, 6간 정도 달려나갔다. 누가? 왜? 사람을 잘못 본 걸까? 이런 생각들이 머리를 스침과 동시에 칼을 뽑아들고 뒤돌아섰다.

"누구냐!"

라고 외쳤으나 자신의 목소리 같지 않았다. 그리고 아무도 대답하지 않았으며, 누구의 모습도 보이지 않았다. 피가 등을 타고 흘러내려 허리 부근으로 스며들고 있다는 사실을 깨달음과 동시에 칸다로 돌아가는 게 가까울지, 선생의 집으로 가는 게 좋을지 잠깐 생각했으나 갑자기 아내의 얼굴이 보고 싶어지더니 몸이 슥 땅속으로 꺼져들어가는 듯한 느낌이 들었다. 칼을 아래로 내리고 발걸음을 옮기려다 비틀비틀 앞으로 고꾸라졌다. 칼을 지팡이 삼아 눈을 감고 있자니 온몸이 불에 타고 있는 듯한 느낌이었다. 타케바야시 하야토라는 생각이 문득 들었다. 온몸이 분노로 가득했다. 뜨거웠던 몸이 점점 식어감에 따라서 머릿속이 완전히 텅 비어버리고 몸 속에서 무엇인가가 빠져나간 것처럼 감각이 없고 가벼워져갔다. 그리고 쓰러졌다. 쓰러졌다는 사실을 알고는 있었으나 아무런 느낌도 없었으며, 어떻게 해볼 수도 없었다.

하야토도 범인으로 의심을 받았으나 칼에 사용을 한 흔적이 없었고 증거품 역시 하나도 없었으며, 아키야마의 집에 변이 생겼다는 소식을 듣자마자 바로 달려갔기에 반신반의의 상태로 그냥 내버려둘 수밖에 없었다. 장례식 날, 하얀 상복을 입고 옅은 화장을 한 하쓰의 모습은,

'아까운 미망인이다.'

라고 감탄하기에 충분한 것이었으며, 하야토가 일을 도우러 와서 어깨를 들썩이기에도 충분한 것이었다.

하야토는 장례식이 끝나자 어떻게 해야 하쓰를 빼앗을 수 있을지 다시 열심히 생각하기 시작했다. 아키야마 집안에서 하야토가 오는 것을 싫어한다는 사실을 알자 하쓰의 기분을 상하게 해서는 안 된다며 그 이후부터는 발걸음을 끊었으나, 가지 않으면 그런 방법으로는 빼앗을 기회가 없었기에 때로 앞길을 지나며 하쓰와 동거하는 공상을 한나절, 에도 시내를 돌아다니며 하곤 했다.

7

아게바(揚場)에 있는 소센지(総泉寺)라는 절. 하쓰가 고스케의 무덤에서 손을 모으고 있자니 하야토가 모습을 드러냈다.

"나도 성묘를 왔어."

라고 말하며 하야토는 웃었으나 하쓰는,

"그렇습니까?"

라고만 말한 채 하녀를 데리고 돌아가려 했다.

"아주 냉담해졌군, 남의 아내가 되더니. 옛일을 그렇게 쉽게

잊을 수 있는 거야?"

"다른 사람의 아내가 된 이상은."

"이젠 아내가 아니잖아."

"아니요. 세상을 떠났어도 저의 남편은 아키야마 한 사람밖에 없어요."

"1년 반밖에 지나지 않았는데 완전히 변했군."

"당신도 변하셨어요."

"그랬겠지. 어때? 다시 옛날로 돌아가지 않겠어?"

"무슨 말씀을 하시는 거죠? 남편의 원수를 갚기 전까지는 그런 말, 듣고 싶지 않아요."

"원수를 갚겠다고? 누가 원수인지는 알고 있는 거야?"

"알고 계신가요?"

이렇게 말한 하쓰는 하야토를 믿음직하다는 듯 바라보았다. 알고 있다고 말하면 틀림없이 하쓰와의 관계를 유지할 수 있으리라 생각했다.

"알고 있어."

"정말로? 가르쳐주세요."

라며 고개를 살짝 내밀고 얼굴빛을 바꾸어 가만히 얼굴을 바라보는 눈을 보자, 하야토는 기분이 좋아지기 시작했다.

"가르쳐줘도 상관은 없지만……. 하녀를 잠시 다른 곳으로."

"너, 잠깐 다른 곳에 가 있으렴. 자, 어서."

"이럴 때는 예전의 하쓰로군."

"그런 얘기는 나중에……. 자, 누구죠?"

"말하면 뭘 해줄 거지?"

"뭐든 원하는 대로……."

"아내가 되어줄 텐가, 나의 아내가."

"농담은 나중에 하시고, 어서."

"아니, 그걸 약속해주지 않으면."

"모르시는 거죠?"

"못 믿겠다면, 그래도 상관없어."

"당신?"

"나? 아하하하하, 그럴지도 모르지. 하쓰, 난 정말 누군지 알고 있어. 하지만 증거를 잡을 때까지 조금만 기다려줘. 네 남편을 위해서야. 내가 할 수 있는 일은 전부 할 테니……."

이렇게 말하고 헤어졌다. 그리고 종종 하쓰를 불러내서는,

"조금만 더, 조금만 더."

라고 말했다. 그러나 하쓰가 슬픔에서 점점 벗어나 예전처럼 아름다워지자 더는 얌전히 바라보고만 있을 수 없게 되었다. 하쓰가 의지하는 하야토는 의지할 만한 사람인 것처럼 행동했다. 그런데 그렇게 행동하자 농담도 할 수 없게 되어버렸다. 그리고 하야토가 그렇게 되자 예전의 그리운 모습으로 돌아온 하쓰는 마음을 열어 꽤나 허물없이 친하게 행동하는 경우도 있었다. 하야토의 고통은 2배, 3배로 더욱 커졌다.

8

하야토는 상당히 취해 있었다. 전에도 한두 번 말한 적이 있었는데 하쓰는 이번에도,

"상대는 당신이었죠? 분명히 그럴 거예요."

라고 참으로 태연하기 짝이 없게, 상대라는 말이 바둑의 상대라도 되는 것처럼, 나라고 말해도 결코 사건은 일어나지 않을 것처럼……. 그리고 실제로 두 사람은 예전의 혼약 관계에 있었을 때처럼 친해져 있었다. 거기에 때로 모험심을 불러일으키곤 했던 하야토의 취기는 이미 충분히 올라와 있었다.

"나야. 그래……, 내가 했다고 해둬. 그러니 하다못해 한 잔이라도 받지 않겠어?"

라며 하야토는 술잔을 내밀었다. 그러나 평소처럼,

"술만은……."

하고 피했다.

그 이튿날의 일이었다. 도신[3]이 두 포졸을 데리고 와서,

"묻고 싶은 것이 있으니 같이 가주셨으면 한다."

라며 현관에 서 있었다.

고스케에 관한 일……, 문득 이런 생각이 들었다. 친밀한 듯하면서도 마지막 한 걸음 앞까지 가면 결코 받아주지 않았던 하쓰, 어젯밤의 이야기……. 도신은 과연 무엇 때문에 온 것일

3) 同心. 서무, 경찰사무에 종사하던 하급관리.

까? 고스케와의 일이 발각된 것이라면 당연히 도망쳐야 하며, 다른 일이라면……. 그래도 도망친 뒤 상황을 살피는 게 제일 좋으리라.

"칼을 챙겨가지고 나오겠네."

라고 말한 뒤 안으로 들어가자, 포졸 가운데 한 명이 곧장 뒷문 쪽으로 살금살금 갔다. 하야토는 그것을 깨달음과 동시에 커다란 목소리로,

"대변을 보는 동안 잠시 기다려주시게."

라고 말하고 화장실로 들어갔다. 창으로 밖을 살펴보니 생각했던 대로 뒷담 바깥에도 있는 듯, 집 안팎에서 신호를 주고받았다. 창틀을 떼어내고 옆집과의 사이에 놓인 울타리의 터진 곳을 넘어,

"잠시 빚쟁이 좀 피하겠소."

라고 웃으며 재빨리 빠져나가버렸다. 포졸이 들어와서 수색을 해보니 칼집도 손잡이도 없는 칼이 벽장 속에서 나왔다. 사용한 흔적이 충분히 남아 있어서 십 중 팔구까지는 그것으로 베었다는 사실을 알 수 있었으며, 도망을 쳐버리기도 했기에 그것으로 증거는 충분했다.

하야토가 의지해서 찾아간 곳 가운데 그나마 괜찮은 집에서는 전부 문전박대를 당했다. 하루 이틀 묵을 만한 집은 전부 가난했다. 사범을 시켜줄 만한 곳은 위험해서 다가갈 수 없었으며, 50섬이나 70섬의 녹봉을 받는 하타모토와는 달리 어떤 부업

이 있는지도 알지 못했다. 물론 신분을 감추고 서민 행세를 할 수도 없었다. 사쓰마(薩摩) 사람들이 무뢰한 로닌들을 모집하고 있다는 말을 들은 적은 있었으나 소문만으로는 어떻게 해야 좋을지 알 수 없었으며, 밖을 돌아다니는 건 위험하기도 했다. 여행길에 오르자니 돈이 없었으며 아는 사람도 없었기에 입에 풀칠을 하기 위해서는 에도에서 한 발짝도 나설 수가 없었다.

'어차피 한 사람을 죽인 몸이야.'

이런 생각이 들어 나중 일은 나중에 생각하자고 마음먹자 살인도 그렇게까지는 두렵게 느껴지지 않았으며, 한 사람을 베어 자신의 솜씨를 확인하고 나자 다시 한 번 확인해보고 싶다는 생각이 드는 것은 무사로서 강렬한 유혹이었다. 그리고 이 모든 것이 고스케 때문이라는 생각이 들자 서민이 저주스러웠다.

9

그러나 에도의 외곽에서조차 그렇게 쉽게 칼을 쓸 수는 없었다. 양심의 가책 때문에 나무 한 그루에서조차 두려움이 느껴졌다. 노인, 아이, 여자, 가난한 사람을 골라내고 나면 깊은 밤에 그렇게 돈이 있을 법한 서민이 매일 지나지는 않았기에, 사흘 동안 센주(千住)의 제방에 나가 있다가 사흘째 되던 날 밤, 스쳐 지나는 순간 칼을 뽑음과 동시에 목을 베고 날쌔게 몸을 비켜

튀는 피를 피한 뒤, '차분하게, 차분하게.'라고 생각하며 품속을 뒤져 지갑을 빼앗았다.

고스케를 살했을 때와 마찬가지로 목이 마르고 머릿속이 찡하고 울렸다. 은신처의 지저분한 2층으로 돌아와 지갑을 열어 보니 동전 외에 은화 하나밖에 들어 있지 않았다. 하야토는 어째서 자신만 이렇게 불행한 건지, 걷잡을 수 없이 세상 모든 것에 울화가 치밀었기에 모든 것을 저주했고, 온 세상이 참으로 괘씸해서 견딜 수가 없었다.

니혼즈쓰미(日本堤)는 사람이 너무 많았다. 무코지마(向島)는 사람의 그림자 하나 지나지 않았다. 카메도(亀戸)에서는 하야토의 모습을 보자마자 골목으로 빠져나간 자가 있었다. 그 다음 날에는 가마꾼이 만만치 않은 사람이어서 가마채를 휘두르며 커다란 소리를 질러댔기에 하야토가 달아나버리고 말았다.

하야토는 하쓰에 대해서도 난폭해지기 시작했다. '폭력을 써서라도 뜻을 이루어 둘이서 달아나거나 둘이서 죽거나, 될 대로 되라지……. 전쟁이라도 일어나지 않으려나……. 그래 불을 질러버리자. 아니, 그건 하쓰를 끌어내고 난 뒤야. 편지다, 편지야.'

<틀림없이 고스케를 죽인 건 나야. 어차피 관리들에게 잡힐 바에는 너의 손에 죽고 싶어.>

소센지 앞의 솔숲으로 와주었으면 한다. 단, 사람들을 데리

고 오면 내게도 다 방법이 있으니 사람을 데려오지 말고…….

시각은 초저녁. 이렇게 써서 심부름꾼을 보내둔 뒤, 알몸에 겹옷 하나를 걸치고 대검을 전당잡혀 한텐[4]을 구해 입고, 짧은 검 하나에 삼으로 만든 조리. 머리를 풀어 서민이나 협객처럼 보이기도 하고, 한량처럼 보이기도 하고.

"아이고 세상에."

라고 아래층 사람이 말한 데 대해서,

"하시바(橋場)에서 크게 한 판 벌어져서 말이지."

라고 대답하며 밖으로 나가 술집으로 들어갔다. 검까지 전당잡혀 얼마간의 돈을 손에 쥐었기에 그는 최근의 호경기를 맛볼 생각이었다. 그러나 불행하게도 한텐과 머리모양과 삼으로 만든 조리로 타케바야시 하야토를 숨기려 했으니, 그는 변장에 대해서 너무나도 몰랐다.

"하야토."

라고 옆에서 들어온 테다이[5]가 외침과 동시에 짓테[6]가 번뜩였다. 하야토는 몸을 피함과 동시에 식탁 위로 올라섰다. 그리고 접시를 차서 흩뜨린 뒤 뒤뜰 쪽으로 달아났다. 뒤따라오는 자에게 칼을 한 번 휘둘러 그가 엉덩방아를 찧자 뒷문을 통해서 지저분한 골목을 있는 힘껏 달려나간 것이 마지막 소망이었다.

---

4) 袢纏. 겉에 입는 짧은 상의로 작업복이나 방한복으로 많이 입는다.
5) 手代. 민정을 맡아 보던 다이칸 밑에서 잡무에 종사하던 자.
6) 十手. 포리들이 방어, 공격을 위해 휴대하던 도구.

"오늘, 초저녁에 소센지 앞에서."

라는 것도 위험한 일이 되어버렸다. 그러나 가지 않으면 하쓰는 속았다고 생각하여 다음부터는 편지를 보내도 나오지 않으리라. 그렇게 되면 하쓰와 자신은 영원히 만나지 못하리라. '될 대로 되라지. 운이 좋으면……. 나쁘다고 해봐야 지금보다 더 나빠질 수 있겠어? 얼굴만 볼 수 있다면, 나의 참된 마음을 조금이라도 알아준다면, 그것으로 목숨을 잃어도 상관없어. 그래, 이런 세상에 그 이상의 무슨 좋은 일이 있겠어.'

그는 대담하기 짝이 없었다.

10

솔숲 안에는 아무도 없었다. 오륙십 개의 깨진 돌이 있는 곳 사이에 가만히 몸을 숨기고 저녁이 오기를 기다렸다. 논쪽에서부터 조금씩 땅거미가 내리기 시작하자 가끔 얼굴을 내밀어 주위를 둘러보았다.

소센지 앞길에는 상당한 숫자의 사람들이 오가고 있었다. 솔숲을 나선 곳에 있는 농가에서 농부가 두 사람, 솔숲 속을 가로질러 천천히 걸어오고 있었다. 그와 동시에 솔숲 앞에서 가마가 멈추자…….

"하쓰다."

하야토는 몸을 일으켰다. 그러나 하쓰는 이쪽이 보이지 않는 듯 천천히 숲 속으로 들어왔다. 깨진 돌 사이에서 사방을 둘러

보아 인기척이 없음을 확인하고 자리에서 일어나 손을 들었다.

변장에 서툴렀던 하야토는 깨진 돌이 자신의 몸을 숨겨줌과 동시에 적까지도 감추어준다는 사실을 알지 못했다. 그리고 자신보다 변장술에 훨씬 더 능한 포졸들이 있다는 사실을 알지 못했다. 농민들과 하쓰가 하야토를 중심으로 다가왔다.

하쓰는 짧은 칼을 하나 차고 있었다. 하쓰가 저항을 하면 그녀를 베어서라도 쌓인 감정을 풀어야겠다고 생각했으나, 얼굴이 확실히 보일 때쯤이 되자 갑자기 어떻게든 속여서 달아났으면 했기에,

"저쪽으로."

하며 농민들과 멀어지려 했다. 하쓰는 발걸음을 멈췄다. 가마꾼 두 사람이 달려오기 시작했다. 하야토는 쫓기는 자의 직감으로 곧 덫에 걸렸다는 사실을 깨달았다.

"하쓰, 비겁하게."

라며 달리기 시작한 순간, 농민의 손에서 납이 달린 포승줄이 살아 있는 물체처럼 허공을 달려와 다리에 휘감겼다. 끊으려고 하면 갑자기 느슨해져서 끊을 수가 없었다. 달리려고 하면 갑자기 팽팽해져서 비틀거리게 만들었다. 그 다음 순간 가마꾼이 가마채 대신 육모방망이로 칼을 쳐서 떨어뜨리기 위해 다가왔다. 하야토는 신칸류(心貫流)의 비술을 전부 체득하고 있었으나, 하야토의 실력을 아는 관리들에게 실수는 없었다.

달아날 수 없다는 사실을 깨달았을 때, 솔숲 속은 이미 사람

의 이목구비를 알아볼 수 없을 정도가 되었다.

"하쓰."

라고 외쳤으나 어디에 있는지. 돌아서려 한 순간 밀려 넘어질 듯 떠밀렸다.

"하쓰! 하쓰."

라고 다시 외쳤다.

"할 말이 있어. 잠깐 나와봐. 묶여 있으니 괜찮아."

그래도 대답이 없었다. 그리고,

"시끄러워."

라는 목소리가 귓가에서 들려왔다. 하야토는 땅바닥에 쓰러진 채 다시 한 번 얼굴을 볼 때까지 움직이려 하지 않았으나 오랏줄의 아픔을 견딜 수가 없었다. 솔숲 속은 완전히 어두워졌다.

"두고봐, 하쓰."

"닥쳐."

라는 목소리 외에, 요시와라의 북소리만이 들려올 뿐이었다.

칸에이 무도감[1]

* (옮긴이의 말) 이 작품은 1634년 11월 7일에 실제로 있었던 카기야노쓰지의 결투(鍵屋の辻の決闘)를 배경으로 창작된 작품이다. 우선은 카기야노쓰지의 결투에 대한 개요를 설명하겠다.

카기야노쓰지의 결투란, 와타나베 카즈마(渡辺数馬)와 아라키 마타에몬(荒木又右衛門)이 카즈마의 동생의 원수인 가와이 마타고로(河合又五郎)를 이가노쿠니(伊賀国) 우에노(上野)의 카기야노쓰지에서 벤 사건. 이가고에의 복수(伊賀越の仇討ち)라고도 한다. 소가(曾我) 형제의 복수, 추신구라(忠臣蔵)의 소재가 된 아코(赤穂) 사건과 함께 일본의 3대 복수 가운데 하나.

오카야마한(岡山藩)의 한슈[2]인 이케다 타다카쓰(池田忠雄)가 총애하는 시동인 와타나베 겐다유(渡辺源太夫)를 한시[3]인 카와이 마타

---

1) 寛永武道鑑. 칸에이는 일본의 연호로 1624~1644년. 무도감은 무도의 본보기라는 뜻.

2) 藩主. 에도 시대에 커다란 세력을 가진 무사인 다이묘의 영지와 통치기구를 일컫던 말인 한(藩)의 주인이라는 뜻으로 영주.

고로가 연모하여 관계를 종용했으나 거절당하자 마타고로는 화를 참지 못하고 칸에이 7년(1630) 7월 11일에 겐다유를 살해해버렸다. 그리고 한에서 탈주한 마타고로는 에도로 들어가 하타모토인 안도 지에몬 마사요시(安藤次右衛門正珍)의 집에 숨었다. 격노한 타다카쓰가 막부에 마타고로를 넘겨달라고 요구했으나 안도 지에몬은 동료 하타모토들과 결집하여 이를 거절했다. 이것이 토자마다이묘[4]와 하타모토의 체면을 건 싸움으로 번졌다.

그러던 칸에이 9년(1632)에 타다카쓰가 천연두로 급사했다. 참으로 분했던지 죽음에 임해서 마타고로를 베어달라는 유언을 남겼다. 아들인 미쓰나카(光仲)가 아버지의 뒤를 이어 한슈가 되었는데 이케다 가는 이나바노쿠니(因幡国)의 톳토리(鳥取)로 영지가 바뀐다. 이는 막부에서 양쪽을 모두 처벌하여 사건을 매듭짓기 위한 조치였으며, 하타모토들에게는 근신과, 마타고로의 에도 추방을 결정했다. 그러나 겐다유의 형인 와타나베 카즈마는 복수를 하지 않으면 안 될 입장에 내몰렸다. 전국시대의 관습에 의하면 형이 동생의, 부모가 자식의, 주군이 가신의 원수를 갚는 것은 이례적인 일이었으나 이번 복수는 세상을 떠난 주군 타다카쓰의 유언에 의한 복수라는 의미도 포함하고 있었다. 카즈마는 새로운 주군을 따라 바뀐 영지로 가지 않고 복수를 위해 한에서 도망쳐 나왔다.

검술에 미숙한 카즈마는 매형이자 코오리야마한(郡山藩)의 검술사

3) 藩士. 한에 속한 무사.
4) 外様大名. 에도 시대의 다이묘 가운데서 토쿠가와 씨의 핏줄이 아니거나, 대대로 토쿠가와 가문을 섬기던 집안이 아닌 집안 출신의 다이묘를 일컫던 말.

범인 아라키 마타에몬에게 도움을 청했다. 카즈마와 마타에몬은 마타고로의 행방을 찾아 돌아다니다 칸에이 11년(1634) 11월에 마타고로가 옛 코오리야마한의 한시였던 자의 집에 숨어 있다는 사실을 알아냈다. 그 한시의 집은 나라(奈良)에 있었는데 위험을 느낀 마타고로는 다시 에도로 달아나려 했다. 카즈마와 마타에몬은 마타고로가 이가지(伊賀路)를 지나 에도로 향하려 한다는 사실을 알고 도중인 카기야노쓰지에서 잠복하기로 했다. 마타고로 일행은 마타고로의 숙부이자 이전에 코오리야마한의 검술사범이었던 카와이 진자에몬(河合甚左衛門), 매제이자 창의 명인인 사쿠라이 한베에(桜井半兵衛) 등이 호위를 위해 동행하는 등 총 11명이었다. 매복을 하고 있던 쪽은 카즈마와 마타에몬과, 그의 제자인 이와모토 마고에몬(岩本孫右衛門), 카와이 부에몬(川合武右衛門) 네 사람.

11월 7일 이른 아침, 매복이 있는 줄도 모르고 카기야노쓰지를 지나려던 마타고로 일행을 카즈마, 마타에몬 등이 습격하여 결투가 시작되었다. 마고에몬과 부에몬이 말 위에 있던 사쿠라이 한베에와 창을 들고 있는 그의 부하를 공격하여 창이 한베에의 손에 들어가지 못하도록 했다. 마타에몬은 말 위에 있는 카와이 진자에몬의 다리를 베고 그가 말에서 떨어지자 그의 목숨을 빼앗았다. 마타에몬은 뒤이어 마고에몬과 부에몬이 상대하고 있던 사쿠라이 한베에를 쓰러뜨렸다. 이때 부에몬이 칼에 맞아 목숨을 잃었다. 의지하고 있던 카와이 진자에몬, 사쿠라이 한베에가 목숨을 잃자 마타고로 측은 전의를 상실하여 달아나버리고 말았다.

달아날 기회를 놓친 마타고로는 카즈마, 마타에몬 등에게 둘러싸이고 말았다. 마타고로를 쓰러뜨리는 것은 카즈마의 역할이었는데 이 두 사람은 검술에 익숙하지 못했기에 장장 5시간이나 결투를 벌였으며 카즈마가 간신히 마타고로에게 상처를 입혔고, 마타에몬이 최후의 일격을 가했다.

1

사쿠라이 한베에는 제자를 지도하며,

'내가 왜 결투를 도와줘야 하는 거지?'

라고 그 이유를 생각했다. 힘차게 찌르며 들어오는 제자의 창끝을, 과연 수련된 신경으로 반사적으로 피하며 목소리만은 커다랗게,

"이얍."

하고 내질렀으나 평소와 같은 날카로움은 제자가,

'몸이 안 좋으신 걸까?'

라고 생각했을 정도로 찾아볼 수 없었다. 그리고 도장의 가장자리에 서서, 혹은 앉아서 서로 속닥이거나 땀을 닦고 있는 제자들을 보면,

'내 얘기를 하고 있는 게 아닐까?'

라거나,

'나를 비난하고 있는 거나 아닌지.'

라는 생각을 하게 되었다. 그리고 그런 의심을 제자들에게까지 품게 된 마음의 비열함을,

'소갈머리하고는…….'

하며 스스로 꾸짖었으나, 그렇다면 어떻게 해야 좋은 건지, 그건 알 수가 없었다.

'카와이 마타고로의 매제이니 결투를 도와야 한다. 왜냐하면 아무런 인연도 없는 하타모토들까지 저렇게 원조를 해주고 있는데 인연이 있는 자가 나서지 않는다는 건 도리가 아니기 때문이다. —그럴 듯한 말이야. 하지만 마타고로가 살해한 건 카즈마의 동생인 겐다유잖아. 동생의 원수를 갚아도 된다는 법은 어디에도 없어. 만약 아라키와 카즈마가 이 법을 무시하고, 마타고로를 친다면 함부로 사사로이 싸움을 벌인 죄로 처분을 받지 않으면 안 되며, 이 명백한 사실을 알면서도 조력자로 나선 나도 처분을 받지 않을 수 없어. 그렇게 되면 주군께 무슨 말로 변명을 한단 말이지?'

미노노쿠니(美濃国) 토다 사몬 우지카네(戸田左門氏鉄)의 창술 사범으로 2백 섬을 받고 있는 한베에였다.

하타모토와 이케다의 커다란 싸움으로 번졌는데, 이케다 공이 급사하고 마타고로가 에도에서 쫓겨났다는 소문이 세상에 퍼졌을 때 가신들은,

"한베에가 조력자로 나설까?"

"그야 하타모토들을 봐서라도 나서지 않을 수 없을 거야. 타인인 하타모토들조차 그렇게까지 했는데 조력자로 나서지 않고 마타고로를 그냥 죽게 내버려둔다면 무사로서의 체면이 서지 않을 거야."

라고 말했다. 그러나 우지카네나 그 외의 중신들은,

"함부로 나서서는 안 되네."

라고 말했으며 카로는 한베에를 불러,

“그 사건이 단순한 복수라거나 주군의 뜻을 받아 원수를 갚는 것이라면 조력자로 나서든 말든 전혀 상관없는 일이네만, 로주까지 처치에 애를 먹고 있으며, 이케다 공을 독살했네 아니네, 소문이 무성한 사건일세. 막부조차 이처럼 쩔쩔매고 있는데……, 원만하게 일을 마무리 지으려 하고 있는데 함부로 조력자로 나서서 일을 커다랗게 만들어서는 쇼군의 심기를 건드릴 우려가 있네. 우리 집안에 어떤 처분이 내려질지 알 수 없는 일일세. 알겠는가? 이는 매우 신중하게 생각해야 할 일이니, 집안사람들이 뭐라고 하든 조력자로 나서서는 안 된다고 거듭 말해두고 싶네.”

라고 말했다. 그러나 한베에는 집안사람들이 자신에 대해서 하는 말을 들으면 무예 연습을 할 때조차 생각에 잠기지 않을 수 없었다.

2

성 안 광장의 구석에 마련되어 있는 수련장에서 중역들에게 한두 수 훈련을 시킨 뒤, 야간 파수병들이 모여 있는 방의 마루로 접어들었을 때,

“아라키가 쇼군 앞에서 행해진 시합[5]에 나섰다니……, 그렇

5) 아라키가 시합에 참가했다는 것은 민간에 내려오는 허구의 이야기를 소설의 재료로 삼은 것이다.

게 솜씨가 좋은가?"

한 사람이 기둥에 기대어 팔짱을 낀 채 커다란 목소리로 말했다. 한베에는 그 말이 귀에 들어오자 지긋지긋하다는 생각과 함께 가벼운 분노가 일었다.

'집안사람들 모두 나 한 사람만을 괴롭히고 있어.'
라는 식으로 느껴졌다. 그리고 열려 있는 방문으로 얼굴을 내밀며,

"다들 모였는가?"
라고 약간 얼굴이 창백해져서 안으로 들어갔다. 사람들은 한베에를 올려다본 채 한동안 말이 없었는데, 한베에가 자리에 앉자마자 한 사람이,

"여쭙고 싶습니다만."
하며 돌아보았다.

"뭘?"

"쇼군 앞에서 행해진 시합에 아라키 마타에몬이 참가했다고 하던데, 어째서 아라키 같은 시골 무사가 쟁쟁한 참가자들 사이에 끼게 된 겁니까? 제스이켄(是水軒)도 이치덴사이(一伝斎)도 잇신사이(一心斎)도 천하의 고명한 검객인데 코오리야마한의 사범으로 기껏해야 200섬을 받는 아라키가 어째서 그 존귀한 시합에 참가하게 된 건지 이해가 되지 않습니다."

"솜씨가 뛰어나기 때문이겠지."
라고 한 사람이 말했다. 한베에가,

"그도 그렇지만 아라키는 야규 무네노리(柳生宗矩) 나리의 제자로 마타에몬이라는 타지마노카미(但馬守) 나리의 통칭을 물려받았을 정도의 애제자이고, 또 예의 카와이 마타고로 사건의 조력자로 나서기도 했으니, 일생의 영광스러운 자리이기에 이번 생의 추억으로 삼기 위해 아라키도 나서고 싶었던 거고 타지마 나리도 내보내고 싶었던 거겠지."

"그렇군. 그런 사정이 있을지도 모르겠어. 상대는 미야모토 무사시[6]의 아들인 하치고로(八五郎)였다고 하던데 그는 검술이 뛰어납니까?"

"무사시가 기꺼이 양자로 들인 자라면 더 말할 필요도 없겠지."

"그럼 승부는?"

"그건 모르겠네."

"200섬으로 나리도 200섬이시니, 녹봉으로 따지자면 별 차이가 없을 듯한데 역시 다른 걸까? 참으로 실례되는 질문입니다만, 만약 아라키와 맞선다면 나리와의 승부는?"

한베에는 굳은 미소를 지으며,

"그때의 운."

이라고 한마디로 대답했다. 너무나도 무례한 질문에 분위기가

6) 宮本武蔵(1584~1645). 에도 시대 전기의 검객으로 니토류(二刀流)의 창시자. 60여 차례의 시합에서 단 한 번도 진 적이 없는 전설적인 검객. 병법전서인 『오륜서』를 집필했다.

싸늘해져 사람들이 입을 다물고 있자니 한베에가,

"허풍을 떠는 듯하지만 창을 잡는다면 대등하게 맞설 수 있을 것이네."

이렇게 말하고 자리에서 일어났다. 질문을 했던 자가 허둥지둥,

"사쿠라이 나리, 마음에 담아두지 마시기를."
이라고 외쳤으나 한베에는 이미 마루로 나서 있었다.

'같은 200섬. 아라키와 나……. 하지만 아라키는 쇼군 앞에서의 시합에 나서서 검사 평생의 영광스러운 승부를 펼쳤고, 나는 이 시골에서 평생 시골 무사들의 사범으로 썩고 말 거야.'

이런 생각이 들자 견딜 수 없이 불쾌해서, 걷고 있는 좌우의 집들도, 나무들도, 공기도, 모든 것이 지긋지긋해졌다.

'마타고로 따위는 어떻게 되든 상관없어. 아라키와 나를 비교해서 내가 그렇게 뒤떨어지는지 어떤지? 자만하는 건 아니지만 나도 한 유파의 비법을 전부 익힌 몸이야. 아라키도 물론 달인일 테지만 그 기술의 차이는 종이 한 장. 내가 베든 베이든 간단하게 지지 않을 만큼의 자신은 있어. 마타고로에게 힘을 보태네 마네 하는 건 그 다음 문제야. 200섬과 200섬. 같은 녹봉을 받고 있는데 한쪽은 쇼군 앞에서 그 검술을 내보였고, 나는……, 나는 그 시합에 뽑히지도 못했는데 아라키와 같은 녹봉을 받고 있어. 조금 삐딱하게 보자면 나리를 속이고 있는 셈이야. 녹봉 도둑이야. 그래, 내가 아라키에 비해서 그렇게 솜씨가

떨어지는지 어떤지, 아라키와 승부를 겨루어보자. 무예를 남에게 가르치는 자로서 지금의 한마디는 그냥 들어넘길 수 없어. 승부에서 진다면 그건 200섬을 받을 실력도 없으면서 200섬을 받은 것에 대한 벌이야. 이긴다면……?'

벌써 땅거미가 지려하는 거리 속을, 초겨울이기에 킨카잔(金華山)에서 불어오는 세찬 바람이 휩쓸고 있는 속을, 집 쪽으로 서둘러 걸었다.

'아내가 가엾기는 하지만 어쩔 수 없는 일이야, 무사의 자존심이 걸린 일이니. 남들에게는 말할 수 없는 한베에 한 사람만의, 그러나 참을 수 없는 자존심이야.'

한베에의 머릿속은 열기를 띠고 있었다. 참을 수 없을 정도로 불쾌한 힘이 몸 속에서 넘쳐나고 있었다.

'내일 아침에라도 떠나야겠군. 한시도 참을 수가 없어.'

라고 느꼈다. 그러나 집의 대문이 시커멓게 보임과 동시에,

'아내가 놀라겠지.'

라는 생각이 들자 가슴속에 딱딱하게 막히는 듯한 것이 있었다.

3

아내 리에(里恵)는 황혼이 다가오고 있는 어두컴컴한 툇마루로 나와서 무엇인가 바느질을 하고 있었다. 현관에서 남편을 맞이하는 하인의 목소리가 들려오자 바느질감을 벽장에 넣고 마루로 나서려한 순간 거기에 벌써 남편의 모습이 있었다.

"어서 오세요."

리에는 이렇게 말하고 남편의 얼굴을 힐끗 보았는데, 남편의 표정은 평소와 같은 듯했다.

'오늘도 됐어.'

리에는 남편의 성격을 알고 있었기에 언제 조력자로 나서겠다고 말할지 알 수 없는 일이라며 한편으로는 두렵기도 하고 다른 한편으로는 체념하고 있기도 했다. 체념할 수 없는 마음을 체념하려, 남편 주위에서 일어나고 있는 소문을 들은 날부터 한베에와 똑같이, 아니 한베에 이상으로 마음속에서 남편과 헤어질 날을 생각하며 괴로워하고 있었다.

그 헤어짐은 생이별이자 사별이기도 했다. 토다 집안의 실력자로 카이도[7]에까지 이름이 알려진 남편이 마타고로의 매제라는 이유만으로, 자신과 연을 맺었다는 이유만으로 생사를 알 수 없는 여행에 나서면…….

리에는 마타고로의 여동생이었으나 마타고로를 좋은 오빠라고는 생각지 않았다. 리에에게 있어서 오빠와 남편을 비교하는 것은, 타인과 자신을 비교하는 것과 다를 바 없는 일이었다. 외아들로 부모님의 사랑을 독차지했던 버릇없는 오빠, 세 자매 가운데 둘째로 누구보다 가장 귀찮은 존재로 여겨져 얼른 시집이나 가라는 듯 한베에에게 시집을 보내버렸던 기억.

---

7) 海道. 일본의 옛 행정구역으로 지금의 토쿄 지방을 포함하고 있는 지역.

여러 가지 일들을 떠올려보아도 자매들 사이에는 얼마간의 친밀함이 있었으나 오빠인 마타고로에게서는 아무것도 느낄 수가 없었다. 아니, 겐다유를 죽이고 달아났다는, 칼집을 잊고 달아났다는 이야기를 들었을 때는 남편 앞에서 아무런 말도 할 수가 없었다. 세상의 평범한 남편이라면,

"형님도 참 골칫덩이군."

하고 불편한 기색 한 번쯤은 내비쳤을 테지만, 한베에는,

"뱃놀이라도 갈까?"

라며 리에의 마음을 살펴 바람을 쐬게 해주려 데리고 가주었고, 마타고로에 대해서는 단 한마디도 입에 담지 않았다.

그런 남편을 두고 오빠를 돕지 않으면 안 된다고 집안사람들이 이야기하는 것은, 리에에게 이중의 고통이었다. 남편과 헤어져야 한다는 슬픔, 그리고 그런 오빠를 위해서 그런 일을 하지 않으면 안 되는 사무라이의 의리와, 마타고로의 동생이라는 괴로움.

'남편은 틀림없이 오빠를 돕겠다고 나설 거야.'

리에는,

'나와 얽혀 있는 의리? 그건 또 무슨 소리지? 나는 오빠를 오빠라고 생각하고 있지 않고, 도움은커녕 오빠의 목을 베는 것이 남편의 공이 된다면 오빠를 베어도 좋다고까지 생각하고 있는데, 그런 동생에게 얽혀 있는 의리라니. 나는 그런 의리 따위 조금도 생각하고 있지 않은데……. 그런데도 남편이 내게

의리를 지켜야 한다고? 물론 세상의 눈도 있기는 하겠지만……. 체면, 무사의 의리, 그런 게 다 뭐야.'

리에는 오빠인 마타고로가 번듯한 사내였다면 자신이 먼저 남편에게 조력자가 되어달라고 말했을지도 몰랐으나, 그런 말조차 하기 싫을 만큼의 커다란 반감. 그런데도 그런 동생에 대한 의리를 지켜야 한다고 말하는 세상…….

'정말 이해할 수 없는 세상이야.'

리에는 이렇게 생각했으나, 그래도 무사의 딸이었다. 아니, 한베에의 아내였다. 그녀는 집안에 대한 남편의 체면을 위해서 언제라도 출발할 수 있도록 여행에 필요한 물건들을 새로이 장만하며……, 그러나 울고 있었다.

4

"리에."

이렇게 말한 남편의 눈, 남편이 말투, 그리고 더없이 단정하게 앉은 앉음새에 리에는,

'오늘은?'

이라고 생각한 것만으로도 벌써 가슴속이 딱딱하게 굳어버리고 말았다.

"마타고로 나리를 돕기 위해 떠나겠소."

리에는 고개를 숙였다.

"집안사람들이 하는 얘기는 이미 들었으리라 생각하오. 하

지만 나는 그런 말들 때문에, 그런 말들에 떠밀려서 마지못해 조력자로 나서려는 게 아니오. 형식적으로는 조력자이지만, 아라키 마타에몬이라는 자와 대결을 해보고 싶기에 나서려는 것이오. 당신에게만은 솔직히 말하겠는데 아라키도 코오리야마에서 200섬, 나도 200섬. 그런 아라키가 당신도 아실 테지만, 일전에 쇼군 앞에서 행해진 시합에 나섰었소. 같은 200섬인데 쇼군 앞에 나설 수 있는 자와 나서지 못하는 자 사이에 얼마만큼의 차이가 있는지 그것을 천하에 내보이고 싶소. 마타고로의 조력자라는 건 세상을 향한 무사로서의 체면치레에 불과하오. 나는 그럴 마음이 들지 않으며, 거절하기에 아주 좋은 구실도 있소. 그저 형식에 얽매여서 나가고 싶지도 않은데 집안의 버러지 같은 자들의 평판 때문에 나설 만큼 소심한 사람도 아니오. 하지만 같은 200섬이라도 쇼군 앞에서 벌어진 시합에 나선 200섬과 나서지 못한 200섬 사이에는 커다란 차이가 있을 것이라는 말을 들은 것은 뜻밖이었소. 나는 나의 가치를 주군께 보여드리지 못한다면 두 번 다시는 200섬을 받을 수가 없소. 또 지금 나서지 않아서, '한베에 놈 꼴 좀 보라지. 아라키가 쇼군 앞에서의 시합에 나설 만큼 강하기 때문에 같은 200섬을 받고 있으면서도 겁을 먹고 나서지 않는 거겠지.'라는 말을 듣게 된다면 참으로 분할 것이오. 누가 뭐라고 해도 이번만은 내 스스로가 나서기로 하겠소. 당신도 각오를 해주시오."

리에가 당장에라도 눈물이 떨어질 것 같은 눈을 아래로 향한

채 말없이 일어서더니 벽장 문을 열었다. 그리고 보따리 하나를 꺼내와서는,

"여행을 위한 채비를 해두었습니다."

라고 말하자 눈물이 줄줄 흘러내렸다.

"오빠를 돕기 위해서 나서는 것이라고 말씀하셨다면, 한 번쯤은 만류할 생각이었습니다. 하지만 저의 각오를 보여드리기 위해서, 여기 이렇게……."

라고 말하며 보자기를 풀자 도롱이, 가반, 길을 갈 때 입을 옷들이 마련되어 있었다.

"언제 길을 나선다고 하실지, 매일매일 그것만……."

한베에는 아내의 눈물을 물끄러미 바라보고 있었다.

"집에 오셨을 때의 안색, 출타하실 때의 안색, 그것만을 살폈으며, 집에 안 계실 때에는 길 떠날 채비를. 지금도 여기서 하라마키[8]를 짓고 있었습니다만, 미련스러울지 모르겠으나 이것이 이번 생에서의 마지막이라고 생각하면 살아 있는 것도 덧없이 여겨집니다. 그러나 무사의 아내로서 언제든지 떠나실 수 있도록 채비만은……."

이라고 말하고 솜을 둔 속옷, 누빈 모모히키[9], 그리고 자리에서 일어나 하라마키와 부적을 안에 넣고 꿰맨 것을 가지고 와서는,

"뜻하신 대로 아라키에게 승리하시길 바랍니다. 그리고……,

---

8) 腹卷. 걷기 편하게 만든 간편한 갑옷.

9) 股引. 통이 좁은 바지 모양의 옷.

그리고…….”

여기까지 말하더니 흐느끼기 시작하며 소매에 얼굴을 묻었다. 헤어지기 싫은 애착의 마음을 무사의 아내로서 훌륭하게 다스리고 있는 젊은 리에의 울고 있는 모습을 보자 한베에는 왠지 모르게 마타고로가 미워서 견딜 수가 없었다.

‘자신이 사람을 죽였으면서 자신의 목숨을 구하기 위해 이 죄 없는 여동생을 이런 처지로 내몰고, 나까지도 생사의 갈림길에 서게 하다니…….’

라는 생각이 들자, 형식적으로는 명백하게 마타고로를 도우러 가는 것이었으나 경멸과 분노가 마음속에서 솟아올랐다. 그리고,

‘나는 나를 위해서 가는 거야. 마타고로를 위해서 가는 게 아니야. 너처럼 비겁한 놈을 도와줄 사람은 아무도 없어.’

라고 생각했다.

5

언제, 어디서 적을 만나 벨지 베일지 알 수 없는 남편의 몸이었다.

불단 앞에는 언제나 새 촛불이, 그리고 공양물이 아름답게……. 단지 그 가운데 하나, 섬뜩한 느낌을 주는 것은 얇은 비단 위의 종이 속에 있는 머리카락이었다.

“마님, 우치야마(内山) 나리께서 오셨습니다.”

"어머……."

카로가 찾아왔다는 말에 서둘러 객실을 준비케 한 리에에게,

"아니, 신경 쓸 것 없소."

라며 벌써 마루에서 목소리가 들리더니 우치야마가 들어왔다. 그리고,

"오오."

하고 웃었다. 리에가 두 손을 바닥에 대고 인사를 하려 하자,

"바쁘니, 그대로, 그대로."

라고 말하고 선 채로 정원을 바라보며,

"기쁜 소식을 전하러 왔네. 사실은 말이지."

"네."

손을 바닥에 댄 채 얼굴을 들자,

"성 아래마을에 아라키 마타에몬이 카즈마와 함께 왔었네."

"네?"

리에는 얼굴빛을 바꾸었다.

"찻집에서, 그리고 여관에서 여러 가지로 한베에에 대해서 묻고는 바로 길을 떠난 듯한데, 여관 사람의 말에 의하면 아라키도 한베에의 창을 상당히 두려워하고 있는 듯하네. 몇 번이고 거듭 창의 길이네, 날의 길이네, 주로 쓰는 무기는 밋밋한 창인지, 미늘이 달린 창인지, 여러 가지로 묻고 갔다는 얘기일세. 에도에서 내려온 길이겠지. 한베에는 이름이 알려진 실력자이기에 아라키도 미리 탐색을 하러 왔던 모양일세. 쇼군 앞에서

펼쳐진 시합에서 미야모토 하치고로와 맞섰을 정도의 용사가, 물론 무사의 기본 소양이라고는 하나 한베에에 대해서 물으러 왔다는 건 무사의 자랑일세. 한베에가 있었다면 시합을 한 판 붙였을 텐데 서둘러 떠났다고 하니……."

"아라키 나리라는 걸 어떻게 아셨는지요?"

"카즈마가 천하의 미남으로 바로 알 수 있었기에 뒤를 따라가게 했으나 한 걸음 늦었네. 아라키 정도의 무사가 조심을 할 정도이니 한베에에게는 명예로운 일일세. 혼자서 외로울 테지만 낙담하지 말고 기다리도록 하게. 하고 싶은 말은 이것뿐일세."

"저기, 차라도 한잔."

우치야마의 뒷모습에 이렇게 말했으나 우치야마는,

"다음에 또 오겠네."

라며 손을 들고는 마루를 성큼성큼 걸어서 현관을 나가버리고 말았다. 마루 끝에 서서 우치야마를 보내고 난 리에는,

'아라키 정도의 무사가……, 라고? 그건 명백히 남편보다 아라키를 강하다고 생각하고 있기에 나온 말이야. 남편은 그 사실에 분노하여 나간 것인데……'

라는 생각이 들자 카로에게 화가 나기 시작했다.

'기쁜 소식을 알리러 왔다더니……, 남편보다 아라키가 훌륭하다는 사실을 알리러 온 것뿐이잖아. 하지만 아라키 나리가 남편에 대해서 물으러……'

남편이 가담했다는 말을 듣고 남편을 커다란 적이라 생각하여 정보를 얻기 위해 왔었다는 마타에몬을 생각하자, 남편을 죽이려는 적이라는 느낌보다 남편을 이해하고 알아주는 사람이라는 느낌이 들어 어딘가 친밀감까지 느껴졌다.

6

마타고로는 나라의 테가이(手貝)에 있는 카와이 진자에몬의 임시 주거지에 몸을 숨기고 있었다.

에도에서 히로시마(広島)로, 히로시마에서 오오사카와 나라로, 자신의 몸을 숨기기에 정신이 없었던 마타고로는 볕에 그을어서 새까만 얼굴을 하고 있었다. 한베에에게는 그것이 가엾다기보다는 한심하게 보였다. 그리고 그것은 마타고로의 숙부인 진자에몬도 마찬가지였다. 진자에몬은 한베에가 녹봉까지 포기하고 가담해준 것을 보고는 마타고로에게,

"네놈이 구차하게 도망을 다니기에 여러 사람이 피해를 보지 않느냐."

라고 웃으며 말했다. 그리고,

"하타모토의 체면, 하타모토가 그렇게까지 도와주고 감싸주었으니 그 체면을 생각해서라도 이케다에게 간단히 목을 넘겨줄 수 없어서 몸을 숨기는 것은 이해할 수 있는 일이다만, 이리저리 도망다닌다는 건 꼴사나운 일이다. '카와이 마타고로 숙박'이라고 푯말이라도 세워두고 만약 이케다 쪽 사람들이 습격

하여 혹시 목숨을 잃는다 할지라도 맞설 수 있을 때까지 맞선다면 무명(武名)이 후세에까지 남을 테지만, 이놈에게는 그럴 각오가 없으니."

"죽기보다는 살아 있는 편이 더 재미있으니까요. 마타고로, 요즘의 젊은 사무라이들은 무사의 체면보다 돈과 여자와 장수 쪽을 더 중히 여기게 되었네. 시대의 흐름인 듯해."

라며 한베에는 웃었다. 그리고,

"카와이 나리와 아라키는 같은 한 사람이신데, 아라키의 솜씨는 어떤지, 또 어떤 사람인지……."

"녀석, 타지마가 아끼는 자로 이번에도 명예로운 시합에 나서기는 했으나 실력은 그다지……. 나보다 뛰어나다고는 생각지 않소. 만약 당장에라도 녀석을 만난다면 승부는 그때의 운에 따라 갈릴 것이라 여겨지오. 종이 한 장 차이라 여겨지오. 반드시 이길 것이라고는 말할 수 없으나 반드시 질 것이라고도 말할 수 없을 듯하오. 인물됨은……, 대체로 괜찮다고 해야 할지, 나보다 시세에 밝다고 해야 할지. 나는 이 녀석이 혼자 에도에서 쫓겨났다는 말을 들은 순간 힘을 보태야겠다고 생각했기에 주군께 자리에서 물러나겠다고 바로 말씀을 드렸으나, 무슨 생각을 한 것인지 아라키 놈은 시일이 꽤 지난 뒤까지도 자리에서 물러나지 않았소. 그 사이에 여러 가지로 생각을 한 모양이니 나보다는 분별력이 있는 건 아닌지. 아하하하하."

마타고로가 한베에에게,

"숙부님께서는 옛날 무사 기질이라고 해야 할지, 옹고집이셔서 왠지 아라키의 계략에 걸려들 것 같다는 생각을 지울 수가 없소. 코오리야마한의 사람들에게 물어보아도 실력은 숙부님이나 아라키나 비슷하지만, 인기는 아라키 쪽이 훨씬 더 높은 듯하오. 그 높은 인기의 비결은, 훈련을 시킬 때도 상대방의 실력에 따라서 강도를 적당히 조절해야 하는 법이오. 그런데 숙부님께서는 오로지 강훈련만 시키신다고……."

"그렇게 해야 한다. 나의 강훈 하나 견디지 못하는 녀석이 만일의 일이 벌어졌을 때 주군을 위해서 활약할 수 있을 듯하냐? 아라키에게 훈련을 받아 서툰 솜씨가 조금 좋아졌다고 해도 그런 훈련을 받은 검술은 진검승부 때 아무런 도움도 되지 않는다. 검술이란 단순히 죽도에만 능하면 다가 아니다. 경우에 따라서는 물이나 불 속으로까지 뛰어들 배짱을 키우지 않으면 안 되는 것이다. 너는 그런 배짱이 누구보다도 없다."

한베에는 아라키의 훈련법을 알 수 있을 듯한 느낌이 들었다. 진자에몬은 자신의 솜씨만 믿고 적을 알려 하지 않지만, 아라키는 자신을 알고 적까지도 알려 하는 것이라고 생각했다.

"한베에가 와주었으니 이런 곳에서 시간을 허비할 필요 없다. 얼른 에도를 향해 떠나기로 하자. 200섬을 받는 자의 격식에 맞게 활과 창을 세우고, 언제 아라키와 마주쳐도 맞설 수 있도록 하여 백주를 당당하게 에도로 들어가자. 혹시 서로가 맞서 승부를 가리게 되는 경우가 벌어진다 할지라도 그것이 무사다운 태도다. 할 수만 있다면 카와이 마타고로 일행이라고 써서 깃발이라도 세우고 싶으나, 그럴 수도 없는 일 아니오, 한베에."

진자에몬은 다시 커다랗게 웃었다.

7

말은 서릿발을 사각사각 밟으며 허연 콧김을 길게 내뿜었다. 나가타바시(長田橋)의 가교 위로 접어들었을 때,

"한베에, 기다리게, 기다려."

라고 진자에몬이 뒤쪽에서 외쳤다. 한베에가 돌아보자,

"추워서 견딜 수가 없으니 옷을 한 벌 더 걸쳐야겠네."

라고 외친 뒤 말을 멈췄다. 한베에는 고개를 끄덕였으나,

'방심할 때가 아니건만.'

이라고 생각했다. 추운 아침이었기에 모두가 두꺼운 옷을 입고 있었다. 거기에 다시 옷을 겹쳐 입으면 만약의 사태가 벌어졌을 때 마음대로 움직일 수 없으리라 생각했으나 아라키 일행이 어제부터 보이지 않았기에 한베에는,

'추위를 견디기 어렵겠지. 카와이도 벌써 마흔이 넘었으니…….'

라고 생각하며 정면에 있는 우에노 거리와 자신들이 온 쪽에 있는 산과 밭을 둘러보았다.

'무예도 마흔을 넘으면 얼마간 내리막을 걷게 되는 걸까? 추위가 저렇게까지 몸에 스미는 만큼 젊었을 때보다 쇠한 걸

까? 아니, 전부 수양에 달린 거겠지. 60이 되어서도 겹옷 한 벌로 견디는 사람도 있으니까.'

한베에는 진자에몬도 상당한 실력을 가진 사람이라고는 생각했으나, 그 머리나 뱃심에 있어서는 아라키 쪽이 뛰어나다고 판단하고 있었다. 그리고,

'나는 나 혼자서 싸울 뿐이야. 그 누구에게도 의지하지 않을 거야.'

라는 마음이 들자 진자가 옷을 겹쳐 입는다고 비평을 가한 것도 잘못한 일인 듯 여겨졌다.

'다른 사람이 무엇을 하든 나는 나 혼자야.'

이렇게 생각하고 말을 천천히 움직이기 시작한 순간,

"잠깐 기다리시오."

라고 진자가 외쳤다. 그리고,

"나이를 먹으면 추위에만은 견딜 수가 없소."

라고 말했다.

일행의 가장 앞에는 말에 탄 오오사카의 일반 백성으로 마타고로의 매제인 토라야 고자에몬(虎屋五左衛門)이, 다음으로 한베에가 창을 든 부하와 하인과 시동 3명을 데리고 그 뒤를 이었으며, 그의 뒤편에 마타고로가 수행원 3명과 함께, 마지막으로 역시 수행원 3명을 데리고 있는 진자에몬이 창을 세우고 장식용 화승총에 활과 화살을 가지고 각각 그 녹봉에 어울리는 격식으로, 이른바 무사 집안임을 내보이며 우에노의 오다초(小田町)

로 접어들었다.

길 끝에 높다란 돌담이 있고 그 위에 집이 있었다. 오른쪽으로는 토우세토우게(塔世坂)의 급한 언덕길이 곧장 읍내로 이어졌으며, 왼쪽은 좁은 골목길을 지나 성의 뒷문으로 나서는 길이었다.

그리고 이 세 갈래 길 좌우의 모퉁이에서는 열쇠가게와 만물상과 다실 2채가 나그네들을 맞아들이고 떠나보내고 있었다(오른쪽 모퉁이가 열쇠가게였다는 설도 있다. 지금 거기에는 새로이 카즈마 다실이라는 것이 생겼다).

8

한베에가 만물상 모퉁이를 오른쪽으로 접어든 순간, 왼쪽 돌담의 나무 뒤편에 서 있던 사무라이가 달려나왔다. 하얀 머리띠를 두르고 상의 옷자락 옆의 터진 곳을 걷어 아귀에 지르고 있었다. 한베에가,

'아뿔싸.'

싶은 순간 뒤쪽에서 날카로운 기합소리가 들려왔고, 동시에 우와아 혼비백산한 사람의 목소리가 솟아올랐다.

"키스케(喜助)!"

라며 한베에는 손을 뻗어 창을 들고 있는 부하로부터 창을 넘겨받으려 했다. 그리고 창을 든 부하가,

"네."

라고 대답하며 창을 한베에 쪽으로 내민 순간,

"앗!"

그 달려나온 사내가 창을 든 부하를 향해 칼을 휘둘렀다. 부하가 그 칼을 피하는 바람에 창의 자루는 한베에의 손에서 멀어졌다.

"키스케!"

한베에가 이렇게 외치며 뒤편과 옆을 살핀 순간 오른쪽 나무 사이에서 달려나온 사무라이가 칼을 빼들고 한베에를 노려보며 조금씩 다가왔기에 한베에는 창에 마음을 빼앗긴 채 말에서 뛰어내려 칼을 뽑아들고 창을 든 부하를 향해,

"어서 창을."

이라고 외치면서 다가오는 사무라이 쪽으로 칼을 향했다. 그리고,

'아라키는 진자와 싸우고 있는 거겠지. 진자도 간단히는 당하지 않을 거야. 하지만 진자가 아라키를 베는 건 내가 바라던 일이 아니야. 내가 센지 아라키가 센지, 나는 그 승부를 위해서 나선 거야.'

한베에는 얼른 이 부하들을 베고 아라키와 승부를 가리고 싶었다. 그랬기에,

"이 무례한 놈들!"

이라고 외치고 조금씩 거리를 좁혀갔다. 칼을 쥐었음에도 상대방과는 커다란 격차가 있었다. 상대방이 시뻘게진 얼굴로 입술

을 씹으며, 그러나 기합소리조차 내지 못하고 슬금슬금 뒷걸음질 치며, 하지만 필사의 일격을 가하기 위해 칼끝을 들어올리려 한 순간 한베에가,

"이얍!"

칼을 휘둘러 상대방을 피하게 한 뒤, 두 번째 칼로 어깨를 베자 상대방은 비틀거리며 3, 4자나 뒤로 물러났다. 한베에는,

'창을 잡아야 해. 창을 잡지 못하면 맞설 수가 없어. 창이야, 창을 쥐어야…….'

이제 진자 쪽에서는 아무런 소리도 들려오지 않았다.

'승부가 난 걸까? 그도 아니면…….'

이라고 생각하며 창을 든 부하 쪽을 돌아보았는데 벌써 구경꾼들이 언덕 위에, 나무 뒤에, 돌담 위에 시커멓게 몰려 있었다. 그리고 창을 든 부하는 필사적으로 창을 휘두르며 한베에에게 창을 건네주려 상대방의 빈틈을 엿보고 있었으나, 상대방은 칼로 창을 막기도 하고 피했다가는 다시 달려들려는 자세를 취하기도 하는 등, 창을 든 부하와 한베에 사이를 가로막고 있었다. 한베에는,

'아라키가 나의 창을 두려워하여 내가 창을 쥐지 못하도록 하라고 명령한 모양이군.'

이라고 판단했다.

"비겁한 놈!"

이라고 뒤편에서 목소리가 들려왔다. 뒤를 돌아보니 어깨에

칼을 맞아 벌써 창백해진 얼굴로 칼끝이 자꾸만 내려가려는 것을 억지로 버티며,

"달아날 생각이냐!"

라고 한베에를 향해 외쳤다. 그렇게 버티고 선 채 숨을 헐떡이고 있었다.

'딱하게도……. 이 두 사람이 나를 붙들어두기 위해 달려든 거야. 아라키가 작전을 잘 세웠군. 나는 아라키의 작전에 말려든 거야. 지금 여기로 아라키가 온다면 나는 나의 주무기가 아닌 칼로 싸워야만 해. 창이야, 창이 아니고서는……'

주군의 명예를 위해서, 아내의 뜻을 위해서, 나의 무도를 위해서…….

'창을 쥐어야만해……'

가엾게 여겨지기는 했으나 한베에는,

"한심한!"

이라고 외치며 단칼에 베어 쓰러뜨리고, 곧 창을 든 부하와 싸우고 있는 사무라이를 향해,

"비키지 못하겠느냐!"

라고 외치며 피 묻은 칼을 치켜들었다. 그 사무라이가 한베에 쪽으로 칼을 향하자 창을 든 부하가,

"나리!"

라고 외치며 창의 손잡이를 뺀 순간,

"한베에."

목소리와 함께 커다란 발소리가 들려왔다.

'아라키다.'

라고 생각하며 한베에는 창 쪽으로 손을 뻗었다. 그러나 창은 바로 손 앞까지만 왔을 뿐 다시 멀어졌고, 창을 든 부하의 손에 의해서 마구 휘둘러지고 있었다.

"아라키다."

약간 창백해진 얼굴로 큰 키의 아라키가 길고 두툼한 칼을 쥐고 서 있었다. 한베에보다 훨씬 키가 크고 다부졌다. 하오리는 입고 있지 않았으며 머리띠를 둘러 참으로 가벼운 차림새였다. 그리고 그 입술에 희미한 여유의 미소를 띠고 있었으며, 호흡은 차분했고, 자세는 빈틈없이, 발걸음은 정확하게…….

한베에는,

'훌륭하구나.'

라고 느낌과 동시에 창을 들고 맞설 수 없다는 사실이 마음속 깊은 곳에서부터 비분이 되어 솟아올랐다.

'어째서 이러한 때에 창을 쥐지 못하는 거지? 지는 한이 있더라도, 승리를 내주어도 상관없으니 창으로 마음껏, 힘닿는 데까지 승부를 펼치고 싶어. 이 수도 없이 지켜보는 사람들 앞에서 똑같이 200섬을 받지만 쇼군 앞에서 펼쳐진 시합에 나간 아라키와 그렇지 못한 나, 둘 중에 어느 쪽이 더 솜씨가 좋은지, 어느 쪽이 더 훌륭한 태도를 보이는지, 나는 창술가로서 하다못해 마지막 승부는 창으로 마음껏 싸우고 싶어. 창이…….'

한베에는 자신이 창을 쥐지 못하도록 계략을 짠 아라키에게,

'뭐야, 소문을 듣고 겁을 먹은 게로군.'

이라고 말하고 싶었으나 그것은 입에 담을 만한 말이 아니었다. 그와 동시에 자신의 특기를 봉쇄하여 손에 덜 익은 칼로 승부하게 하려는 아라키의 무사답지 못한, 정직하지 못하게 책략을 쓰는 태도에 분노가 치밀어올랐다.

'여기에 모인 사람들이 그런 걸 알 리가 없지. 내가 미노의 사쿠라이 한베에라는 사실도 알지 못할 거야. 역시 검술가라고 생각하고 있을 거야. 그렇지 않아. 난 창만 쥐면 아라키와 대등하게 맞설 수 있어. 아라키를 향해, 한베에에게 창을 건네줘, 아라키 비겁하다, 라고 말해줄 사람 누구 없을까? 아니, 이런 생각을 하는 건 비겁한 짓이야. 나의 장기가 아닌 칼로 아라키와 얼마나 맞설 수 있을지, 승패는 둘째치고 내가 얼마나 훌륭하게 싸울 수 있을지, 그거면 충분해. 내가 훌륭하게 싸웠다는 사실을 고향사람들이 알게 된다면, 한베에가 그때 창만 쥐었어도 아라키와 대등하게 싸울 수 있었을 것이라고 말해줄 거야. 창술가가 아라키의 계략에 걸린 건 나의 운이 다했다는 증거야. 나는 칼로 아라키와 당당하게 싸우다 훌륭하게 지기로 하자. 무사가 중히 여겨야 할 건 승패가 아니야. 승부를 가릴 때의 태도야.'

한베에는 칼끝을 상대방의 눈으로 향해 아라키와 마주보고 섰다. 그리고 그대로 서로가 움직이지 않았다.

시간이 얼마나 흘렀는지 한베에는 느끼지 못했다. 호흡이 거칠어지고 땀이 배어나왔다. 그리고 아라키도 더는 미소를 짓고 있지 않았으며 눈을 이상하게 번뜩인 채……, 그것은 상당히 긴장한 표정이었다.

'나는 나의 장기가 아닌 칼로도 이렇게까지 맞섰어. 이걸로 충분해. 이 수많은 구경꾼들 중에는 보는 눈이 있는 사람도, 생각이 있는 사람도 있을 거야. 누군가가 이 사실을 고향 사람들에게 전해주겠지. 그거면 됐어. 내가 장기로 하는 창으로 싸우다 지기보다는 장기가 아닌 칼로 이렇게까지 싸우는 편이 오히려 더 나은 걸지도 몰라.'

이렇게 생각하며, 한 걸음 뒤로 물러났다. 그리고,

'아뿔싸.'

하고 마음속으로 외쳤다. 발바닥이 무엇인가에 올려졌다가 미끄러졌기 때문이었다. 그리고 무의식중에 아라키가 공격해올 것이니 칼을 막아야 한다고 생각한 순간 몸의 균형이 무너져 비틀거리고 말았다. 아니나 다를까 아라키는 이 찰나의 기회를 놓치지 않고 공격해 들어왔다. 한베에는 열쇠가게 옆의 광 속에 잔뜩 쌓아놓은 마른 소나무 잎 속으로 털썩 쓰러져버리고 말았다.

9

온몸에 불이 붙은 것처럼 욱신거렸다. 목이 마르고 전신에서

열이 나고 자꾸만 정신이 아득해졌다.

치료를 해주고 간호를 해주고 약을 발라주고 먹게 해주는 사람의 얼굴이 흐릿하게밖에 보이지 않았다. 그리고 한베에는 머리까지 멍해져서 순간순간 자신이 창으로 아라키와 싸우고 있는 모습을 보았다.

'훌륭하게 싸웠어. 창이 아니어도 훌륭하게……. 그 마른 소나무 잎에 미끄러지지만 않았어도 승부는 훨씬 더 길어졌을 거야. 불행이 2번이나 연달아 나를 덮친 거야. 그래도 충분히 싸웠어. 이 사실을 편지로 고향에 알리고 싶지만……. 누가 얘기만이라도 좋으니, 누가…….'

흐릿해져가는 머리로 이런 생각을 하며,

"나는 비겁하지 않았다고."

한 사람이 목을 길게 뽑아 입가에 귀를 댔다.

"고향에……, 훌륭하게 싸웠다고."

그 사람이 고개를 끄덕였다.

"등의 상처는……, 쓰러진 뒤에 베인 거야."

"그래, 그 녀석 정말 비겁하게……."

라고 그 사람이 대답했다.

"고향 사람들에게 한베에는 아라키와 칼로 맞섰지만 훌륭하게 싸웠다고……."

"틀림없이 전해줄게. 정신을 똑바로 차려."

"아내에게도 한베에는 아라키에게 뒤지지 않았다고……."

이렇게 말하는 동안에도 그 사람의 얼굴이 점점 흐릿해져가고 있었다.

'나는 훌륭하게 싸웠어. 지켜보던 사람들이 알아줄 거야. 한 사람이 아라키, 다른 한 사람이 사쿠라이였다는 사실을 나중에 알면, 생각이 있는 사람들은 나를 칭찬해줄 거야. 쇼군 앞에서 펼쳐지는 시합에 나가든 못 나가든 소양을 갖춘 사무라이라면 다를 바 없다는 사실을……, 아내에게 한 번만이라도……. 집안 사람들에게도 자세히 들려주고 싶지만……. 여기에 있는 사람들이 전해줄까? 마타고로의 조력자라고 생각하여 좋지 않게 말할까? 아니 생각이 있는 사람이라면 알아줄 거야.'

이렇게 생각하는 사이에 귀도 들리지 않게 되었다.

'나는 이제 틀린 걸지도 몰라. 하지만 사무라이로서, 무술가로서 훌륭하게 행동했고 훌륭하게 생각했어. 누군가가……, 아니 아내에게만이라도, 그 사람은 알아줄 거야. 그것만으로도 충분해…….'

한베에는 잿빛 속에서 자신과 아내가 둘이서만 있는 모습을 보았다.

부기; 이가고에의 복수는 아라키 쪽이 4명, 마타고로 쪽은 사무라이와 하인까지 합쳐서 11명이었다고 토도(藤堂) 집안의 공문서인 『루이세이키지(累世記事)』에도 남아 있고 그 외의 속서(俗書)에도 같은 내용이 있으나, 강담사인 이치류사이 테이잔(一竜斎貞山. 2대째)이 따르는 자들을 36명이라고 이야기한 것이 커다란 인기를 얻어서 이후 36명이 정설인 것처럼 여겨지게 되었다. 사쿠라이 한베에는 당시 23세로 훌륭한 무사였으나 제대로 소개되고 있지 않은 것은 참으로 유감스러운 일이다. 이때 아라키가 벤 것은 카와이 진자에몬과 이 사쿠라이 한베에 두 사람뿐이었다.

오사이의 경우

1

"뭐라고? 이런 제길. 애들은 다 그렇다고? 다 그런 데도 정도가 있지. 여기가 무릎으로 보여? 웬만하면 나도 애들은 다 그렇다며 물론 그냥 넘어갔을 거야. 근데 이마잖아. 이마 한가운데에 흉터가 남으면 출세를 할 수 있을 거 같아, 출세를? 자, 원래대로 해놓든지, 너희 집 자식도 이마를 깨든지, 그도 아니면 치료비를 내놓든지, 결판이 날 때까지는 여기서 꼼짝도 하지 않을 거야. 이 부근 연립주택에서 살고 있는 놈들하고는 노는 물이 다르다고. 이봐, 이 배때기에 뭐가 있는 줄 알아? 같잖아서."

고함을 치고 있는 것은 마을의 망나니라 불리는 자였다. 열 살쯤 되는 아이가 머리를 수건으로 감싼 채 입구의 격자문에 기대어 울고 있었다. 어두컴컴하고 낡아 찌들고 곳곳이 허물어진 집의 마루 끝에 꾀죄죄한, 그러나 튼튼해 보이는 사내가

약간 창백한 얼굴로 앉아 있었다. 그리고 그 옆에는 아내 오사이(おさい)가, 그 두 사람 앞에 망나니가 앉아 있었다.

"협박인가?"

남편이 미소 지으며 힐끗 쏘아보았다.

"뭐?"

"그래, 상대를 좀 봐가면서 말을 해야지."

라고 오사이가 소리 질렀다. 망나니는 섬뜩한 눈으로 오사이를 노려보고 품속으로 손을 넣었다.

"별 이상한 짓도 다 하는군, 이 사람은."

하고 오사이가 속삭였다.

남편이,

"흠, 낯짝이나 씻고 다시 오도록 해."

"뭐라고? 네놈 아들이 남의 아들을 다치게 했는데 낯짝이나 씻고 다시 오라고? 너 그래서 세상을 살아갈 수 있을 거 같아."

"쓸데없는 걱정 하지 마."

오사이가 조금 앞으로 나앉았다.

"뭐라고?"

사내가 벌떡 일어나 토방에 섰다. 남편은 재떨이를 앞으로 당겼다. 오사이가 새빨개진 얼굴로,

"애들 싸움에 부모가 끼다니, 너 트집을 잡아 치료비를 뜯어내려고 온 거지? 그 아이 이마의 상처를 좀 보여줘봐. 깊은지, 얕은지 잘 보고 난 다음 얕으면 조금 더 깨줄까? 이마의 상처는

사내아이의 간판이야. 아이가 크면 너보다는 좀 더 출세를 할 수 있을 거야. 타케치 미쓰히데[1]처럼, 이마의 상처는 권위가 있어 보이는 법이야. 애들이 싸울 때마다 일일이 치료비를 내면 배겨낼 사람이 어디 있겠어? 그렇게 소중한 아드님이시면 종이에 싸서 감실에 잘 모셔두지 그래? 사람 잘못 봤어. 어디서 투덜거려? 소달구지를 모는 사람들 중에서 키쿠마쓰(菊松)라는 양반이 어떤 형님이신지, 강가에 가서 물어보고 와. 그게 우리 서방님이시니."

"그래, 그렇게 훌륭하신 형님이셔? 그래? 이런 제밀."

사내의 왼손이 키쿠마쓰의 뺨을 찰싹 때렸다.

"무슨 짓을 하는 거야."

라고 오사이가 외치며 한쪽 무릎을 일으켰다.

2

"때렸겠다, 이 자식."

키쿠마쓰가 재떨이를 가까이로 당겼다.

"거기 가만히 있어."

오사이가 일어나 곁방으로 달려갔다. 부엌의 선반에서 덜그럭거리는 소리가 들려왔다.

"이거 어디 무서워서……."

---

1) 武智光秀. 아케치 미쓰히데(明智光秀)를 잘못 말한 것. 아케치 미쓰히데는 오다 노부나가의 부하였는데 오다 노부나가에게 머리를 맞은 적이 있었다.

라고 키쿠마쓰가 말한 순간,

"자, 여보."

하며 오사이가 식칼을 손에 들고 나왔다.

"거기 놔."

"그냥 해치우고 말아요. 이 말라깽이자식."

입구에 있던 아이가,

"아버지, 그만 가요."

라고 말했다.

"기세 한번 좋군. 그렇게 나오시겠다."

사내가 이렇게 조용히 말하고 고개를 끄덕이며 품속에 손을 넣은 뒤,

"사람 잘못 봤어."

라고 외쳤다. 그리고 사냥개처럼 키쿠마쓰를 향해 달려듦과 동시에 키쿠마쓰의 손에 있던 재떨이가 사내의 어깨에 부딪쳐 퍽하고 깨졌다.

곁방에 있던 아이 셋이 한꺼번에 울음을 터뜨렸다. 망나니의 아들은 밖으로 뛰쳐나가서 커다란 소리로 울기 시작했다.

"이 새끼."

오사이가 외치며 식칼을 내밀었다. 키쿠마쓰가 벽을 등지고,

"해보자는 거야?"

라고 외치며 재떨이의 파편을 쥐었다. 오사이가 식칼을 내밀며,

"여보."

다가가려 하자 사내가 허리를 발로 찼다. 오사이가 비틀거리며,

"발로 찼겠다."

라고 외치더니 식칼을 사내에게 집어던졌다. 아이들이,

"엄마."

하고 일제히 외치며 울었다.

"시끄러. 입 다물고 있어. 여보, 손을 좀 봐주세요. 이런 제길."

오사이가 외치더니 다시 부엌으로 달려갔다. 키쿠마쓰는 오른팔에서부터 피가 흘러내려 손목과 주먹이 빨갛게 물들어 있었다.

"이 새끼가."

사내는 단도를 꺼내 빈틈을 노리고 있었으나 왼쪽 어깨의 뼈가 부러진 듯, 몸을 움직이면 온몸이 타오르는 것 같은 통증이 느껴졌다.

"애송이 자식. 자, 찔러봐. 이 새끼야."

사내가 먹잇감을 향해 달려드는 뱀처럼 빈틈을 노리고 있다가,

"이 자식이."

키쿠마쓰가 피하기는 했으나 가슴 끝부분을 찔린 듯 얼굴을 일그러뜨리며,

"음."

하고 고통스러운 신음을 올림과 동시에 사내의 상투를 힘껏 쥐어 목을 비틀어 죽이려 했다. 사내는 키쿠마쓰를 붙들고 늘어진 채,

"제길."

하고 외쳤다.

"으윽……. 사, 살인자다."

키쿠마쓰가 절규함과 동시에 사내가,

"소리 지르지마, 이 새끼야."

라고 키쿠마쓰의 가슴에 얼굴을 바싹 밀어붙이고 단도에 힘을 주며 웅얼거리듯 말했다.

3

"아앗, 이런 제길."

오사이가 외쳤다. 키쿠마쓰는 고통으로 눈을 부릅뜬 채 벽에 기댔던 몸이 쓰러져가고 있었다. 오사이는,

'지금 이 사람이 죽으면 내일부터 애들을 데리고 먹고살 수나 있겠어?'

라고 생각했다. 이런 생각이 들자 망나니에게 극도의 증오심이 느껴졌으며, 키쿠마쓰의 맥아리 없는 모습에 화가 치밀어오름과 동시에 광적인 상태에 빠져버렸다. 그리고,

"이 자식, 이 자식."

하고 외치며 남자의 머리를 장작으로 두어 대 때렸다. 사내가

있는 힘껏 상투를 빼내 몸을 일으켰다. 얼굴 반면이 피로 물들어 있었다. 단도는 깊숙이 박혀서 빼낼 수가 없었다. 빈 손으로 일어선 사내가 장작을 피하며,

"이런 제길."

하고 외치더니 오른손으로 장작을 막았으나,

"아, 아야."

"살인자, 살인자!"

오사이는 광적으로 절규하며,

'살해당할 줄 알았으면 싸움을 붙이지 말 걸 그랬어. 이런 자식 한 마리쯤은 나 혼자서라도 패죽이겠어.'

라고 생각하고 장작을 마구잡이로 휘둘러댔다. 사내는,

'죽였어. 얼른 달아나야 해.'

라고 생각했기에 오사이가 빈틈을 보이자 토방으로 뛰어내렸다. 그리고 떨어져 있던 식칼이 얼핏 눈에 들어오자 얼른 그것을 집어들고 오사이를 향해,

"에잇!"

하며 위쪽으로 휘둘렀다. 오사이는 아래쪽에 웅크리고 있는 사내를 때리기 위해 장작을 내리쳤으나 그 장작이 식칼에 맞아 툭 떨어지고 말았다. 그와 동시에 사내는 달아나려다 격자문에 부딪치고 말았다.

"거기 서."

다리를 드러낸 채 토방으로 뛰어내린 오사이가 식칼을 주웠

다. 그리고 격자문에 부딪쳐 고꾸라지듯 밖으로 나간 사내의 몸을 향해서 자신의 몸과 함께 손을 내밀어, 식칼로 찔렀다. 그것이 사내의 다리에 맞았다. 사내가 비틀거리며,

"아아."

라고 짧게 외치더니 한쪽 발을 들었다. 그리고 달리기 시작했을 때는 한쪽 다리가 절름발이처럼 되어버리고 말았다.

연립주택 사람들이 저마다 소리를 지르며 길을 좌우로 열었다. 2, 3간쯤 달리던 사내가 뒤를 돌아보더니,

"죽여버리겠어."

라고 오사이를 향해 외쳤다.

"그래!"

오사이는 흥분한 목소리로 이렇게 대답한 뒤 식칼을 치켜들었다.

"이 자식……. 키쿠마쓰의 원수를 갚아주겠다. 잘도 죽였겠다."

입으로는 남편의 원수를 갚는 것이라고 외쳤지만 키쿠마쓰는 어떻게 되든 상관없었으며, 오사이의 머릿속은 내일부터 어떻게 먹고살아야 하나 하는 걱정으로 가득했다.

'어떤 남편보다도 힘이 세서 좋아했었는데……. 그렇게 힘이 센 사람은 강변에 나가봐도 다시는 없을 거야.'

이런 생각도 머릿속에 얼핏 떠올랐는데, 그와 동시에 분노로 눈이 멀어버리기도 했다.

"오사이 씨."

하며 연립주택 사람들이 부르짖기도 하고 소매를 잡으려 하기도 하는 것을 뿌리치며,

"원수를 갚아주겠어!"

라고 외쳤다. 그리고 사내를 향해서 눈을 질끈 감고 온몸으로 있는 힘껏 식칼을 내질렀다. 덜컥 부딪치며 손에 느낌이……, 식칼이 부드러운 것 속으로 들어가 딱딱한 것에 닿은 느낌이 손에 전해졌다. 그와 동시에 자신의 머리카락이 쥐어뜯겨질 것처럼 잡아당겨졌고, 사내의 신음소리와 사람들이 외치는 소리가 사방에서 들려왔다.

"아파, 이런 제길."

식칼을 놓은 오사이는 머리카락을 잡고 있는 손을 손톱으로 쥐어 떼어내려 했다. 그리고,

'머리카락이 뽑혀서는 시집을 갈 수가 없어.'

라는 생각이 들었기에 다시 힘을 주어 뜯어내려 했다. 사내의 힘이 약해지기 시작했다. 그렇게 머리카락에서 손이 떨어짐과 동시에 오사이는 그 한쪽 손을 있는 힘껏 깨물었다. 사내가 쓰러지려 했다.

'꼴좋다.'

라는 생각과 함께 타오르는 듯한 갈증이 느껴졌다. 무릎이 구부러지지 않을 정도로 굳어버렸다.

4

"비켜, 비켜."

포졸이 사람들을 헤치고 사내가 쓰러져 있는 곳으로 나왔다. 그리고 오사이를 보더니,

"네가 범인이냐?"

오사이는 멍하니 서 있었다.

"네가 죽인 거야?"

오사이는 그것이 관아에서 온 사람이라는 사실을 깨닫자 울상을 지으며,

"이 사람 잘못입니다. 이 사람은 키쿠마쓰를 죽인 사람입니다. 저는 아무것도 모릅니다. 이놈은 살인자입니다. 이놈……."

포졸이,

"촌장이나 동장은 없는가?"

라며 사람들을 둘러보았다.

"네."

군중 속에서 한 사람이 대답했다.

"증인 두어 명과 파수막으로 오도록 해."

이렇게 말하고 남자가 끄덕이고 있는 것을 보고 있다가,

"카메(亀)로군."

이라고 중얼거렸다. 그리고 허리를 숙여 식칼이 박혀 있는 것을 보고,

"카메, 죗값을 치를 때야."

라고 외쳤다. 그리고 촌장에게,

"근처에 의원이 있으면 보이도록 해. 어쨌든 악귀를 내몰았군."

"네."

촌장은 고개를 끄덕였다. 그리고,

"이 오사이의 남편이 집 안에서 살해당했습니다."

이렇게 말했을 때, 집 안에서 포졸 한 명이,

"이쪽도 숨이 끊어졌어."

라고 말하며 나왔다.

"여자, 이리로 와."

"싫습니다. 나리, 용서해주십시오. 전 잘못한 게 없습니다. 이 사람이 남편을 죽여서……."

관리는 말없이 손목을 쥐었다. 오사이는 몸을 뒤로 빼며 거의 우는 목소리로,

"아이가 울고 있어서, 나리. 죄송합니다, 나리."

손을 뿌리치려 하며 다리에 힘을 주었다.

"손을 묶어야겠어?"

관리가 손을 있는 힘껏 당겼다.

"아아."

오사이가 소리를 높였다. 옆에 있던 아낙이,

"오사이 씨, 애들은 내가 봐줄게."

라고 말했으나 오사이는 대답하지 않고,

"나는 잘못한 게 없어. 키쿠마쓰를 죽였기에 난 복수를 한 거야. 용서해줘, 부탁이야. 싫어. 나리!"

이렇게 울부짖으며 군중들에게 둘러싸여 끌려갔다.

"야오젠(八百善) 씨, 증언을 해야 하는데 어떻게 하지? 입을 맞춰두지 않으면……."
하고 촌장과 동네사람 두어 명이 처마 밑에서 작은 목소리로 상의했다.

"난폭하고 아귀 같은 여자야. 광인과 바보만큼 무서운 것도 없다는데 저 여편네는 혼자서 두 사람 몫을 한다고."

"어떻게 말하지? 관아에서……."

"솔직하게 말하세."

"그래도 그 카메를 퇴치해준 건, 우리 동네에 커다란 도움을 준 거야. 이건 오사이 덕분이니, 그 사람이 허풍을 떨고 다니면 시끄럽기도 할 테지만, 카메를 퇴치한 공을 봐서 원수를 갚은 것이라고 탄원해주도록 하세. 게다가 말이지 카메가 감옥에 들어가면 저 지저분한 애들을 셋이나 마을에서 떠안아야 하니, 그건 큰일이잖아."

"그래, 맞는 말이야."

한 사람이 고개를 끄덕였다.

"그도 그렇군. 그럼 촌장님, 복수를 한 열녀라고 해둡시다. 딴에는 오사이도 키쿠에게만은 진심이었던 듯하니."

"그런 사람이라도 정을 주는 마음만은 남들과 다를 바 없어서 매일 아침 두들겨 맞으면서도 우물에서 남편의 힘을 자랑하기만 했었지.”

“그렇게 결정하기로 하고, 자네가 마을 안을 돌아다니며 탄원서에 도장을 받아주지 않겠나? 카메를 퇴치해주었으니 어쩔 수 없는 일이며, 혹시 복수라고 인정을 받아 만에 하나라도 상을 받게 되면 마을의 자랑거리가 되기도 할 거라고 설득해서.”

“알겠습니다, 제가 맡도록 하겠습니다. 조금은 구차한 구실 같지만…….”

“오사이가 열녀가 되면 세상에 열녀 아닌 사람이 없을 테지만, 어쨌든 목숨을 걸고 카메를 죽여주지 않았나. 잘 좀 부탁하겠네.”

“그럼 바로.”

한 사람이 걷기 시작하자 다른 사람들도 처마 밑에서 나왔다.

5

“처음 뵙겠소. 나는 쿠리모토 셋사이(栗本節斎)요.”

“네, 높으신 성함은 예전부터…….”

촌장이 머리를 숙였다.

“실은 열녀 오사이에 대한 시를 짓고 싶어서 지금 막 만나고 오는 길인데 어떻게 된 일인지 얘기를 전혀 알아들을 수가 없었소. 여기가 조금 나쁜 모양이오.”

셋사이는 자신의 머리를 두드렸다.

"비천하고 무뚝뚝한 여자라서……. 딱히 복수네 뭐네, 말하기도 좀 그렇습니다. 그냥 미친 사람처럼 되어 죽인 것뿐으로……. 평소에도 난폭한 여자여서 아이들을 때리기도 하고 남편과 대판 싸움을 벌이기도 하고 허풍을 떨기도 하고, 야무지지 못하고. 거기에다 고집쟁이여서……."

"그렇군. 하지만 어쨌든 부교쇼로부터 복수를 했다며 칭찬을 듣고 상까지 받았으니 너무 흉을 보지 않는 편이 좋을 듯하오. 부교의 안목이 좋지 않다는 얘기가 되기도 하니."

"지당하신 말씀이십니다."

"게다가 그런 세세한 사실을 알고 있는 것은 마을 안의 사람들뿐일 테니……."

"그렇습니다. 연립주택의 일고여덟 집쯤과 저 정도가 알고 있는 일입니다."

"그렇겠지. 그러니 한심한 사람이라 할지라도 어쨌든 복수는 복수이니, 이를 시문으로 지어 천하에 널리 알리면 모르는 사람들은 그래, 수레꾼의 아내 가운데도 이런 열녀가 있구나 하고 받아들여 세도인심(世道人心)을 위해 이바지하는 바가 적지 않을 게요. 일본 방방곡곡에까지 알려질 테니 이 마을의 명예가 되기도 할 거고. 마을의 명예는 곧 촌장의 명예 아니겠소?"

"네, 지당하신 말씀이십니다."

"이거, 사실을 말하자면 나도 어처구니가 없었지만, 부교께서도 다 알고 계시지 않을까 생각하오. 벌을 주기보다는 열녀로 선전하는 편이 세상을 위해 도움이 될 테니 말이오. 부교라는 직책은 죄인을 벌함과 동시에 죄인을 줄이는 것도 그 임무 가운데 하나요. 좋은 일은 가능한 한 많은 사람들에게 알리는 편이 좋고, 우리 시문을 하는 자들도 같은 마음이요. 그러니 혹여 다른 곳에서 오사이를 찾아오는 사람이 있으면 그대가 나서서, 연립주택 사람들에게도 말을 해두어……, 지금과 같은 험담이 아니라 수레꾼의 아내에 어울리지 않게 얌전한 여자라는 식으로, 모쪼록."

"네, 알겠습니다. 안 그래도 부교쇼에서 돌아온 뒤부터는 마치 다른 사람이라도 된 것처럼 얌전하게 지내고 있으니……."

"사람은 벌로 바로잡기보다는 칭찬으로 바로잡아야 하는 법이오. 오사이도 칭찬을 받았기에."

"아닙니다, 부교쇼가 무서웠기 때문이라고……."

"그러니까, 그렇게 말해서는 세도인심을 위해서 좋지 않소. 집안의 보기 흉한 부분은 가능한 한 숨기고 힘닿는 데까지 꽃을 장식하여 후세에 전하도록 해야 하오. 장식을 잘하면 오사이의 이름과 함께 그대의 이름과 나의 이름도 오래도록 남을 거요. 알겠소?"

"잘 알겠습니다."

"이름도 얼굴도 모르는 사람들로부터도 여러 가지 물건들이 꽤나 오고 있다고 하던데."

"네, 크게 기뻐하며 한가롭게 살아가고 있습니다."

"새로 남편을 찾아주게……."

"네, 남편이 되겠다는 사람이 많아서 저도 애를 먹고 있습니다."

"그런 법이요, 세상이라는 곳은. 그러니 좋은 일은 시문으로 널리 알리지 않으면 안 되오. 흠, 돈도 많이 쌓였겠지. 참으로 부러운 일이로군. 이거 여러 가지로 도움을 얻었소."

셋사이는,

'연극으로 만들어질 때쯤, 오사이의 초상화를 덧붙여 세상에 내놓으면 잘 팔리겠지.'

라고 생각하며 자리에서 일어났다.

1980년의 살인사건

1. 소형 2차 전지

국립과학연구소의 하타마루(畑丸) 박사가 소형 2차 전지 연구를 완성했다는 뉴스는 세계를 충격에 빠뜨리기에 충분했다.

박사는 담황색 벽 안에 약품과 기계를 퇴적시켜놓고 인류의 행복을 위해서, 그리고 자신의 연구심을 기쁘게 해주기 위해서, 닳아빠진 모조가죽 소파에 앉아 있었지만, 연구실 밖의 복잡한 세계는 박사처럼 그렇게 간단하지가 않았다.

반세기 전, 한 사람의 에디슨은 그 발명으로 미국적 문명을 전 세계에 발산시켰지만, 한 사람의 하타마루 박사가 일본에서 태어났다는 사실은 일본 이외의 세계 사람들에게 있어서는 인류의 행복이 아니라 피정복적 위협으로밖에 여겨지지 않았던 것이다.

반세기 전에 1천 명당 열예닐곱 명의 비율로 생식해온 일본의 인구는 1970년에 1억 6천 8백 7십만 명이 되어버렸다. 1950

년도부터 일본 전역에서 범람하기 시작한 인간 홍수는 실업과 식량과 물질 문제에 있어서 극도의 분쟁을 일으켰으나, 결국 그것은 실업자의 증가, 생활의 빈곤과 함께 물자의 증가, 국가의 내실로도 이어졌다.

1811년[1]을 출산율의 최고로 하여 점차 저하하기 시작한 영국은 프랑스와 마찬가지로 매해 인구가 점점 감소하고 있었다. 거기에 예전에는 일본 증가율의 3배에 해당하는 증가율을 보였던 미국도 1938년 이후 정지 및 점감(漸減) 경향을 보여왔다.

1950년에 미국의 신문 및 잡지는, 일본은 머지않아 인구 때문에 파열할 것이라고 냉소하고 중국에 대한 미국의 투자로 인해 일본의 중국 무역은 압박받게 될 것이라고 보았다.

그것은 미국인뿐만 아니라 러시아도 중국도 유럽 사람들도, 그리고 일본인 자신들도 그렇게 생각할 수밖에 없을 정도로 절망과 저주와 성난 목소리가 나라 안에 넘쳐나고 있었다.

그러나 원칙적으로 인구의 감소 때문에 멸망한 국가는 있어도 인구의 증가 때문에 파열한 국가는 없었다. 이 법칙은 일본에 적용되어야 할 것으로, 사람들은 생활을 위해서 전력적으로, 전신적으로 비틀거리면서도 싸웠다. 그리고 그것은 곧 국부의 증가로, 국부의 증가는 인구의 증가로 연결되었으며, 충분히 세계를 위협할 만한 것이 되었다.

---

1) 1911년이 아닐까 여겨지나 정확히 확인할 길은 없다.

이처럼 떠들썩한 가운데 황금빛으로 반짝이며 출현한 것이 하타마루 박사가 완성한 대발전기였다. 그 발전기는 790만 볼트의 직류전기를 발전할 수 있는 능력을 가지고 있었다. 이 멋진 인공 태양등을, 과부하에 걸려 있던 수력전기회사의 전력과 연계하여 야간의 전기재배에 이용함으로 해서 농산물은 점차 수확량을 더해 평균 약 6할의 증산을 보고했다.

이는 물론 기계경작 및 심경(深耕), 공중질소비료 등의 원조에 힘입은 바도 있었으나, 어쨌든 식량문제가 그 발명으로 인해 상당히 완화된 것 또한 사실이었다. 이렇게 해서 일본인은, 그리고 세계인은 박사를 존경하고 숭고하게 생각했으며, 일본의 에디슨이라는 별명으로 그 공적을 치하했다.

2. 제2의 발명

"중국 입장에서는 당연한 일이니……."

라고 참모 차장이 낮은 목소리로 병기창의 창장에게 말했다.

"맞아. 일본도 ××를 잡아먹고 □□국을 잡아먹어서 오늘날의 일본이 된 것이니, ××가 국내 정돈과 동시에 일본을 잡아먹어야겠다고 생각한 것도 당연한 일이야."

"일본을 위해서라도 좋은 기회야. ……………………………… 이렇게 늘어서는 위장이 파열해버리고 말 거야."

소토보슈[2]로 향하는 철로 위를, 박사와 그들은 전기포를 타고 활주했다.

병기창에서 연구하고 있던 전기포는 박사가 대발전기를 완성함과 동시에 박사의 노력으로 시험발사가 가능하게까지 되었다. 홈이 파인 바퀴가 달린 포가(砲架)는 철로를 달릴 수도 있고 평지를 달릴 수도 있었다. 전체 중량이 700톤인 거포도 박사가 발명한 제2차 전지로 간단히 조작할 수 있었다.

35m 길이의 포신과 같은 길이의 지지대로 이루어진 합성철강은, 호수 바닥처럼 고요하고 깊은 빛을 띠고 있었다. 연질유리로 덮인 회전 조준반은 수학자처럼 침묵한 채 정확한 눈금을 응시하고 있었다.

"시험발사에 성공하면 내일부터 싸워도 될 텐데……."

"맞아. 나가사키에 설치하면 ××까지 날아갈 테니……. 큐슈(九州) 연안과 남만주와 조선에 설치해놓고 포병대 2개 사단을 파견하면 충분할 거야."

박사의 계산에 의하면 초속(初速) 4,800m로, 화약포의 4배였다. 그리고 착탄 거리는 1,200㎞, 날개가 달린 포탄의 모든 종류—파괴탄, 천갑탄, 광탄, 독가스탄 등—를 발사할 수 있었다.

초발전기의 완성에 이은 제2차 소형 전지의 발명은 이 대포를 만들어내기 위한 당연한 경로였다. 그것은 단지 일본뿐만 아니라 전 세계가 완성시키려 한 물건이었다.

---

2) 外房州. 지바 현 남부를 보슈라고 부르는데, 소토보슈는 보슈의 태평양 쪽을 말한다.

초발전기의 완성을 기뻐한 사람들 가운데 몇 명인가는 제2차 소형 전지의 완성을 들었을 때, 일본의 군사 당국에서 틀림없이 그냥 두지 않을 것이라고 단언했는데 그 판단은 옳은 것이었다. 미국의 해상방위 국장은,

"완성한 듯해."

라는 말을 들었을 때, 잠시 침묵하고 있다가,

"거기에 대항할 수 있는 건 텔레복스(televox)밖에 없어. 만약 동일한 능력의 포를 만들 수 없다면."

이라 말하고 고개를 숙여버렸다. 중화민국의 군사국에서는 일본의 대사관으로 2명의 병기연구가를 정기항공으로 파견했다.

보슈에서 해상으로 1,500㎞ 떨어진 지점, 항공모함 하야카제가 회색 뱃전과 흰색 갑판을 햇살에 드러내고 있었다. 함내의 텔레비전 장치에 영사되는 전력포의 진행을 본 순간, 함내 사람들은 격정적으로 절규했다.

340만 킬로와트, 37만 암페어의 발전기를 하타마루 박사의 엄지손가락이 누르자 동시에 모함 위의 정찰기가 비둘기처럼 은빛 날개를 상승시켰다.

20대가 1,200㎞ 해상을 중심으로 원을 그리며 착탄을 기다렸다. 라디오가 수시로 전기포의 동작을 알려주었다. 텔레비전 스크린을 보며 긴장과 흥분으로 떨고 있던 하야카제의 함장이,

"발사!"

라며 라디오 담당자에게 손을 들어보인 순간, 스크린의 전기포

는 희미한 연기를 포구에서 피워올렸을 뿐이었다.

함장은 상갑판으로 달려나가 정찰기가 돌아오기를 기다렸다. 예정한 거리에, 지점에 착탄했을지, 그것은 일본의 운명과 관계된 일이며, 그 운명을 자신이 짊어지고 있는 것 같다는 느낌으로 망원경을 쥐었다.

점이 날개를 내밀고 형태가 되고 소리가 들려오기 시작했을 때, 선두에서 점점 다가오고 있는 1대가 격렬하게 흔드는 빨간 천이 보였다.

"성공한 모양이군."

하며 부관을 돌아본 순간, 공중활주를 하고 있던 지령기가 머리 위를 스쳐 갑판에 내려앉더니 기체 위에서 내던져지기라도 한 듯 비틀비틀 한 사람이 빨간 천을 흔들며,

"굉장했습니다."

라고 절규했다.

"라디오."

라고 외친 함장은 다음 비행기의 소리를 머리 위로 들으며, 달려오고 있는 지휘관에게,

"어떻게 되었나?"

"20㎞, 20㎞ 초과."

"라디오, 20㎞ 초과."

라고 외치더니, 그 라디오를 듣고 하타마루 박사가 어떤 얼굴을 할지, 분명하게 보이지 않는 표정을 보겠다는 듯 텔레비전이

있는 곳으로 달려 내려갔다.

3. 무시무시한 기계화군

초발전기와 2차 전지의 결합으로 다량의 전력을 작은 용적에 축적하는 데 성공함과 동시에, 문명은 급회전을 시작하지 않을 수 없었다. 휘발유 자동차는 전력 자동차를 만들어 그것으로 대신하게 되었다. 2억 1천 갤런씩 수입하던 휘발유는 아마도 5년 뒤면 그 1할만 수입하게 될 것이라고 사람들은 관측했다.

디젤기관으로 개조하지 않으면 안 되었으며[3], 가정에서 사용하는 전기는 한층 더 간단해져서, 놀랍게도 빈민 이하의 수입을 가진 사람의 집에서도 사용하게 될 것이라고 신문의 가정란은 보도했다.

그러나 국제적인 근심은 그런 평화로운 것이 아니었다. 피에조 전기 진동체로 만들어내는 살인음파는 아마도 박사의 손에 의해서 1초에 160만 회의 진동을 만들어내기까지에 이를 것이고, 일본의 군사 당국자는 그것을 전쟁에 사용할 것이라고, 중국의 과학잡지는 박사와 일본의 장래에 대해서 단언했다.

전자파를 이용하는 무선조종은 그 대전력으로 인해 오가사와라(小笠原) 섬에 발전소를 두면, 샌프란시스코로 침략할 수

3) 내용의 오류, 혹은 오자가 아닐까 여겨진다.

있을 것이라고, 미국의 신문은 하타마루 박사를 저주했다.

자외선을 이용하는 야간통신, 고압전류의 무선전송에 의한 살인, 파괴……, 이러한 것들이 하타마루 박사는 상상하지도 못할 흉포성을 가지고 전 세계 인쇄물과 통신기관에 의해 전파되었다.

전 세계 사람들은 박사의 은혜를 잊고 박사의 존재를 증오했다. 일본인의 범람과 ××의 소생은 반드시 전쟁이 될 것이며, 박사의 존재는 일본의 필승이 될 것이고, 일본의 승리는 동양에서의 미국 세력 축출을 의미하고, 일본의 동양 독점은 제2차 세계대전이 될 것이며, 그 전쟁에서도 하타마루 박사의 존재는 일본을 간단히 전승자의 위치에 두게 할 것이라고 결론 내렸다.

일산화탄소 독가스도, 염화디페닐비소 독가스도 그것을 비행기 위에서 일본에 뿌리기 전에 700만 볼트의 초전력이 파괴광선이 되어 비행기를 태워버릴 것임에 분명했다.

독일이 자랑하는, 광선의 굴절을 이용하여 만들어내는 위장진지도 전력포와 2차 전지를 이용한 비행기 앞에서는 이미 교묘한 전법이 아니었다.

전 세계가 악몽을 꾸게 되었다. 일본의 환영에 위협을 느껴 얼굴을 찌푸리기도 하고 침묵하기도 하고 절규하기도 했다.

그러나 하타마루 박사는 바깥세상의 그 어떤 소문도 알지 못한 채 700볼트[4]의 전력으로 만들어지는 빛 속에서 어떻게 해야 열을 제거할 수 있을지, 냉각조명의 창조에 식사도, 담배도, 자신의 존재도 잊고 있었다.

경찰은 연구소 안팎에 감시원을 두어 박사를 보호했다. ×× 에서 박사를 저격하기 위한 사람들이 들어온 듯하다는 소문을 들은 이후부터였다.

그러나 박사는 누구도 만나지 않았으며 조수 외에는 다른 어떤 사람도 연구실에 들이지 않았기에 폭탄을 투하하지 않는 한 살해할 방법은 없었다.

4. 박사, 살해당하다

사이렌이 포효하기 시작했다. 길게, 짧게, 짧게. 그것은 라디오와 텔레비전이 중대사건을 사회에 알릴 것이라는 신호였다.

노동자들이 집으로 돌아가는 시각인 오후 1시, 회사와 상점의 사람들이 점심을 먹고 산책에 나서는 오후 1시였다.

반세기 전, 미국의 포드가 이상으로 삼았던 주 2일제 노동시간에는 미치지 못했으나, 기계공업의 발달과 자본주의의 변천은, 전기문명의 보급 및 발달과 호응하여 5시간 노동을 원칙으로 삼게 되었다.

밤낮으로 종일 일을 하느라 조금의 여가도 없었기에 미를 감상하거나, 문학을 창조하거나, 수공예품을 창작하거나, 오락

---

4) 700만 볼트의 잘못인 듯.

기관을 찾을 수 없었던 노동자들은, 1980년에 이르러 가장 많은 여가를 소유할 수 있게 되었다.

그들은 새로운 철학을, 신사회학설을, 뛰어난 미술을, 교묘한 수공예품을 만들어내 다른 직업에 종사하는 사람들에게 공급하기 시작했다. 그리고 반세기 전보다 한두 시간밖에 집무시간이 줄어들지 않은 기계노동자 이외의 사람들은 그것을 기뻐하고 그들을 존경하고 각종 근대적 오락물을 공유하며 오후 1시의 가로를, 지하도를, 자동차로, 도보로…….

"시작된 걸까, 전쟁이……."

맑게 울부짖는 소리가 공중에서 회전하고 있었다. 호텔 로비로 드나드는 문에서는 쉴 새 없이 사람들이 번뜩이며 나왔다. 지하철도 발착소의 소형 스크린 앞은 사람들로 곧 거뭇해졌다.

백화점의 장식창으로 스크린이 내려왔다. 신문사의 옥외 텔레비전이 높다랗게 번뜩였다. 방에 있던 사람들은 수신기인 소프라노에 서둘러 전원을 넣었다.

30인승 여객비행기는 기관사에 의해서 수신기가 열렸다. 작은 창에서,

"중대사건에 관한 라디오입니다."

라고 확성기로 사람들에게 알렸다.

"전쟁일까?"

"그렇겠지."

"아무래도 그렇게 될 수밖에 없을 테니까."

"하지만……."

사람들은 공중에서, 지하에서, 지상에서 신경을 긴장시켰다. 귀에, 눈에 온 신경을 집중시켜 첫 번째 말, 정경을 놓치지 않으려 했다.

가두의 자동차 대부분이 옥외 텔레비전 앞에 정차했다. 통행인은 진열창에 코끝을 대고 있기도 하고, 발코니를 올려다보기도 하고……. 단지 고속도전차와 비행기만이 굉장히 빨리, 굉장히 커다란 소리로 움직이고 있었다.

"일본 중앙방송국— TPAK— 중대 살인사건이 일어났습니다. 국립과학연구소 소장……."

여기까지 말했을 때 가두의, 방 안의, 로비의, 지하실의, 공중의, 외국의 모든 일본인은 몸을 움직이고, 손바닥을 꼭 쥐고, 입술을 일그러트리고, 심장을 두근거렸다.

"하타마루 박사가 원인 및 가해자 불명의 살해를 당하고 말았습니다."

아나운서의 목소리가 끊어졌다. 사람들의 이마는 창백해졌고 겨드랑이 아래서는 땀이 배어나왔다. 위가 무지근해져서 호흡이 이상해졌으며, 절망적인 느낌이 들어서 서 있는 콘크리트 가로가 침몰하는 듯했고, 사람들은 말없이 서로의 얼굴을 바라보았다.

"빌어먹을. —××인이야."

라고 한 사람이 낮은 목소리로 중얼거렸다.

사람들은 다음 말을 듣기 위해 한 걸음 앞으로 나서며 하늘에서 웅웅거리고 있는 비행기를 질타하는 눈빛으로 올려다보았다.

"피해 장소는 자택, 사망 시각은 0시 35분, 박사의 따님과 이야기를 나누던 중 갑자기 졸도했기에, 바로 같은 연구소의 의학부 부장인 나즈키(奈月) 박사를 불러왔고, 독가스중독이라는 진단이 내려졌는데 언제, 누가 독가스를 주입했는지 현재로서는 전혀 알 수 없지만 절대로 자살이 아닌 이상 타살로 보고 중앙수색본부에서 곧 수색을 개시했습니다. 국가를 위해, 인류를 위해 애도를 금할 길이 없습니다. 전국적 원조를 얻어 이번 사건을 해결하기 위해서 박사 자택의 내외, 방의 약도, 현장의 구조를 텔레비전으로 보도하겠습니다. 수색에 도움이 될 만한 점을 발견하신 분께서는 중앙수색본부로 보고해주시기 바랍니다. TPAK."

사람들의 눈이 불안으로 반짝이며, 은백색 스크린에 집중되었다.

5. 네오 포스젠성 질식사

사체는 박사의 침실로 옮겨져 있었다. 나즈키 박사는 두 명의 조수를 부른 것 외에 다른 모든 사람은 거절한 채 메스를 쥐었다.

"해부를 하실 겁니까?"

라며 조수가 얼굴을 보았다.

"명령대로 하도록 해."

"네."

하타마루 박사가 쓰러지고 나서 20분이 흐른 뒤였다. 호흡과 맥박이 멎은 것 외에 체온과 피부의 색은 그대로였다.

나즈키 박사가 심장부 위에 메스를 대어 절개하자 조수가 좌우에서 핀셋으로 가죽을 벌리고 거즈로 피를 닦았다. 박사의 메스가 정교하고 민활한 기계와 같은 속도로 늑골 3개를 바로 노출시켰다.

박사는 메스를 놓더니 조그만 톱으로 뼈를 절단했다. 그것은 예리한 메스보다 더 예리했다. 희미한 소리를 내며 늑골 3개를 떼어내더니,

"배양액."

하고 명령했다. 조수가 배양액을 가져옴과 동시에 심장부로 액체를 흘려넣었다. 병을 다 기울이고 난 박사는 빠른 손놀림으로 봉합을 하고, 봉합을 하고 난 자리에 액을 발랐다. 그런 다음 주머니에서 주사기를 뽑아 가방에서 꺼낸 검고 작은 병에 삽입하더니 죽은 박사의 얼굴을 가만히 바라보며,

"네오 포스젠 중독이야."

라고 중얼거렸다.

"네? 네오 포스젠……."

조수 가운데 한 명이 똑같은 말을 중얼거리고 있는 순간 정맥주사가 행해졌다.

"자네들 두 사람, 여기서 절대로 나와서는 안 되네. 다른 사람을 들여서도 안 되고. 자네들이 움직여서도 안 돼."

"네."

나즈키 박사가 열쇠를 꺼내 열쇠구멍에 넣었다.

"나는 곧 돌아오겠네."

라며 돌아서더니 문을 열었다. 어두컴컴한 문 밖에 여성과 남성이 비통하고 흥분된 표정으로 서 있었다.

"원인은?"

하고 수색부장인 오토다(音田)가 낮은 목소리로 물었다.

"네오 포스젠에 의한 질식사입니다."

"그렇습니까? 그건 공중에 떠다니던 것이었습니까? 그렇다면 그 가스의 발생기나, 혹은 발생 장소도 없이……."

나즈키 박사는 고개를 흔들었다.

"따님과 같은 방에 계셨는데 하타마루 박사 한 사람만 중독되고 따님은 중독되지 않았다는 건 있을 수 없는 일입니다."

"그렇습니다."

"하지만 다른 데서 중독되었다면 그 자리에서 죽었을 겁니다. 사모님, 댁에 돌아오신 것은?"

"네, 밤샘을 했다며 6시쯤이었나……. 그렇지? 하루미(ハルミ)."

딸이 봉오리처럼 빨갛게 부어오른 눈꺼풀을 들었다.

"네."

"그 뒤로 혼자 계셨던 적은 없었습니까?"

"네, 저희랑 저 방에……."

"방을 한번 보여주셨으면 합니다."

라며 오토다 부장은 발걸음을 떼었다.

"여기예요."

정원에 면한 서양식 방이었다.

"외부에서 온 사람은?"

"아시는 것처럼 그 양반은 누구와도 만나지 않기에 아무도 오지 않았고……."

"창으로 들여다보거나……."

"하인도 있었고, 여기서 식사를 하시고……."

"뭔가, 박사님만 다른 것을 드셨습니까?"

"아니요. 저희랑 같은 것을, 바깥양반은 저보다 적게 드셔서 오히려 음식을 남기셨을 정도였어요."

"그런 다음……."

"그런 다음 그 방으로 하루미랑 들어가셔서……."

"그럼 따님께 여쭙겠는데, 박사님은 그 방에서 무엇을……."

"그냥 여러 가지 이야기를 하셨었어요. 그러다 갑자기 목을 움켜쥐고 앗, 이라고 하셨기에 깜짝 놀라서 일어섰더니 아버지는 벌써 바닥에 쓰러지셨기에 바로 나즈키 선생님께 전화를 걸었어요."

"흠……."

오토다 부장의 두뇌는 나즈키 박사의 네오 포스젠설을 믿을 수가 없었다. 독가스가 권총에서 발사된 것도 아닌데 박사 한 사람만 죽었다? 나즈키 박사가 잘못 알고 있는 것 아닐까?

6. 죽음의 영향

사람들은 말없이 각자의 직무에 전념할 수가 없었다. 그들은 가두에서, 실내에서 두어 명씩이나 이삼십 명씩—, 어쨌든,

"어떻게 해서 살해당한 걸까?"

혹은,

"앞으로 어떻게 되는 걸까?"

라는 것을 주제로 침울한 논의를 했다.

사건이 일어난 지 30분 뒤, 전 세계의 라디오는 높다랗게 서구인의 평안을 부르짖었다.

××인은 미소 짓고, 커다랗게 웃고, 축배를 들었다. 한 외교관은 일본 대사관에 바로 최대의 애도를 표한 뒤, 동료와 악수하며,

"이제는 싸워야 해."

라고 커다란 목소리로 말했다.

박사는 연구를 완성하기는 했으나 전부를 기록으로 남기지

는 않았으며, 그것을 제작할 때도 연구소의 조수와 박사가 연구소에서 만들었기에 조수들만으로는 도저히 해결할 수 없는 부분이 있었다.

그저 만들어놓은 전력포와 그 외의 것들을 분해해보는 수밖에 없었으나, 조수들에게도 섬세한 구조를 가진 물건을 완벽하게 분해할 만큼의 자신감은 절대로 없었다.

에디슨의 전기문명은 오락과 편익을 인류에게 제공한 데 지나지 않았으나 하타마루 박사의 발명은 생활의 개선과 구제를 제공할 만한 것이었다.

미세구조학과 전자, 원자의 비밀은 아마도 하타마루 박사 이외에 풀 수 있는 사람이 없을 것이며, 그것들에 대한 해결은, 아니 해결의 서광을 본 것만으로도 인류의 행복, 사회의 변화, 제도의 개선이 비약적으로 실행되어 성장에 가속도를 붙일 수 있을 만한 것이었다.

협소한 면적의 경작지는 반세기 이전에 개척을 정지한 채 격증하는 인구에 대해서 기계경작으로 단지 2할의 수확을 더했을 뿐이었으나, 박사의 초발전기에 의한 인공태양으로 6할이 증가되었으며, 그 이상의 가능성을 가지고 있었다.

무명을 유일한 대중국 무역품으로 삼고 있었는데, 레이온의 발달과 함께 미국자본이 중국 내에 면사기업을 세워 수출이 격감했으나, 그 대신 박사가 발명한 고압전류의 무선수송에 의한 일본으로부터의 수력전기 공급과 고급 공업품의 수출로 대중무역은 회복될 조짐이 보였었다.

그리고 레이온에 압박을 받던 생사는 인공양잠의 발견으로 생산을 배가하여 가격이 떨어졌기에 예전처럼 주요한 대미 수출품이 되었다. 이는 하타마루 박사의 일은 아니었으나, 국립과학연구소가 자유당 내각에 의해 설립된 이후 10년 동안의 공적으로 자랑해도 좋을 만한 것이었다.

물자가 부족한 일본은 지식으로, 과학적 발달로, 우량품을, 첨단제품을 만들어내는 것 외에는 길이 없었다. 자유당 내각은 과학자를 망라하고 민간 유지의 기부와 정부의 보조로 연 7천만 엔의 국립과학연구소를 설립했는데, 그것이 7천만 엔의 몇 배, 몇 십 배로 보답을 해온 것이었다.

그리고 그 가운데서도 가장 커다란 공헌자는 하타마루 박사였다. 그런데 지금 그가 살해당한 것이었다. 대발명의 핵심을 남긴 채 인류를, 일본을 버린 것이었다.

7. 미소 짓는 한 화학자

토쿄 의과대학에서 세 박사가 하타마루 박사의 집으로 찾아왔다. 오토다 부장은,

"혹시 모르니 박사의 사체를 다시 한 번 보도록 하겠습니다."

라고 나즈키 박사에게 말하며 자리에서 일어났다. 들어온 세 박사는 나즈키 박사에게 목례를 하고 방을 나서는 오토다의

뒤를 따라가려 했다.

"오토다 씨."

라며 나즈키 박사도 자리에서 일어났다.

"네."

라며 문가에서 멈춰선 부장이 돌아보았다.

"20분만 더 기다려주십시오."

"20분? 왜 기다려야 하는 겁니까?"

"기다리세요."

나즈키 박사가 명령적인 투로 말했다.

"이유는?"

하고 부장이 반발했다.

"문외한에게는 이해할 수 없는 일입니다."

부장은 피가 거꾸로 치솟는 듯 몸을 떨며,

"문외한이라니, 그건 실례의 말씀 아니십니까? 저는 문외한일지 모릅니다. 문외한일지 모르기 때문에 이렇게 대학에서 세 분을 모신 것입니다. 박사님의 의학적 수완에는 평소부터 존경심을 품고 있었습니다만, 수사상 이처럼 기괴한, 생각할 수도 없는 사건을 박사님 한 분의 단정에만 맡겨둘 수는 없습니다."

"당신은 20분 동안도 저를 신용할 수 없다는 말씀이십니까? 당신은 하타마루 박사의 존귀함을 알고 계십니까?"

나즈키 박사는 하타마루 박사와 마찬가지로 자신감이 강하고 고집스러운 학자였다.

"알고 있습니다."

부장의 이마는 창백해졌으며 입술에 냉소를 머금고 있었다. 나즈키 박사가 커다란 시계를 바라보며,

"앞으로 10분……."

"나즈키 박사님, 네오 포스젠에 의한 중독이라고 하셨습니다만, 그렇다면 같은 방에 있던 따님은……."

"그 의문은 오토다 부장님께서 풀어야 할 문제입니다. 제 진단에 잘못은 없습니다."

"하지만……."

"지금 일본의 의학이 인류를 얼마나 행복하게 할지……."

박사는 광인처럼 이렇게 중얼거린 뒤, 하루미 앞에 서서,

"아가씨, 아버님은 다시 한 번 말씀을 하실 수 있게 될 겁니다. 당신 혼자서만 조용히, 발소리도 내지 말고 저를 따라오시기 바랍니다. 저의 배양액과 주사에 의해서 포스젠 중독이 어떻게 되었는지."

세 박사는 나즈키 박사의 얼굴을 보았다.

"결과를 기다리고 있겠습니다."

"기다려주시기 바랍니다. 실패한다면 박사와 죽음을 같이 하도록 하겠습니다."

하루미는 몸을 떨며 걷기 시작했다. 박사가 고개를 숙인 채 그 뒤를 따랐다. 문이 조용히 열렸다. 두 조수의 눈과 입술이

이상한 웃음을 짓고 있었다.

"아버님의 손을 잡아, 맥박을……."

하루미가 아버지의 손목을 쥐었다. 차가움과 처참함이 신경을 떨게 만들 것이라 생각한 것과는 달리, 놀라움이 뼛속 깊은 곳까지 찔렀다. 박사의 맥박이 손가락 끝에 분명히 느껴진 것이었다.

"하루미 씨, 이대로 아버님께서 원래대로 소생하실지 어떨지는 알 수 없습니다. 하지만 짧은 시간이라도 의식을 회복하여 이야기하실 수 있게까지는 될 겁니다. 그 뒤부터의 치료는 지금 오신 분들과 충분히 행하도록 하겠습니다. 심장은 떼어내도 배양액 속에서는 살아움직이는 법입니다. 그리고 주사 말입니다만……."

이라고 말했을 때,

"20분이 지났으니."

라며 오토다 부장이 들어왔다.

"아버지께서……."

하고 하루미가 손을 쥔 채 말했다. 그것이 무엇을 의미하는지 오토다 부장은 멈춰 선 채로 나즈키 박사의 얼굴을 가만히 응시했다.

"학리적으로는 가능한 일입니다. 그리고 일본인의 손끝은 서양인보다 정교한 기술에 뛰어납니다. 나즈키 박사님은 특히……."

라는 이야기소리와 함께 부인과 박사들과 하타마루 박사의 조수들의 얼굴이 문 쪽에 겹쳐져 있었다.

"이 사실을 한동안은 절대 비밀로 해주십시오. 아직 심장이 고동치기 시작한 것일 뿐이니. 지금부터입니다, 정말 중요한 건……."

하고 나즈키 박사가 낮은 목소리로 말했다. 사람들은 살아 있는 신을, 하타마루 박사보다 더 뛰어난 과학자인 양 바라보았다.

8. 살인상자

하타마루 박사가 눈을 떴다. 그 눈동자는 또렷한 의식과 판단력을 가지고 있었다.

"움직이셔서는 안 됩니다."

라고 나즈키 박사가 말했다.

"말씀을 하실 수 있으시겠습니까?"

"할 수 있네. 고맙군."

박사는 바로 곁에서 감격에 젖어 있는 하루미의 눈을 보았다.

"하루미……."

"네."

"아까 그 방의 책상 위에 조각이 들어간 상자가 있었지?"

"네."

"좀 가져와라."

사람들은 기적을 믿을 수가 없었다. 박사는 그저 기절했던 것일 뿐, 죽었던 것이 아니라고 생각했다.

"선생님, 저것은?"

하며 오토다가 책상 위의 뼈를 가리켰다.

"갈비뼈입니다."

"네? 갈비뼈……."

"박사님의 것입니다.

하타마루 박사는 미소 지었다.

"나즈키 군, 자네의 설을 실행에 옮긴 건가?"

"이게 그 결과입니다."

"고맙네. 며칠이나 살 수 있지?"

"3일 이상, 확실하지는 않습니다. 서서히 배양액을 빼내도 심장이 그대로 있을지, 배양액을 그대로 두어도 서서히 심장이 약해질지. 그것이 갈림길입니다."

"사흘……, 그것만 해도 충분하네. 조수, 거기에 있는가?"

하루미가 포도나무를 조각해놓은 조그만 금속제, 그것은 담배갑보다 조금 작은 장식품이었다.

"아버지."

"무시카와(虫川), 이 상자를 조심스럽게 뚜껑부터 분해해주게."

라며 조수의 얼굴을 올려다보았다.

"하루미, 아버지는 사흘이 지나면 다시 한 번 죽을지도 모른다. 네게 말해두겠다만, 현명한 여성의 손에 자란 우수한 과학자와 그 외의 사람들은 인간의 행복을 10년이고 20년이고 빨리 가져오게 한단다. 여기에 모성으로서의 사명이, 가치가 있다. 여성의 전반기는 적당한 남성을 찾는 것, 후반기는 적당한 아이를 기르는 것, 이는 남성의 사회적 사명보다 훨씬 더 커다란 일로 남성의 노동은 단지 그것을 보조하는 것, 마치 꿀벌과 다를 바 없다."

"선생님, 열렸습니다."

라며 조수가 껴들었다.

"텔레복스 아닌가?"

"맞습니다."

"그런가, 역시……."

오토다 부장이,

"뭔가 단서가 되겠습니까?"

"당신은?"

"중앙수색부장……."

"알겠네. 내 옷이 전기를 띠고 있지 않나? 아니, 틀림없이 띠고 있을 걸세."

"선생님, 풀렸습니다. 이 장치를 보니."

라고 조수가 말했다.

"설명해주게."

"옆방에서 말씀드리겠습니다. 나즈키 선생님, 그러는 편이…….”

“그렇게 하게.”

라고 박사가 끄덕이며 말했다. 사람들은 두 박사를 남겨둔 채 조수가 들고 있는 상자를 들여다보며 나갔다.

9. 텔레복스

무시카와 조수는 테이블 위에 조그만 상자를 놓고 사람들에게 머리를 숙였다.

“여러분도 아시는 것처럼 인조인간, 초기의 그것은 묘한 인간의 모습으로 만들어져—지금도 그런 것이 있습니다만— 손이네, 발이네 그런 부분은 필요 없는 것입니다. 이처럼 조그만 미술품 같은 상자로도 훌륭하게 목적을 달성할 수 있습니다. 라디오 세트처럼, 시계처럼 얼마든지 조그맣게 만들 수 있기에, 이번처럼 하타마루 선생님조차 이 상자에서 방사된 독가스에 일단은 사망에까지 이르셨으나…….”

라고 상자 안을 가만히 들여다보며 차근차근 설명했다. 사람들은 소파에 앉아 조수의 얼굴을 응시했다.

“한눈에 텔레복스라는 사실을 알아보았고, 선생님은 아마도 중독된 순간, 그것이 이 상자의 작용이라는 사실을 깨달으신 듯하지만…….”

사람들은 일제히 고개를 끄덕였다.

"어째서 따님에게는 작용하지 않고 선생님에게만 작용했을까? 무시무시한 텔레복스의 위력 때문입니다. 다시 말해서 조금 전에 선생님께서 말씀하셨던 선생님 옷에 달린 단추의 금속성 부분은 매우 미약한 전기를 띠고 있습니다. 텔레복스는 그 전기를 향해서 가스를 방사하도록……."

이라고 말하며 무시카와 조수는 상자를 세워 아주 작은 코일 하나와 용수철을 가리켰다.

"바로 여기입니다. 2간의 거리에서 반응하도록 만들어져 있는데 반응함과 동시에 폭과 높이 모두 정확히 사람의 가슴에서 머리에 걸쳐 급속도로 방사하도록……. 이 구멍, 물론 너무 작아서 안 보이실 테지만, 분무상으로 방사하도록, 참으로 교묘하게 만들어져 있습니다. 하지만 그렇게 놀라운 물건은 아닙니다."

"아가씨."

라며 오토다가 자리에서 일어났다.

"이 상자는 어디서 보낸 겁니까?"

"친구가 준 거예요."

"그 친구 분의 주소와 성함은?"

하루미는 고개를 숙이고 있다가,

"좋은 사람이에요."

라고 중얼거렸다. 사람들은 하루미의 대답을 기다리며 그녀의 입술을 바라보고 있었다.

"아마 그 친구 분도 누군가에게서 받았을 겁니다. 좋은 사람이라면 틀림없이 그럴 겁니다."

"말씀드릴게요. 같은 반 친구인 케기 레이코(毛木令子)예요."

"어머, 케기가."

라고 부인이 자제심을 잃은 듯한 목소리로 말했다.

"외교관이신 케기 씨의 따님이신가요?"

"네."

무시카와 조수가,

"이건 제 개인적인 추정입니다만, 이 상자는 에디슨 연구소의 듀서트 박사가 만든 것인 듯합니다. 그게 아니라면 박사의 제자이거나."

라며, 사람들을 흥분시키고 실내의 분위기를 불안 속으로 떨어뜨리는 말을 했다. 미국 대사인 케기의 딸, 학문상의 적인 듀서트 박사. 문제는 해결된 듯했다. 흥분한 사람들은 심장을 누르며,

"그렇습니까? 그렇게 된 거군……."

하고 고개를 끄덕였다.

"그런데 하타마루 박사님은 저 상태에서 어떻게 되는 겁니까?"

라며 오토다가 박사를 돌아보았다.

"학리적으로는 나즈키 박사님이 말씀하신 대로입니다. 그러나 실제로는 수술한 기록이 없기 때문에 뭐라 말씀드릴 수 없습

니다.”

오토다 부장이 자리에서 일어났다.

“매우 간단한 사건이 되어버렸습니다. 앞으로는 나즈키 박사님을 비롯하여 여러분들의 힘에 기대를 걸 수밖에 없습니다. 저는 일이 급하게 되었으니 나즈키 선생님은 뵙지 않고 본부로 돌아가겠습니다. 단, 부탁드리고 싶은 것은, 박사님의 생사는 발표하지 말아주셨으면 합니다. 어떤 수단으로 제2의 암살이 행해질지 모르니. 범죄의 근거, 범위, 어느 정도로까지 박사님께 그러한 일들이 계획되어 있는지, 그러한 것들을 알게 될 때까지 여기에 계신 분들께서는 침묵을 지켜주셨으면 합니다.”

“당연합니다.”

라고 박사 가운데 한 명이 말했다.

“네, 지키겠습니다.”

하며 무시카와 조수는 부장의 얼굴을 보았다.

“그럼…….”

오토다는 방에서 나갔다.

“제가, 레이코를 만나보고 올게요.”

부인이 하루미의 얼굴을 힐끗 보며,

“어떻게 그런 일을…….”

이라고 말하는 것을 가로막고,

“레이코에게 물어보면…….”

“그건 오토다 부장님이 하실 거예요.”

“아니, 레이코는 그런 사람이 아니고, 레이코의 아버님도 그런 나쁜 분이 아니시다. 그리고 듀서트 박사님도 아버지와 늘 편지를 주고받으시며, 서로 사이가 좋으신…….”
이라고 말한 순간 문에서 나즈키 박사가,
“오토다 부장님은?”
이라고 말하며 얼굴을 내밀었다.
“조금 전에 돌아가셨어요.”
“텔레복스는 듀서트 박사의 제작품이지만 범죄자는 전혀 다른 사람이라고 하타마루 박사님께서 오토다 부장님에게 전해달라고 했으니, 바로 전화를 걸어주십시오.”
사람들의 대답을 기다리지 않고 문이 닫혔다. 조수 가운데 한 명이 전화기 쪽으로 갔다.
“물론 듀서트가 직접적인 범인은 아닐 테지만, ××××의 당국자 중 누군가가 범인일 것이라는 사실만은 단언할 수 있어.”
라고 박사 가운데 한 사람이 말했다.
“100정의 전기포보다 박사 한 사람이 더 무서우니까.”
유리창 밖에서 에에엥, 에엥, 엥하고 시간 외의 라디오 사이렌이 울리기 시작했다.
“또 사건이로군.”
“사모님, 라디오는?”
사이렌은 계속 울리고 있었다. 비행기 소리, 자동차 경적. 거리의 술렁임과 뒤섞여 맑은 소리로 사람들을 당황하게 만들었다.

10. 하타마루 박사의 생활

외관을 보석함으로 장식한 소형 텔레복스에서 방사된 네오포스젠에 의해 심장과 혈액이 중독되었던 하타마루 박사의 죽음은, 나즈키 의학박사의 심장절단수술로 목숨의 절반을 되찾았다.

눈동자가 빛났다. 입술이 움직였다. 말을 했다. 그러나 심장은 혈관과 연결되어 있을 뿐, 박사의 육체와는 배양액을 사이에 두고 움직이고 있었다.

"커다란 원주……, 작은 원주……."

박사가 커다란 목소리로 이렇게 말하더니 미소 지었다. 사람들이 창백해진 심장으로 박사의 눈을 보니 거뭇한 그림자가 드리워져 있었다.

하루미는 입술을, 손끝을 떨며 흑요석 같은 눈동자를 나즈키 박사 쪽으로 향했다. 그 동공은 박사에게,

"괜찮은 건가요? 아버지는?"

이라고 말하고 있었다.

그에 대한 나즈키 박사의 눈동자는 냉정하다기보다, 오히려 냉혹했다. 흘끗 돌아보더니 의자에 앉은 채, 박사의 탁한 빛으로 미소 짓고 있는 눈을 응시하며,

"시험관을……."
하고 조수에게 말했다. 조수는 조용히 방 밖으로 나갔다.

"커다란 원주……, 작은 원주……. 만물에 존재하는 주기율."

하타마루 박사는 끊임없이 미소 지으며 공허한 눈동자를 천장에 가만히 고정시킨 채였다.

'역시 틀렸어.'
라고 느낀 순간, 하루미는 차갑고 슬픈 것이 몸과 정신을 조여오는 것 같아 괴로웠다.

"인류는 동물에게 승리를 거두어 자연을 정복함과 동시에 언어로 전달하는 문명을 수천 년이나 계속해왔어."

가느다란 목소리였다. 나즈키 박사는 가만히 듣고 있었다. 하타마루 박사가 천천히 말을 이어갔다.

"그리고 문자문명, 기록문명, 명상문명……, 그것이 3천 년 동안 계속되어왔어. 종교……, 그건 몇 천 년 동안 인류를 지배해왔을까? 아무런 과학성도 없는, 그저 신앙과 사색뿐인 생활이, 문명이……."

조수가 시험관을 가지고 들어왔다.

11. 초등 제1과 같은

나즈키 박사는 시험관을 한동안 비춰보고 있다가,

"침전물의 반응을 봐주게."

라며 조수에게 다시 건네주었다. 조수는 얌전하게 밖으로 나갔다.

“종교의 불합리성을 알게 되자 다음 문명은 철학이었어. 커다란 원주는 문자문명과 언어문명이고, 작은 원주는 종교문명과 철학문명, 그리고 문자문명이야. 하지만 언어문명이 3천 년 전에 끝난 것처럼, 문자문명도 그 전성기가 지나려 하고 있어. 그리스인의 사색적 문명은 1930년의 미국문명을 훨씬 능가했었어. 그리고 로마의 전차—, 철의 바퀴를 장착한 수레는 말에 이끌려 2천 년 동안 마차라는 이름으로 교통의 주요 기관이었어. 애야, 하루미…….”

“네.”

아버지의 헛소리가 끝나고 제정신으로 돌아온 것이라 생각하여 하루미가 밝아진 전신으로 아버지를 보았으나, 역시 탁하고 공허한 눈동자였다.

“그것이 로마에서부터 2천 년 동안 조금도 개량되지 않고 마차는 1900년까지 계속되어 왔어. 알겠는가, 1900년. 그 1900년부터 1930년이라는 겨우 30년 사이에 자동차는 140마일의 속도를 기록하게 됐어. 이것이 커다란 원주의 제3차 원주의 형이하문명, 최초의 과학문명이었던 거야. 제1차 원주는 언어문명, 제2차 원주는 문자문명, 제3차 주기율적 문명이 과학문명, 신이 다스리던 시절에는 하늘의 이와부네[5]를 타고 조류를 넘어왔어. 그로부터 3천 년 동안은 노 10개, 8폭짜리 돛, 단지 이것뿐이었어. 그런데 1900년부터 30년 동안, 21마일에 4만 톤짜리 대형 디젤기선을 만들어냈어."

조수가 가지고 왔다.

"침전물 반응은 산성입니다. 바로 응결되어버립니다."

"그렇겠지."

박사는 고개를 끄덕였다.

"하루미 양, 아버님의 혈액 속에는 아직 네오 포스젠이 함유되어 있습니다. 그리고 그 혈액이 뇌로 가면 미량의 침전물을 남기게 되는데, 그 침전물이 있으면 아버님의 뛰어난 두뇌도 작용이 둔해집니다. 지금의 헛소리는 그 현상입니다. 하지만 걱정할 것 없습니다."

박사가 하루미의 얼굴을 보며,

"시간은 조금 걸리겠지만, 침전물은 사라질 겁니다."

하루미는 눈물이 배어나왔다.

'신의 영역이야.'

라고 생각했다.

12. 속 초등적인

"전등……, 하하하하."

---

5) 磐舟. 하늘을 비행하는 견고한 배.

박사의 웃음소리는 땅속 유령의 것처럼 섬뜩했다.

"사회제도의 개혁이라고? 한심하기는, 한심해. 대원주하고 소원주를 모르는군. 아니, 과학의 내일을 모르는 거야. 마르크스는 과학적으로 생각했어. 하지만 그 녀석은 과학을 생각하지 못했어. 전등은 왕후나 빈민이나 똑같이 비춘다는 사실을 몰랐던 거야. 라디오에게는 도회도 농촌도 없다는 사실을 몰랐어. 장석콘크리트는 1평에 5원이라는 사실을 몰랐던 거지. 현재의 생산을 기초로, 현재의 제도를 기초로—, 과학의 비약적인 내일을 고려하지 못했던 거야. 발달된 내일의 과학, 즉 사회의 개혁, 생활의 변화를 고려하지 않은 모든 사회개조, 경제학은 완전히 무효야. 무효라고!"

하타마루 박사가 얼굴을 찌푸렸다. 나즈키 박사가 묶어놓은 밴드를 다시 한 번 확인하기 위해 모피담요 속에서 하타마루 박사의 손을 만져보았다.

"타이코 히데요시[6]."

라고 박사가 외쳤다.

"그 녀석의 목소리는 3만의 병사에게 미쳤어. 하지만 무선전화로는 런던과 대화할 수 있어. 이게 제3차 문명의 특색이야. 형이하 문명의 특색이야. 에도 시대의 쇼군은 하코다테의 천연얼음을 매우 귀하게 여겼어. 백설탕—, 그건 그것만으로도 명과

---

6) 太閤秀吉. 토요토미 히데요시(豊臣秀吉, 1536~1598)를 말한다.

였어."

하타마루 박사의 발명품인 초발전기에 의한 인공강우는 산이 많은 일본에서 정시에 비를 내리게 하는 데 성공했다. 많을 때도 있고 적을 때도 있고, 그 분량에 차이는 있었으나 내리지 않은 적은 없었다. 박사는,

"제2차성 라디오가 완성되면 더욱 완전해져."

라고 말했는데, 그 정시의 강우를 알리는 사이렌이 명랑하게 포효하기 시작했다. 도로의 사람들이 발걸음을 서둘러 백화점으로, 지하도로, 레스토랑으로 들어가기 시작했다.

"비가 내릴 시간."

이라고 말하며 하루미가 미소 지었다.

"오늘은 10분 동안이죠."

"네."

방이 어두워지기 시작했다. 희미하게 울리던 프로펠러 소리가 점점 가까워졌다. 박사의 집 바로 위로 비상하려는 것인지 점점 다가왔다.

나즈키 박사도, 하루미도, 조수도, 집을 경계하는 사람들도 매일 듣는 프로펠러 소리에 조금도 주의를 기울이지 않았으나 하타마루 박사만은 갑자기 눈을 반짝이며,

"비행기를 경계해줘."

라고 말했다. 그와 동시에 거리의 사람들이,

"추락이다."

라고 외쳤다. 그 순간,

"저격당했다."

라고도 외쳤다. 그런 외침과 거의 동시에 비가 내리기 시작했다. 그리고 그 첫 번째 방울을 맞자마자 사람들은 절망적인 고통으로 얼굴을, 몸을 비틀고 소리를 지르고 몸부림치며 땅바닥에 나뒹굴었다. 빗방울이 닿은 곳에서 바로 털이 벗겨져나갔다. 피부가 짓무르고 살점이 노출되었으며, 뒤이은 빗방울에 살이 녹아내리기 시작했다. 혈액 외에 누런 액이 머리에서 털과 피와 함께 얼굴로 흘러내렸을 무렵, 옷은 갈가리 찢기고 사람들은 육즙과 고름과 피만 남아버리고 말았다.

13. 무전조종기

아스팔트는 악취와 연기를 피워올리며 녹기 시작했다. 나무 벽돌을 깔아놓은 도로는 작은 총탄에 맞은 것처럼 구멍이 뚫리더니 구멍 주위가 갈색으로 변함과 동시에 와르르 무너져내렸다.

"선생님."

하루미가 한손으로 눈을 가리며 밖을 가리켰다.

"앗!"

나즈키 박사는 격렬하게 머리를 흔들더니,

"지하실로."

라고 외쳤다. 하타마루 박사의 침대로 손을 가져갔다.

"서둘러, 조용히."

세 조수와 두 경계자와 박사와 하루미와—, 문을 열고 지하실로 통하는 계단 쪽으로 복도를 지나는 순간, 병실의 천장에 조그만 갈색 반점이 생겼다. 한동안은 그대로 있었으나 점점 커짐과 동시에 똑같은 반점이 몇 개고 번지기 시작했으며, 액체가 한 방울 방의 나무바닥에 떨어졌다.

연기가 올랐다. 바닥은 흡묵지가 잉크를 빨아들이듯 갈색이 점점 번져갔다. 연기가 피어오르자 숨이 막힐 것 같은 매캐한 공기가 방 안에 드리우기 시작했다.

거리는 독액이 포함되어 있지 않은 비에 세정되었으나, 사람들은 한 명도 지나다니지 않았다. 검은빛 혈액이 고여 있었다. 잿빛 뼈가 고깃덩어리 밖으로 드러나 있었다.

너덜너덜해진 양복 속에 시커먼 고깃덩어리가 감싸여 있고, 점액이 빗물과 함께 아스팔트로 흘러나오자 고깃덩어리가 점점 납작해져갔다.

묘지 같은, 폐허 같은 가로를 자동차가 전속력으로 미친 듯이 달려왔다. 핏덩이를, 고깃덩어리를 짓밟고 지났기에 타이어가 새까맣게 물들어 있었다.

오토다 중앙수색부장과 육군성의 고급 부관이 공처럼 문까지 달려갔다. 운전을 하고 있던 같은 부관이 입술을 깨물며 사냥개처럼 달렸다.

오토다가 문의 손잡이를 잡아 돌림과 동시에 몸을 부딪치듯 하여 문을 열었다.

"흠."

오토다가 한 걸음 물러나더니,

"마스크."

세 사람은 문 앞에서 서둘러 마스크를 쓰고 복도 끝에 있는 사람의 모습을 향해,

"박사님은, 무사하십니까?"

사람의 모습이 돌아보더니 손으로 지하실 쪽을 가리켰다.

"△△△△의 무전조종기입니다. 이곳을 목표로 온 것이 틀림없습니다. 공중감시소에서 허가한 선 이하의 항로로 비행하기에……."

라고 말하며 다가가더니,

"경고를 했는데, 감시기로 살펴보니 탑승자가 없었습니다. 마크도 없고, 번호도 없고, 진로가 이쪽이었기에 아하, 싶어서 저격을 명령하고 잠시 지켜보았더니 이런 꼴이 되어버리고 말았습니다. 이삼만 명은 목숨을 잃었을 겁니다."

"저는 참모부관인……."

이라고 말하며 명함을 내밀었다.

"나즈키입니다."

"무시무시한 부식성 가스입니다."

네 사람은 위를, 아래를 훑어보았다.

"무전이라면……, 어디서."

"부유식 비행장이라고밖에 여겨지지 않습니다."

"하지만 거기에는 국제관리인도 있고, □□의 비행기도 있는 듯하던데……."

"추측입니다만, 정기항공로 이외의 해상, 이것도 추측입니다만 훨씬 북쪽에 있는 비밀 장소가 아닐까 싶습니다. 해군에서도 그 부근을 유심히 관찰하고 있었습니다만, 만조 시에는 해면 6㎝, 간조 시에는 해면 3㎝, 늘 파도에 잠겨 있기에 공중에서는 발견할 수 없는 곳에 발판을 마련한 것이 아닐까……. 이 추측이 맞을지 맞지 않을지는 모르겠으나 사실에서 멀지는 않을 겁니다. 당연히 개전(開戰)해야 합니다."

"하타마루 박사의 세계 사회에 대한 공헌을 파괴하는 세계 문화의 적이라는 사실을 선전(宣戰) 이유로 내일이라도 라디오를 통해 전 세계에 알리는 것이 좋을 듯하군."

나즈키 박사는 고개를 숙인 채 말이 없었다. 세 사람은 복도에 서서 다급한 어조로 이렇게 말하더니,

"박사님의 용태는?"

"평온합니다."

"뵐 수 있을까요?"

"안 됩니다. 아직 조금 더 있어야 합니다. 혈액 속의 유독소가 빠지고 나면 잠깐쯤은 괜찮을 테지만, 저로서는 아직……."

"네, 무사하시다면 됐습니다."

라디오 수신기가 울렸다.

"공용이지요? 내게 온 거야. 추락한 비행기에 관한 것이겠지."

오토다 부장이 복도를 달려갔다.

"오토다 부장님."

하고 부르며 서생이 복도로 모습을 드러냈다.

"구멍투성이로군."

하며 위아래를 둘러보더니,

"냄새. 선생님, 이젠 괜찮은 건가요?"

14. 부유식 비행장의 역할

1929년 가을, △△△△의 암스트롱 씨에 의해서 모형이 만들어진 부유식 비행장은, 수밀성 부표도가 장치되어 있기에 120자의 높은 파도에도 안전했다. 거기에 밸런스탱크와 동요제어 갑판을 장치해서 피칭에도 롤링에도 견딜 수 있게 했으며 1931년, 대서양에 8개가 만들어졌다.

폭 150m, 길이 610m. 그곳에서는 격납고가 경금속성으로 빛나고 있었으며, 그 안의 수리부에서는 30만 볼트의 전력이 발전되고 있었다. 낮고 튼튼한 수소 창고, 익살스럽게 키가 큰 기상대. 구난용구 창고는 해수와 닿을 듯 말 듯한 아래쪽에 있었는데 디젤모터 2개와 부속품이 잠들어 있었다.

침실은 여름의 맑은 밤에는 연인과 끌어안고 있지 않으면 안 될 정도로 싸늘했으며, 겨울의 날이 좋지 않은 밤에는 제아무리 사이가 벌어진 남녀라도 친해질 만큼 거칠게 불어대는 바다 위를 경험할 수 있는 곳이었다.

"부부싸움? 한심하군. 부유식 비행장에 하룻밤 갔다와봐."

라는 말이 사람들 사이에서 유행어가 되었다. 주간에는 커다란 A가 갑판에 늘어져 있었고, 밤이면 멋진 불빛이 회전하며 낮은 구름을 물들이고 있었다.

1938년[7], □□는 인구로 파열할 듯했으며, 대○무역의 정체로 1년에 2번 내각이 바뀌었고, 그것을 무산당이 배격하여 실업자 시위운동이 일어나 전 □□가 절망적인 상태에 빠졌을 때,

"태평양에 12개의 부유식 비행장을 만들어 교통의 편의를 도모하고 싶다."

고 △△△△가 요청해왔다.

"만약, □□가 승낙하지 않는다 할지라도 만국항공법에 따라서 □□의 영해 밖의 지점에는 만들 테니……."

라는 내용은 공문서에 담지 않았으나 너무나도 명백한 사실이었다.

대○무역의 정체는 ○○에 대한 △△△△의 투자가 직접적이자, 간접적인 원인이었다. 중국의 면사는 △△△△적 농경법

---

7) 앞뒤의 내용으로 보아 오류가 아닐까 싶다. 이 연도가 잘못이라면 14장 첫 문장의 연도부터 잘못 된 것인 듯하다.

으로 대량산출되어 그 조제품과 정제품 모두가 △△의 공장을 통과하지 않게 되어버렸다.

○○의 무솔리니라 불리는 이화평은 △△△△의 자본과 함께 미국의 산업조직을 그대로 모방하여 △△△△ 산업계의 과잉적 인물과 낡은 기계를 무한정 수입해왔다.

□□의 자본과 산업은 압박을 받았다. 게다가 인견의 가격하락과 함께 천연견사의 가격이 떨어지는 경향을 보였기에 정치가는,

"인구로 파열하거나, 수출로 파산하거나."

라고 절규했다.

이러한 때에 부유식 비행장을 만들겠다는 것이었다.

"○○는 □□에 대해서 전의를 품고 있어. □□도 자기옹호를 위해서 싸우지 않으면 안 될지도 몰라. 만약 □○가 전쟁을 시작한다면 △△△△는 자신의 자본을 보호하기 위해서 ○○의 편을 들 거야. 그때 이 부유식 비행장의 역할은?"

15. 하타마루 박사 공격

□□ 안에 체념과 절망과 비명과 분노가 가득했다.

가장 마음이 약한 부호 가운데 한 사람은 내셔널뱅크에 예금하고 도피소를 생각했다. 언제부턴가 스트리트걸이 거리에서 교태를 부려도 경찰은 이상히 여기지 않게 되어버렸다.

영화와 극장이 만원인 것은 사회의 체념적 경향 때문이라고 논해지게 되었으며, 모든 신문과 잡지는 질책과 격노로 가득 메워져 있었다.

'하타마루 박사의 발명 완성.'

대문짝만 한 글자로 신문은 활기를 띠었으나 사람들은,

"발전기는 못 먹잖아."

라며 냉소했다.

그러나 750만 볼트의 직류전기를 발전할 수 있는 초발전기는 곧 인공태양등이 되었으며, 전기재배가 시작되었기에 가장 먼저 과수의 증산에 성공했고, 도사(土佐) 지방은 온전히 연 2회 수확이 가능하게 되었으며, 보리의 수확량이 6할 증가했다.

"면사를 대신할 물건."

하타마루 박사의 국립과학연구소 제3분과 주임인 와가키(輪垣) 박사는 모피와 짐승의 가죽에 가공의 손길을 더하여 이상적인 의복을 발견했다.

방직과 염색업이 발달하지 않았던 원시시대의 인류에게는 모피밖에 없었으며, 동물인 인류에게는 모피가 가장 적합했으나, 1950년까지 그것은 사치품에 지나지 않았다.

그러나 한 사람이 양 한 마리를 기르는 일은 불가능한 일이 아니었으며, 열 마리의 다람쥐는 아이 혼자서도 기를 수 있었다. 그렇게 해서 사람들은 방한에 가장 좋은 의복을 얻었는데, 와가키 박사는 인공태양등에 의한 발모 조생과 의학적 수법에 의한 조숙과, 그러한 방법으로 인류에게 유용한 동물의 그 유용한 부분만을 자연보다 2배 빨리 성장시킬 수 있게 하였다.

이렇게 해서 짐승의 가죽은 유연해졌으며, 면사와의 합성에 의해서 강인해졌고, 아름다운 모피와 직포의 중간에 위치한 '직피(織皮)'로 변화했다. 그것을 모든 속옷에 사용했으며 겉옷으로는 모피를, ―그것은 의복이 가진 문제의 대부분을 해결하는 것이었다.

그리고 이 두 가지 발명권의 양도와 제조품의 수출이 □□의 호흡을 어느 정도 평소의 상태로 되돌려놓았다.

그런데 뒤이어 제2차 소형 전지가 발표됨과 동시에 육군 병기연구소는 전기포의 완성을 보고했다.

인류의 생활에 행복을 가져다주어야 할 제2차 소형 전지는 군사와 결합함과 동시에 ○○의 특별임무국 사람들로 하여금,

'하타마루를 살려두어서는…….'

이라는 생각을 품게 하였다.

하타마루 박사의 발명이, 앞으로 있을 발견이 인류를 얼마나 행복하게 하고 생활을 어떻게 바꿀지, 그것에 감사하기보다는, 박사가 발명한 소형 축전지와 초발전기가 대포와 결합하여 전기포가 완성되었다는 사실 때문에 ○○은 절망에 빠졌다.

"무전, △△△△의 승인을 얻든 얻지 못하든 캄차카의 동단에 있는 3호에서……."

가장 잔인한 부식성 가스를……, 그것이 박사에 대한 제2차

공격이었다.

16. 사상은 쫓겨났다

하루미는 아버지가 태어난 해인 1930년의 잡지를 꺼내 읽고 있었다.

"재즈나 영화—, 그와 같은 단순한 아메리카니즘이 아니다. 고층건축, 능률증진, 대기업조직, 균일주의, 대량생산, 백화점, 할부판매, 대농법— 그리고 안전면도기, 금전등록기, 유성영화, 자동차, 라디오, 전등, 축음기, 이혼, 금주, 직업여성, 자유연애, 추잉검, 스포츠, 전비제한, 금력적 제국주의, 미국적 외교, 향락, 무사상, 생활력……."

하루미는 미소 지으며 한숨을 내쉬었다.

"이러한 것들은 세계의, 일본의 도덕, 사상, 습관, 유행, 화장, 복장, 행위, 기업, 경영, 즉, 생활에, 사회에 격변을 가져다주었다. 비판과 성찰의 시간도 없이 압도적으로 침투했다. 아니, 침투했다기보다는 침투시키지 않으면 보조를 맞출 수가 없었다. 아메리카니즘의 배척은 자살이었다. 이 멋진 아메리카니즘의 발흥 원인은? 그것은 과학……."

하루미는 자신이 태어나기 30년 전 일본의 유치함에 미소 지었다.

"미국의 풍부한 천연산물—광산, 석유, 농산. 그러나 그것은 러시아에도 있다. 하지만 러시아에는 과학이 없었다."

하타마루 박사는 편안히 잠을 자고 있었다. 지하실은 적막했으나, 밝았다.

"사색은 제아무리 최신의 것이라도 상대성원리 한 권만으로는 만족하지 못한다. 때로는 아리스토텔레스에 동감하는 경우도 있다. 그러나 과학은 최신의 것 딱 하나면 충분하다. 즉, 사색은 개인에 따라서 선택의 자유가 있지만 과학은 절대적이다. 여기에 형이상학의 결점과 혼란과 착오와 무진보가 있는 것이며, 여기에 과학의 가속도적 진보가 있는 것이다. 사람들은 톨스토이를 다시 한 번 생각해볼 수는 있지만, 과학의 지난 설을 검토할 필요는 없다."

하루미는 다음 페이지를 펼쳤다.

"미국인은 이 형이상적 사색을 전부 버리고 형이하적 사색으로 향했다. 이것이 미국문명의 원인이었다. 공자의 가치는 시부사와 에이이치[8]가 보는 면과 내가 보는 면이 서로 다르지만, 전등의 밝기에 대해서는 동일하다. 바로 여기에 과학의 매력과 의의가 있다. 라디오는 왕후와 우리를 같은 위치에 놓으며, 전등은 빈민을 바로 밝게 할 수 있지만, 구세군의 큰북은 아무리 두드려도 밥이 되지는 않는다. 여기에 과학의 가치와

8) 渋沢栄一(1840~1931). 일본의 실업가. 메이지 유신 이후 제일국립은행을 설립했으며, 여러 회사의 설립에 참가하여 실업계의 지도적 역할을 수행했다. 『논어와 주판』이라는 책을 저술했다.

사상의 결합이 있다. 아메리카니즘은 결코 강요를 하러 온 것이 아니다. 그 누구도 스포츠를 선전하기 위해서 세계를 돌아다니지는 않았다. 우리가 받아들인 것이다. 배운 것이다. 배우고 싶었던 것이다. 그 필연성을 잊어서는 안 된다. 예를 들어 에디슨 한 사람의 발명품을 오늘날의 생활에서 제거한다고 생각해보자. 불이익과 불편과—, 틀림없이 우리는 참을 수 없을 것이다."

하루미는 아버지의 얼굴을 가만히 바라보았다.

"아버지."

작은 목소리로 떨리는 심장과 함께, 생사의 갈림길에서 방황하고 있는 일본의 에디슨을 응시했다.

17. 원인불명의 중독사

신형 만년필이 긴자의 진열창에 산뜻하게 진열되어 있었다. 두꺼운 유리에 비친 자신의 모습을, 얼굴을 한동안 바라보다 품속의 돈을 헤아려보고 나서 상큼한 과일과 같은 아가씨는 성큼성큼 가게 안으로 들어갔다.

"새로 들어온 만년필이 있죠? 진열창에 있는……."

점원이 바로 진열대 서랍에서 같은 우윳빛 물건을 꺼냈다.

"잉크는 자동흡입입니다."

스탠드 안에 넣어 잉크를 채운 뒤 종이 위에 선을 그었다.

아가씨도 똑같이 두어 개의 선을 그었는데,

"앉으세요."

라고 말하기에 배니티케이스를 테이블에 놓고 종이에 얼굴을 가까이 가져가 옆으로 곡선을 그려보다가—, 눈썹과 뺨을 일그러뜨리더니 자리에서 일어서려 했다. 그러다 어깨와 팔과 몸을 무엇인가에 묶여버린 사람처럼 움츠리면서 떨더니,

"앗!"

하는 신음을 올리고 고통의 경련으로 얼굴을 일그러뜨림과 동시에 의자 위에 쓰러져버리고 말았다.

그와 비슷한 시간, 역시 잡화품점이었는데, 하타마루 박사의 딸 하루미에게 케기 외무관의 딸이 보낸 포도나무가 조각된 보석함을 산 가게에서, 머리 두 개 달린 뱀이 독수리를 휘감고 있는 은 조각이 달린 지팡이를 산 사람이 1정쯤 가다가 격렬하게 오른손을 경련시킴과 동시에, 위로 들어올려졌다가 내팽개쳐진 사람처럼 하늘을 향해 고통의 절규를 올리더니 마치 지팡이가 쓰러지듯 쓰러져버리고 말았다.

학생 셋이 새로 수입된 양서를 펼쳐 페이지를 넘기고 있다가 역시 같은 증상으로 쓰러져버렸다.

그런 원인불명의 중독적 죽음이 18명에 이르렀을 때 오토다 부장은,

"만년필, 지팡이, 양서, 레코드, 양산, 담배……."

'수입품이야.'

라고 생각했다. 하지만 어디에서, 어떻게 해서, 무엇이 작용해서 죽는 건지? 무슨 독인지? 하타마루 박사의 경우처럼 텔레복스는 아니고—, 그에 대한 실험은 의사도, 오토다도, 그의 부하도 위험해서 접근할 수가 없었다.

1개월쯤 사이에 40명을 헤아리게 되자 신문은 추측과 망상과 문외한의, 그리고 전문가의 설을 실었다. 모든 사람들이 하나같이,

"지난번의 무전조종비행과 같은 의도에서 행해지고 있는 증오할 만한 살인행위로 매우 대대적이고 교묘하게 행해지고 있다. 위험하다고 여겨지는 물건에는 손을 대서는 안 된다."
라고 말했으나, 그 이상의 해결책은 제시하지 못했다.

모든 상점에 공황이 밀어닥쳤다. 어떤 사람은 아침 반찬 하나하나 냄새를 맡아본 뒤 먹었다. 어떤 학생은 잉크를 먹으로 바꾸고 가정의 명령이다, 목숨과는 바꿀 수 없다며 완강하게 저항했다. 어떤 백화점은,

"제조원을 표시하여 판매하고 있습니다."
라고 신문과 라디오와 광고용 텔레비전에서 선전했다.

"나즈키 선생님, 좀 보세요."

하루미가 20일 만에 목욕을 하고 베란다로 나가 있는 곁으로 신문을 가지고 갔다.

"이상한데……."

박사가 중얼거렸다. 그리고 자리에서 일어서더니 서둘러 전

화실로 갔다.

"대학? 나즈키일세. 연구실로."

박사는 신문을 쥔 채였다.

"콘다(混田)? 그래 연구실에 이상은 없는가? 이상하군. 자네도 요즘 신문에 실리고 있는 원인불명의 사망을 알고 있겠지? 그 증상은 연구실의 네오 미스티딘과 매우 흡사하던데……."

박사의 목소리는 컸다. 조수가,

"하타마루 박사님께서 잠깐—, 그 일로 뭔가 하실 말씀이."

라며 뒤편에 와서 섰다.

"들린 모양이군."

중얼거리더니 박사의 방으로 갔다.

"나즈키 박사, 그 독소에 대해서 어딘가에 기록했는가? 발표라는 의미가 아니라 메모해두었다는 의미에서."

"노트에 적어놓았습니다."

"그건 어디서? 연구실에서?"

"네."

"방의 구조를 얘기해보게."

"오른쪽은 창입니다. 창밖은 안뜰인데 각 연구실의 창으로 사방이 둘러싸여 있습니다. 외부에서는 쉽사리 들어갈 수 없을 겁니다. 왼쪽은 문이고 앞뒤는 벽입니다."

"하지만 2층이나 안뜰에서도 들여다보면 보이겠지? 책상 위도, 무엇인가를 적고 있는 모습도."

"보입니다."

"그런 방법으로 도둑맞은 것 아닐까? 만약 우연히 같은 연구가 다른 곳에서도 완성된 것이 아니라면. 소형 텔레비전으로 자네가 적고 있는 모습을 찍었다가 확대해서 볼 수도 있어. 3자쯤만 떨어져도 무슨 글자를 쓰고 있는지는 알 수 없지만, 손의 움직임을 10배로 확대하면 그 의미를 알 수 있네. 그것을 재생하기는 쉽네."

나즈키 박사는 이마에 주름을 짓고 있다가,

"만약 그렇게 된 거라고 한다면—, 아니, 도둑맞은 것이 아니라 할지라도 이런 종류의 중독은 □□의 인구 정도는 우습게 멸절시킬 수 있습니다. 얼마 전의 부식액에 비할 바가 아닙니다, 제길. ○○인일 겁니다. 그 잔인한 인종이 이것을 손에 넣는다면?"

"나대신 나즈키 자네가 한번 해보겠는가? 방법은 있네. 함부로 얘기해서는 안 되겠지만, 지하실 공기의 떨림을 정밀하게 계산하면 무슨 말을 하고 있는지 알 수 있는데, 이건 아직 도둑맞지 않은 방법일세. 하하하."

박사는 쾌활하게, 그러나 움직이지 못하는 사람이기에 쓸쓸하게 웃었다.

2월 3일의 꿈

1

2월 3일. 선거다, 선거다, 선거다! 사람들은 용광로처럼 작열하며 끓어올랐다. 흥분이다. 절규다. 광분이다.

나는 『투모로 매거진』을 읽고 내일의 세계를 생각하며, 잿빛 속으로 헤매어 들어갔다.

2

초호활자[1] 같은, 그리고 가만히 보고 있으면 방 안 가득 들어찬 것 같은 '국민동중협회', 네온사인으로 널따란 하늘에 적힌 '전국무산자동맹'. 신문을 펼치면 '신민주당'. 그것이 어느 페이지에나, 어느 페이지에나—.

"아하, 오늘이 선거였나? 이 3개 파 가운데 하나가 내각을 조직하는 건가?"

---

1) 가장 큰 활자로 42포인트 정도 된다.

움직일 수 없었다. 사람으로 가득했다. 그 속을 자동차가 전속력으로…….

"위험해!"

나는 분노로 심장을, 머리를 떨었으나 사람들은 얼굴도, 등도, 시커멓게……. 그래 사람들은 위를 올려다보고 있군. 제도 신문사의 옥외 텔레비전은 번쩍번쩍 태양을 반사하며,

"신민주당 62……."

사람들이 술렁이는 듯했으나 소리는 조금도 들리지 않았다.

"전국무산자동맹 179."

사람들의 등 위에서 일본 이화학연구소의 쿠루카와(久留川) 박사가 미소 짓고 있었다.

"선생님……."

박사는 평소 사용하는 올스틸 데스크 앞에서 담배를 피우며,

"소형 2차 전지가 완성되었다네."

나의 정신도, 혈관도, 심장도, 폐부도, 딱딱하게, 차갑게, 창백하게 되어 흥분했다.

1930년까지의 축전지는 소량의 전력밖에 축적하지 못했다. 하지만 소형 2차 전지가 완성되었다면…….

가솔린 엔진 자동차는 전부 전력자동차가 되었다. 매해 2억 5천 갤런씩 수입하던 가솔린이 완전히 쓸모없게 되었다.

3

박사는 어느 틈엔가 박사의 딸인 마유미(マユミ)로 바뀌어 있었다. 나의 심장은 동요하며 붉은 빛이 되었다.

"아버지가 말이죠, 규산공업에 대한 연구를 하고 계셨었잖아요. 그게 지금 드디어 끝나서 장석이 완전히 건축재료로 쓰이게 되었대요."

나는 울고 있었다. 손수건을 찾았으나 없었다. 나는 고개를 숙인 채 찾고 있었는데, 포장도로 위를 걷는 사람들의 발걸음이 강아지처럼 쾌활했다.

"사회제도를 개혁해서 우리의 생활을 개선하겠다고?"

나는 그 목소리에 고개를 들었다.

"자네, 자네는 나오키(直木)지? 현재 있는 물건만을 균등하게 분배해서……."

나는 이 사내가 1930년대의 청색 작업복을 입고 소리 지르고 있다는 데 반감을 품었다. 라디오가 노래를 부르고 있었다.

<저는요, 긴자의 진열창이에요.

비치는 자만심

교태와, 흘기는 눈

배니티케이스에 립스틱

세일러팬츠는

구시대 유물이에요

지금 멋스러운 건

청색 작업복이에요>

"언제 적 얘기야, 멍청하기는."

그가 소리 질렀다.

"쿠루카와 박사는 장석류, 즉 진흙을 응고시켜서 건축재료로 쓸 수 있을 만큼의 경도를 부여하는 데 성공했어. 여러분, 다시 말해서 저희는 무산당 의원 62명이 10년의 노력으로도 여전히 해결하지 못한— 즉, 1가구 1주택이 이번 발명으로 지금 해결된 것입니다."

나는 절규했다.

"장석으로 집을 만들면 평당 10엔에 지을 수 있습니다."

무수하게 주택이 늘어서 있는……, 교외겠지? 사람들은 내가 절규하고 있음에도 진흙탕이 된 길을 고개를 숙인 채 전차도 쪽으로 걸어가며 어느 누구 들으려 하지 않았다. 나는,

"멍청한."

이라 외치고 손을 흔들었다. 그 앞의 상공을 로마의 전차가 달려갔다.

"보라고, 로마에서부터 1900년까지 사람을 실어나르려면 철제 바퀴가 달린 수레를 말에게 끌게 할 수밖에 없었어. 하지만 소형 2차 전지가 발명되어 우리는 한 집에 한 대씩 자동차를 갖게 되었어. 그리고 너희는 집을 한 채씩 소유하게 되었어. 그런데 오늘, 마루노우치(丸の内)에 가면 3개 파의 대의사들이 정권을 얻어 그것으로 사회를 개선하려 하고 있어. 하지만 사회

는 오로지 과학자에 의해서만 개선될 뿐이야."

나는 책상을 두드렸다. 청중은 정숙했으나 잘 이해하지 못하는 듯했다.

4

청중 가운데 한 사람이 일어났다. 나의 말을 반박하려는 것이리라 생각하여 가만히 얼굴을 보고 있자니, 가끔 잡지의 흐릿한 사진판으로 본 경제학자를 닮았다.

"현재의 경제는 현재의 산업, 현재의 제도 위에만 서 있습니다. 그러나 올바른 경제학은 현재 연구되고 있는 발명품의 완성까지 고려하지 않으면 절대로 내일의 변동을 예상할 수 없습니다."

나는 노트에 필기하며 칠판 앞 교수의 얼굴을 보고 있었다.

"그런데 과학발생 이전의 인류는 형이상으로, 사색으로, 사상으로 사회를 지도하려 했습니다. 종교, 철학, 문학이 바로 그것입니다. 하지만 1900년 이후부터의 현상은 사회제도의 개혁에 의해서 사회를 행복하게 만들려 했습니다. 그러나 8밖에 되지 않는 물건은 제아무리 나누어봐야 8입니다. 오로지 그것을 80으로 만들고, 100으로 만들고, 1000으로 만들어서 사회에 줄 수 있는 것은 바로 과학적 발명, 오직 그것뿐입니다. 따라서 1950년 이후의 사회운동은 제도의 개혁뿐만 아니라 과학의 통일, 생활필수품에 대한 국가의 과학통제, 즉 국립과학연구소가 설립되어, 오늘 여기서 개소식을 거행하게 되었습니다."

방 안이 장식되고 테이블에는 요리가 놓여 있었다.

마유미가 내 맞은편에 앉아 미소 짓고 있었다. 나와 동시에 마유미에게 결혼을 청했던 '전국무산자동맹'의 투사가 이학박사라는 마크를 달고 그 옆에 있었다.

'제길, 너는 언젠가 '자네의 과학적 발명에 의한 사회개혁과 나의 직접행동에 의한 사회개혁 중 어느 쪽이 빠를지, 어느 쪽이 이길지?'라며 마유미 앞에서 부르짖지 않았던가? 그런데 어느 틈에 과학자가 된 거지? 비겁한 놈.'

나의 분노는, 몸을 떨며 자리에서 일어났다. 그러나 두 사람은 뺨을 가까이한 채 눈동자로 서로를 애무하며 속삭이고 있었다.

"자, 이걸 봐."

나는 테이블 아래쪽의 서랍에서 내가 쓴 글이 실려 있는 잡지를 꺼냈다.

"의학이 인간을 근본적으로 개조할 수 있을 만큼 진보했다는 사실을 너는 모르겠지. 너 같은……."

"세상물정 모르는 공상가……."

마유미가 이렇게 말하고 미소 지었다. 남자는 조그만, 그것은 연필 모양의 살인용 텔레복스였다. 소형 2차 전지가 장치되어 있어, 네오 포스젠성 독가스를 발사할 수 있었다. 겉모양은 연필과 조금도 다르지 않았는데, 쿠루카와 박사가 심심풀이삼아 제작한 물건으로 그것을 아는 사람은 나뿐이었다.

나는 슬픔과 절망으로 공허한 동공이 되어 두 사람을 바라보았다. 연필 끝에서 벌써 독가스가 나와서 나의 심장을 침범한 것 같다는 느낌이 들었다.

5

그러나 그것은 피스톨이었다. 타앙, 하고 공기를 찢어놓았다.

"폭탄이다!"

사람들은 지하실로 달아났다. 나의 다리는 움직이지 않았다. 진공의 하늘에 라디오체조의 비행기가 비상하고 있었다.

"그러니까……."

하고 나는 분개했다.

1929년에 『만약 미일 사이에 전쟁이 일어난다면』을 쓴 참모본부의 사람은 미래 과학의 발달을 조금도 고려하지 않았다. 어제 만들어진 무기와 오늘날의 군비만을 연구한 위에 서 있었다.

태평양에 부유식 비행장이 완성되면 그것을 발판으로 공격할 수 있다고 내가 이미 부르짖었음에도.

'이 비행기는 틀림없이 부유식 비행장에서 온 거야. 그것도 북해에 있는 비밀장소에서 온 거야. 그런데……'

2차 소형 전지로 조작되는 전기포가 광분하며 갔다. 야간투

시경이 나뒹굴듯 뒤를 이었다.

'드디어 시작됐어. 마유미는? 맞아, 그 사람의 목숨은?'

나는 자리에서 일어났다.

"마유미 씨."

절규했으나 폐허처럼 되어 있었다. 단 한 명의 사람도 없었다. 땅이 움직이는 듯한 느낌이었으나 그것은 전력 굴갱기가 적지 밑을 폭파하기 위한 행동이었다.

'전쟁은 안 되지만, 이렇게 해서 일본 전체의 흙이 땅 밑에서부터 파헤쳐져 새로워지면, 전쟁이 끝난 뒤 농부들은 비료가 필요 없어져서 기뻐하게 될 거야. 무슨 일이 행복으로 이어질지 알 수 없는 법이라니까.'

조명탄이 몇 개고 몇 개고 작렬했다.

"여기 있었어요?"

마유미였다.

"위험해!"

나는 마유미를 밀쳐냈다. 총알이 꿀벌처럼 울리며 스쳐지나갔다.

어느 틈엔가 적병이 숲 속에 흩어져 전진해왔다. 나는 공포와 낭패로 반은 실신한 상태에서 마유미의 어깨를 잡고,

"달아나야 해."

라고 외쳤다. 적병은 마유미 한 사람을 목표로 삼아 점점 커져가고 있었다. 건강하고 과일의 향 같은 뺨, 반투명한 귓불, 아름

다운 허리의 선, 탄탄한 허벅지, 우아하게 부풀어오른 젖가슴, 잔털이 자란 매끄러운 살갗—, 그것이 적병의 포학함 아래서 신음한다면. 나는 이를 부득부득 갈았으나 소리는 나지 않았다.

"독가스 연막."

조용하고 명랑한 목소리로 이렇게 말하고 공원에라도 서 있는 것처럼 하늘을 가리켰다.

"저게."

아군 비행기가 비구름 같은 연막을 적병 위로 쏟아내고 있었다. 흰 듯, 검은 듯, 있는 듯, 없는 듯…….

"정말?"

하고 돌아보았더니 마유미는 없었다. 밤이 되어 새카맣게 어두웠다. 그러한 가운데 연막만이, 아직 꾸지 못한 꿈처럼 멀리에, 가까이에 드리워져 있었다.

'여기는 위험해.'

나는 달리려 했으나 칠흑같이 어두워서 무엇인가에 부딪칠 것만 같았다. 그리고 달릴 수가 없었다. 냄새가 났다.

'안 돼. 나는 쿠루카와 박사가 발명한 독가스로 죽는 건가. 죽고 싶지 않아.'

냄새가 점점 심해졌다. 그리고 암흑 속으로, 대지 속으로 점점 몸이 작고, 희미하고, 가늘게 사라져가는 듯한 느낌이 들었다.

6

"뭘 태우고 있는 거야?"

내가 이불 속에서 호통을 쳤다.

"응? 아빠 일어났어요? 발전기의 코일이 타버렸어요."

아이가 분해한 전기기관차를 가지고 들어왔다. 나는 '일본인 어머니에게 독일인 어머니 정도의 과학적 지식이 있었다면…….'

하고 생각했다.

파파 · 마마 교육

1

"파파, 완구를 사주세요."

파파는 경제 면을 바라보며 눈썹을 찌푸리고 입술을 일그러뜨리고 있었다.

"파파, 저, 완구가……."

"마마에게 말해."

"저기, 마마, 완구가……."

"이런 불경기에 완구가 다 뭐냐. 후카가와(深川)에 가보렴. 사흘이나 밥을 먹지 못해 교실에서 쓰러진 학생이 있질 않니?"

아이는 베란다로 나가 정원을 바라보았다. 그리고 커다란 목소리로 잡지를 읽기 시작했다.

"일본의 부모는 완구를 사치스러운, 그리고 하찮은, 쓸모없는 것이라는 식으로 해석하고 있습니다. 이는 커다란 착각입니다."

"사부로(三郎), 뭘 읽고 있는 거냐?"

"일본의 부모님은 자녀와 함께 완구를 부수고 완구를 만들고 완구를 즐기는, 가정교육에서 가장 중요한 일을 잊고 있습니다."

"사부로."

"독일의 어린이 모형전람회에는 길이 300자, 높이 5자 정도의 기차와 기선 등이 출품되는데, 이는 어린이들의 손에 의해서 만들어진 것으로, 이처럼 부모님의 이해와 원조 아래 어린 과학심이 양성되고 있습니다. 독일인은 발명의 천재는 아니지만, 매우 솜씨 좋게 타국의 발명을 이용하는 것은, 이 완구를 소중히 여기는 가정교육 덕분입니다."

"잠깐 이리 줘봐."

파파가 손을 내밀었다.

"뭐? 일본완구조합 발행. 파파 · 마마 교육 특집호? 한심한!"

2

"뭐야, 수가 3개에 우가 4개에 미가 있잖아, 미가. 이런 성적으로 대체 어쩔 생각이지? 이렇게 생존경쟁이 치열한 세상에서 이래서, 이렇게 해서 중학교에 들어갈 수나 있겠어! 때려치워, 때려치우라고. 어디 가서 기술이나 배워, 기술이나."

"지로(二郎), 대체 어떻게 된 일이니?"

"당신이 응석받이로 키웠기 때문이야."

"네? 제가……."

"그래. 지로, 잘 생각해봐. 기술을 배우러 갈지, 내일부터 모든 놀이를 끊고 공부를 할지. 가슴에 손을 얹고 잘 생각해봐."

파파는 다리를 꼬고 신문을 펼쳤다. 지로는 옆방으로 가서 커다란 목소리로 책을 읽기 시작했다.

"에디슨은 어린 시절 초등학교에서 저능아라는 소리를 들었습니다. 선생님은 가망이 없다며 퇴학을 명령했습니다. 평범한 어머니였다면 틀림없이 기술을 배우게 했을 테지만, 에디슨의 어머니는 이 아이를 무슨 일이 있어도 훌륭한 사람으로 키우겠다며 스스로가 선생님이 되어, 친구가 되어 함께 가르치고 배우고 놀았습니다. 그리고 에디슨이 갖고 싶어 하는 완구, 약품, 공작도구 등을 전부 사주었습니다."

"지로!"

"네."

"뭘 읽고 있는 거냐? 이리 가져와봐."

"네."

"뭐? 제국완국협회 발행 여름 특별호, 파파 · 마마 교육? 우체국에 가서 우편물을 선별해서 투함하라고 말하고 와!"

3

"이치로(一郎), 고등학교에서 공산사상이 꽤나 떠들썩하던데, 너는 괜찮겠지?"

"공산주의는 이미 낡았어요."

"뭐? 낡았다고?"

"물론이죠. 지금 100밖에 없는 물건은 아무리 나눠봐야 100이잖아요. 하지만 지금 장석의 콘크리트화 연구가 완성되었다고 가정한다면 평당 5엔으로 집을 지을 수 있어요. 장석은 어디에나 흔히 있는 진흙이나 흙이잖아요. 이걸 콘크리트와 같은 경도로 만드는 거예요. 과학에 불가능은 없어요. 틀림없이 만들어낼 거예요."

"그렇군."

"마르크스가 위대하다고 한들, 레닌이 위대하다고 한들, 에디슨 한 사람이 이룩한 발명만큼의 행복을 과연 인류에게 제공했을까요? 앞으로는 제공할 수 있을까요? 장석을 콘크리트화한 과학자만큼의 행복을 줄 수 있을까요?"

"흠, 참으로 옳은 말이다."

"그러니까 사회제도 개혁으로 100인 물건을 100인 채로 공평하게 분배하기보다는 과학의 발명으로 100을 10,000으로 만들고 그 10배로 만들어서 인류에게 주는 편이 훨씬 더 유효해요. 따라서 저는 과학주의예요."

"그런데 형님, 그 과학주의의 근본은 국민의 과학사상 양성에 있지요?"

"응."

"파파, 그렇죠?"

"그렇지. 잘 기억해두어라. 앞으로는 그 과학주의가 아니면 안 돼."

"그 국민의 과학적 사상 양성의 근본 문제는 소년 시절의 과학적 교양의 문제겠지요?"

"그렇지."

"그래서 말인데요, 파파. 이 전기기관차를 사주셨으면 해요."

파파는 책을 집어 뒷표지를 보았다.

"제길. 교육완구제조조합. 이치로, 너까지 이런 걸 읽고 있는 게냐? 세상은 긴축재정이야. 과학주의 따위, 돈이 드니 집어치우도록 해. 우편함을 부숴버려!"

4

"마마."

"아아, 또 시작이군. 무슨 일이니?"

"안 돼요?"

"개구쟁이들이 할일이 없으니……. 왜 그러니?"

"수영복 좀 사주시면 안 돼요?"

파파가 안경 너머로,

"또 완구점의 카탈로그냐?"

"네? 아니요. 백화점이에요. 이 모양 괜찮죠?"

"이렇게 화려한 건, 여배우나 직업적 여성이나 입는 거란다. 처녀가 입을 만한……."

"그래요? 처녀나 프로페셔널이나 다를 바 없어요."

"얘 좀 봐."

"하지만 똑같이 자격을 갖춘 남자를 찾고 있잖아요. 케이오(慶応) 대학이나 제국 대학이나……."

"무슨 잠꼬대 같은 소리를 하는 거니."

"미쓰이나, 미쓰비시나."

"뭐?"

"만세나, 문사나."

"문사가 어째서 만세냐?"

"고급만세."

"입만 살아 있는 아이로구나."

"하지만 처녀, 처녀 해봐야, 그럼 결혼해도 처녀로 지낼 수 있나요?"

"얘가 무슨 소리를 하는 건지?"

"일흔 살이 되어 처녀라도 처녀가 소중한가요?"

"입 다물어라."

"처녀성 자체의 가치가 아니라 남성과 대조하고, 남성으로부터 가치를 부여받아, 전 처녀예요, 하는 건 한심한 일이에요. 모름지기 처녀란……."

"너 이 녀석!"

딸이 들고 있던 팸플릿을 아버지가 빼앗았다.

"어머."

"뭐야. 세계 에로문학전집, 내용 견본, 린디, 우애결혼, 처녀가 읽어야 할 것, 읽지 말아야 할 것, 미국에 처녀는 한 명도 없다. 한심하기는. 우체국장을 불러와! 가정의 풍기를 해치다니!"

5

"어서 와라. 졸업논문은?"

"양잠에 관한 겁니다."

"양잠이라. 낡은 주제 아니냐?"

"그렇게 말하는 사람이 낡은 겁니다. 생사는 일본 수출의 주력이잖아요."

"그렇지."

"그런데 국립양잠연구소 같은 거라도 있나요? 2천 년 동안 같은 방법으로 누에를 키워오다, 인견에 밀려서 당황해봤자 소용없어요."

"그래, 언뜻 그럴 듯한 얘기다만, 다른 좋은 방법이 없지 않느냐. 따로……."

"뽕나무의 대용품으로 배추상추를 쓸 수 있어요. 또, 삶지 않고 실을 뽑는 방법도 있어요. 무엇보다 외국에서 양잠을 시작해도 그들 뜻대로 되지 않는다고 해서 2천 년 동안의 방법에만 만족한다는 건 과학을 너무 멸시하는 태도예요. 장뇌가 천연품으로 일본 외에서는 나지 않는다고 안심하고 있다가 어떻게 되었죠? 독일에서 보란 듯이 인공을 만들어서 일본의 장뇌가 폭락해버리고 말았잖아요. 양잠업 자체만이라도 벌써부터 연구소를 만들었어야 했어요. 그랬다면 지금쯤 우는 소리는 하지 않아도 됐을 거예요. 미국의 부호를 보세요. 전부 자신의 과학 연구소를 가지고 있잖아요. 미국이 번창한 요인 가운데 하나는 여기에 있어요. 일본이라는 곳은 과학사상을 한없이 경멸하고 있어서……."

"그래, 그래."

파파는,

"이제 그만해라."

라며 노려보았다.

"아이들의 완구 하나에까지……."

"우와, 옳소, 옳소. 큰형님 만세!"

"너도 어딘가의 카탈로그를 읽은 게로구나. 아무튼 요즘의 우편광고물은 미풍양속을 해치고 있어. 내 당장 고이즈미 마타지로[1]에게 가서 교육을 시키고 와야겠다. 지금의 광고, 전부 이리내!"

---

1) 小泉又次郎(1865~1951). 일본의 정치가로 체신 장관을 지냈다. 일본의 총리를 지냈던(2001~2006) 코이즈미 준이치로의 할아버지.

◎ 옮긴이의 말

나오키 산주고는 아쿠타가와 류노스케(芥川竜之介)와 함께 자신의 이름을 딴 문학상(아쿠타가와 류노스케 상, 나오키 산주고 상)으로 우리나라에까지 이름이 널리 알려진 작가다.

아쿠타가와 류노스케 상(이하 아쿠타가와 상)과 나오키 산주고 상(이하 나오키 상)은 두 사람의 친구이자 분게이슌주사(文藝春秋社)를 세운 키쿠치 칸(菊池寛)이 두 사람의 업적을 기념하기 위해서 1935년에 창설한 문학상이다. 아쿠타가와 상은 예술성 높은 단편이나 중편을 뽑아 연 2회 수여하며, 나오키 상은 대중적 인기를 얻은 장편이나 단편집을 뽑아 역시 연 2회 수여하는 상이다. 아울러 아쿠타가와 상은 신진 작가에게, 나오키 상은 중견 작가에게 수여되는 경우가 많다(나오키 상도 처음에는 아쿠타가와 상처럼 무명 · 신진 작가에게 수여되었으나 1970년대 이후부터 중견 작가에게 수여되었다). 두 개의 문학상 모두 몇 차례 중단된 적은 있었으나 지금까지 계속 이어져 일본 최고 권위의 문학상으로 인정받고 있다.

그런데 아쿠타가와 류노스케는 우리나라에도 많은 작품들이 소개되어 있으나, 나오키 산주고는 작품이 거의 소개되지 않았다. 이러한 현상은 일본에서도 마찬가지여서 아쿠타가와의 작품은 아직까지도 수많은 사람들에게 읽히며 감동을 주고 있으나, 나오키의 작품은 찾아보기조차 힘들 정도다. 여기에는 여러 가지 이유가 있을 테지만 가장 커다란 이유는 두 사람의 이름을 딴 문학상의 성격에서도 알 수 있듯이 아쿠타가와는 예술성 높은 작품을 남겼기에 그의 작품이 오늘날까지도 생명을 유지하고 있으나, 나오키는 대중성 높은, 즉 그 시대에 유행하는 작품을 주로 썼기에 지금의 독자에게는 외면 받고 있는 것인 듯하다. 무릇 시대의 유행을 따라간다는 것은 그 유행이 지나면 곧 잊혀진다는 뜻이기도 하다. 시대성이 강한 작품은 그 시대가 지나고 나면 하나의 문학작품으로서 생명력을 유지하기가 쉽지 않다.

이 책을 읽어보면 알 수 있을 테지만, 나오키 산주고의 작품 가운데는 지금의 우리가 읽기에는 조금 유치하고 내용이 치밀하지 못하다고 여겨지는 것들이 다수 있다. 개인적인 견해지만 시대성이 강한 작품에서 그러한 경향이 더욱 두드러지는 듯하다.

나오키 산주고가 잊혀진 또 다른 이유를 한 가지만 더 들자면, 당시 나오키 산주고가 품었던 사상에서도 그 원인을 찾을 수 있을 듯하다. 나오키 산주고는 작품뿐만 아니라 여러 가지 기행과 낭비벽으로도 당시 문단에서 유명했는데, 1932년 1월에 신문을 통해서 이른바 파시즘 선언이라는 것을 행했다. 물론 이는 진지하게 파시즘을 선언한 것이 아니라, 당시 그에게 가해졌던 몇 가지 공격에 대해서(계급투쟁을 쓰지 않는다는 등의), 특히 이 책에도 수록한 「전쟁과 꽃」이라는 작품에 대해서 '파시즘'이라는 비평이 가해졌기에 거기에 불끈하여, '너희들이 그렇게 얘기한다면 파시스트 정도는 언제든지 되어줄게. 이에 나는 1932년 1년 동안이라는 유효기간을 두어, 좌익에 대해서 투쟁을 개시하겠다. 자, 덤벼봐. 다가오면 베어버리겠어. 어때 무섭지? 라고 만국에 선언한다.'라고 참으로 장난스럽게 행한 것이었다. 따라서 이 파시즘 선언을 진지하게 받아들일 필요는 없을 테지만, 이후 그는 국책적 성격이 강한 『일본의 전율』이라는 글을 써서 문단에 파문을 일으켰다. 그 외에도 비슷한 성격의 작품을 몇몇 남겼으니 아무리 본심이 아니었다 할지라도 그 진위를 의심받을 수밖에 없었으리라. 더구나 당시의 '파시즘 선언'이라면 우리나라 독자에게는 더더욱 받아들이기 어려운 일이다.

그러나 아무리 그렇다 하더라도, 아니 그렇기에 우리나라에서는 나오키 산주고라는 작가에 대해서 더더욱 알아둘 필요가 있는 것 아닐지?

나오키(直木)라는 필명은 자신의 본명인 우에무라 소이치(植村宗一) 가운데 우에(植)라는 글자를 둘로 나누어 지은 것이라고 하는데 처음에는 나오키 산주이치(直木三十一)라는 이름을 썼다. 이때 나오키는 서른한 살이었다. 이후 나이를 먹을 때마다 산주니(三十二), 산주산(三十三)이라는 이름을 썼으며 산주욘(三十四)은 건너뛰었고 마지막으로 나오키 산주고라는 이름으로 정착되었다. 산주고에서 멈춘 것에 대해서는 몇 가지 설이 있는데 그 가운데 하나는 키쿠치 칸이 '이제 그만 적당히 해둬.'라고 말했기 때문이라고 한다.

나오키 산주고에 대한 일화는 참으로 여러 가지가 있지만 이번

책에서는 이 정도로만 소개하도록 하겠다. 마지막으로 나오키 산주고에 대한 극히 개인적인 견해 하나만을 덧붙여 이 책을 출간한 이유로 삼도록 하겠다.

이 책에도 수록한 「전쟁과 꽃」 가운데 이런 내용이 있다. 일본병사와 중국병사들이 싸우는 장면.

<'악마!'

사쿠타로는 인간에게 주어진, 불의를 증오하는 감정으로 폭풍처럼 전신을 떨었다.

'저런 녀석들이 인간이란 말인가? 저게 일본의 이웃에 있는 녀석들이란 말인가?'

……중략……

사쿠타로는 러시아인의 잔인한 형벌에 관한 몇 가지 이야기를 떠올렸다. 그리고 시잔과 여기에 있는 아군들을 생각했다.

'어째서 이처럼 선량한 일본인에게 이런 짓을 하는 거지?'

이런 분노가, 사쿠타로의 피 한 톨, 한 톨 속에서 절규하기 시작했다.

'나는 일본인으로서 이 이웃의 악마를 어떻게 해야 한단 말인가?'>

그런데 인간을 그런 악마로 만들어버린 전쟁을 먼저 시작한 것은 중국이 아니라 일본이었다. 나오키라고 그 점을 모르지 않았을 텐데, 어째서 위와 같은 내용을 쓴 것일까? 그리고 다음의 내용이 이어진다.

<'이런 녀석은 죽여야만 해. 이런 사람을 죽이는 것은 인간의 정의 가운데서도 가장 정의로운 일이야.'
라고 생각했다. 그리고 한 걸음 앞으로 나서자 적은 한 걸음 뒤로 물러났다.
'이런 경험을 하지 않고서는 참된 전쟁도, 일본인도, 중국인도 알 수 없는 법이야. 나는 어떻게든 살아남아서 나의 이 마음을 누군가에게 꼭 알리고 싶지만……. ××이론이 다 뭐란 말이야. 나는 일본과 일본인을 위해서 이 녀석을, 이 녀석을…….'>

주인공인 사쿠타로는 자신의 동료 병사를 죽이는 중국병사들의 잔학함에 치를 떨었지만, 그런 잔학함을 국가적인 차원에서 거의 살육 수준으로 행한 것이 바로 일본이었다. 아무리 정보가 귀한 시대였다 할지라도 나오키가 그런 사실을 몰랐을 리 없었을 텐데 어째서 이런 소설을 쓴 것일까?
나오키는 이 소설을 다음과 같이 마무리 짓고 있다.

<후미코는 두 사람이 오빠를 죽인 것이라는 생각이 들었다. 그리고 뿌리째 뽑혀 쓰러진 장미를 손을 어루만지며,
"용서해줘요, 오빠. 장미야."

라고 그 말과 눈물만 되풀이했다.>

사쿠타로의 동생인 후미코는 동사무소의 사람들(일본인)이 오빠를 죽인 것이라고 생각한다. 그리고 자신이 사과를 한다. 이 장면을 어떻게 해석하느냐는 독자들의 몫이리라.

그럼에도 극히 개인적인 의견을 조심스럽게 덧붙이자면, 아무리 글을 쓸 때의 자세가 진지하지 못했다 할지라도(곳곳에서 보이는 오류, 그리고 치밀하지 못한 행간 때문에 이렇게 말한 것이다.) 이렇게 앞뒤가 맞지 않는 글을 쓸 정도로 작가정신이 부족하지는 않았으리라는 생각이 든다. 이와 같은 모순성은 다른 작품인 「칸에이 무도감」, 「오오오카 에치젠의 독립」에서도 확인할 수 있는데, 모순의 성격이 조금 다르기는 하지만 일본의 정신을 칭송하는 듯하면서도 어딘가 그러한 정신을 비웃고 있는 것 같다는 느낌을 지울 수가 없다. 작품의 내용을 문면 그대로 받아들인다면 어딘가 코미디를 읽고 있는 것 같다는 느낌이 들 정도다. 그러한 성향은 「오사이의 경우」에 노골적으로 드러나 있다.

나오키 산주고에 대한 평가는 그의 작품을 읽은 독자들의 몫일 것이다. 이 책에는 작품의 교졸을 생각하지 않고 나오키 산주고의 여러 작품을 실어놓았으니 읽어보시고 나오키 산주고라는 작가에 대해서 각자가 한 번쯤은 생각해보시기 바란다.

옮긴이 박현석

대학 졸업 후 일본으로 건너가 유학 및 직장 생활을 하다 지금은 전문번역가로 활동 중이며 우리나라에 아직 소개되지 않은 유명 작가들의 작품을 소개하기 위해서 출판을 시작했다. 일본 중단편소설 선집으로는『이별 그리고 사랑』,『일본 무뢰파 단편소설선』,『간단한 죽음』,『일본 탐미주의 단편소설선집』을 엮은 바 있으며, 그 외에도 다자이 오사무, 나쓰메 소세키, 나카니시 이노스케, 와시오 우코 등의 작품 다수를 국내 최초로 번역하여 출판했다.

나오키 산주고 단편소설선집

1판 1쇄 인쇄 2023년 4월 15일
1판 1쇄 발행 2023년 4월 25일

지은이 나오키 산주고
옮긴이 박현석
펴낸이 박현석
펴낸곳 현 인

등 록 제 2010-12호
주 소 서울시 도봉구 덕릉로 62길 13, 103-608호
전 화 010-2012-3751
팩 스 0505-977-3750
이메일 gensang@naver.com

ISBN 979-11-90156-39-4